EDIÇÕES BESTBOLSO

Antologia de contos extraordinários

Edgar Allan Poe (1809-1849) nasceu em Boston, nos Estados Unidos. Considerado o mestre do conto de terror e suspense, e precursor do gênero policial, Poe teve suas histórias publicadas em revistas e jornais norte-americanos. O autor morreu em Baltimore, dias depois de ser encontrado na rua, delirando, em estado de embriaguez. A causa de sua morte permanece até hoje indefinida.

Professor e tradutor, Brenno Silveira influenciou diferentes gerações de profissionais, tornando-se um dos mais renomados tradutores brasileiros.

EDIÇÕES BESTBOLSO

Antologia de contos extraordinários

Edgar Allan Poe (1809-1849) nasceu em Boston, nos Estados Unidos. Considerado o mestre do conto de terror e suspense, e precursor do gênero policial, Poe teve suas histórias publicadas em revistas e jornais norte-americanos. O autor morreu em Baltimore, dias depois de ser encontrado na rua, delirando, em estado de embriaguez. A causa de sua morte permanece até hoje indefinida.

Professora e tradutora, Brenno Silveira influenciou diferentes gerações de profissionais, tornando-se um dos mais renomados tradutores brasileiros.

ANTOLOGIA DE CONTOS EXTRAORDINÁRIOS

Seleção e tradução de
BRENNO SILVEIRA

3ª edição

CIP-BRASIL. CATALOGAÇÃO-NA-FONTE
SINDICATO NACIONAL DOS EDITORES DE LIVROS, RJ

P798a
3ª ed.

Poe, Edgar Allan, 1809-1849
  Antologia de contos extraordinários / Edgar Allan Poe; seleção e
tradução de Brenno Silveira. – 3ª edição – Rio de Janeiro: BestBolso, 2013.

  ISBN 978-85-7799-218-8

  1. Contos de terror. 2. Ficção norte-americana. I. Silveira, Brenno.
II. Título.

09-4522

CDD: 813
CDU: 821.111(73)-3

Antologia de contos extraordinários, de autoria de Edgar Allan Poe.
Título número 153 das Edições BestBolso.
Terceira edição impressa em setembro de 2013.
Texto revisado conforme o Acordo Ortográfico da Língua Portuguesa.

Títulos originais dos contos desta coletânea:
"The Fall of the House of Usher" (1839), "The Cask of Amontillado" (1846),
"The Black Cat" (1843), "Berenice" (1835), "Ms. Found in a Bottle" (1833),
"William Wilson" (1834), "The Murders in the Rue Morgue" (1841), "The
Mystery of Marie Roget" (1842), "The Purloined Letter" (1844),
"Metzengerstein" (1832), "Never Bet the Devil Your Head" (1841), "The Duc de
L'Omelette" (1832), "The Pit and the Pendulum" (1842).

Copyright da tradução © by Editora Civilização Brasileira Ltda.
Direitos de reprodução da tradução cedidos para Edições BestBolso, um selo da
Editora Best Seller Ltda. Editora Civilização Brasileira Ltda. e Editora Best Seller
Ltda são empresas do Grupo Editorial Record.

www.edicoesbestbolso.com.br

Design de capa: Flavia Castro

Todos os direitos desta edição reservados a Edições BestBolso um selo da
Editora Best Seller Ltda.
Rua Argentina 171 – 20921-380 Rio de Janeiro, RJ – Tel.: 2585-2000.

Impresso no Brasil

ISBN 978-85-7799-218-8

Nota do editor

Os contos reunidos neste livro foram originalmente publicados com o título *Antologia de contos* (Rio de Janeiro, Editora Civilização Brasileira, 1959). Em 1970, dois novos contos foram acrescidos a uma edição intitulada *Histórias extraordinárias* (Rio de Janeiro, Editora Civilização Brasileira). Embora de mesmo título, os contos que compõem a edição de 1970 da Civilização Brasileira não são os mesmos selecionados por Charles Baudelaire para a antologia *Histoires extraordinaires* de 1856. A coletânea organizada e traduzida por Brenno Silveira, e que agora publicamos pela BestBolso, reúne alguns dos melhores e mais famosos contos de toda a obra de Edgar Allan Poe.

Sumário

Prefácio 9

1. A queda da Casa de Usher 21
2. O barril de Amontillado 45
3. O gato preto 53
4. Berenice 65
5. Manuscrito encontrado numa garrafa 77
6. William Wilson 91
7. Os crimes da Rua Morgue 115
8. O mistério de Marie Rogêt 159
9. A carta roubada 221
10. Metzengerstein 245
11. Nunca aposte sua cabeça com o diabo 257
12. O duque de L'Omelette 269
13. O poço e o pêndulo 275

Prefácio

Em 7 de outubro de 1849, morria em Baltimore, Maryland, Edgar Allan Poe, filho de uma formosa atriz inglesa e de um ator do qual pouco se sabe. Nascera, quarenta anos antes, em Boston. Poucas semanas após seu nascimento, morre-lhe o pai como sempre vivera: obscuramente. A mãe, por sua vez, pouco tempo mais durou, falecendo, em extrema pobreza, em 1811, quando o pequeno Edgar mal balbuciava ainda as primeiras palavras do idioma que, mais tarde, tanto iria exaltar.

Adotado por um aristocrata de Richmond, que prosperava no comércio do tabaco, a criança – cujos pais assinavam somente Elizabeth e David Poe – passou a chamar-se Allan. Os padastros, os amigos da família e os criados afeiçoaram-se ao garoto e, se não lhe enchiam de carinhos, tratavam-no, ao menos, com ternura.

Entre 1815 e 1820, John Allan, a esposa e o pequeno Edgar viveram na Inglaterra, onde Poe estudou em instituições particulares de Stoke-Newington, subúrbio de Londres. De volta aos Estados Unidos, frequentou uma escola particular, em Richmond, ingressando, em 1826, para a Universidade da Virgínia, a mais famosa e aristocrática das universidades do Sul, fundada, poucos anos antes, por Thomas Jefferson.

Mas a inquieta personalidade e os hábitos irregulares de Poe iriam logo entrar em choque com a maneira de viver de condiscípulos habituados a uma atitude de enfático realismo e obstinado bom-senso, características acentuadas pelo exemplo de Benjamin Franklin, que, por meio de seus escritos, lhes falara sempre em termos de frio e simples raciocínio, atento aos fatos imediatos e às necessidades da vida cotidiana. Desregrado, alheio à maneira de pensar e sentir dos colegas – indiferente ao estreito convencionalismo existente entre eles – Poe bebia, jogava e blasfemava de maneira imperdoavelmente desmoralizadora. E não tardou chegassem os seus desregramentos aos ouvidos das famílias aristocráticas a que pertenciam os colegas. Os rumores de escândalo aumentaram, refletiram-se em cartas e reclamações aos professores e dirigentes da universidade.

O incorrigível foi expulso.

A notícia explodiu como uma bomba na mansão dos Allan, agravada pelo atrito que o filho adotivo teve com o padrasto por causa de jogo. Obrigado a deixar Richmond – onde a vida poderia ter-lhe sido tranquila e fácil – Poe partiu para Boston, sua cidade natal. Lá, publicou, em 1827, o seu primeiro livro de versos, *Tamerlane e outros poemas*. Suas composições não se distinguiam nem pela originalidade, nem pela pureza da forma, dificilmente podendo prenunciar o temperamento de criador e artista com que o autor iria erguer-se, mais tarde, à culminância literária a que chegou.

No mesmo ano em que apareceu *Tamerlane*, Poe alistou-se no Exército – provavelmente para ter casa e comida – sob o nome de Edgar A. Perry. Durante dois anos, cumpriu seus deveres de maneira mais ou menos normal, sendo promovido ao posto de primeiro-sargento. Contrário, porém, à disciplina militar, que era incompatível com o seu temperamento instável, deu, propositadamente, motivos para que o expulsassem das fileiras. Foi quando pediu a ajuda de John Allan para ingressar na Academia Militar de West Point. Há incoerência nessa sua atitude – mas foi o que se deu. Um ano após, porém, foi novamente expulso, por desobediência a ordens superiores e negligência no cumprimento de seus deveres militares.

Pouco antes de entrar para West Point, publicou um segundo volume de poesias contendo, entre outros poemas, uma revisão de "Tamerlane" e "Al Aaraaf". Em 1831, apareceu a segunda edição deste livro. Os poemas "Israfel" e "Para Helen" ("To Helen") foram os primeiros passos a conduzi-lo ao seu verdadeiro caminho de poeta.

Mas ainda não era o seu primeiro passo para a fama. Somente iria dá-lo dois anos depois, ao concorrer a um prêmio instituído pelo *Saturday Visitor*. O prêmio coube a "Um manuscrito encontrado numa garrafa", um dos seis contos que enviou à revista. O novelista John Kennedy, então popular, foi um dos juízes. Impressionado com o talento do jovem escritor, que contava 24 anos de idade – e, sobretudo, penalizado diante de sua extrema pobreza – procurou ajudá-lo, conseguindo lugar numa revista, onde Poe prestava pequenos trabalhos.

Nessa época, Poe vivia com a tia – a Sra. Clemm e a sua filha Virginia – em Baltimore. Os tempos não eram nada bons, nos Estados Unidos, para os que se dedicavam à literatura. As condições literárias dessa fase agitada da vida americana, com as famosas "campanhas de reforma" na ordem do dia, eram, pelo contrário, bastante precárias.

Os ingleses mostravam-se impiedosos e sarcásticos em seus comentários sobre a literatura que os americanos estavam criando. Negavam abertamente haver nos Estados Unidos qualquer coisa que se parecesse com "literatura nativa americana". Afirmavam que os poucos ensaios aparecidos na América traziam bem visível o *made in England* de importação.

Em janeiro de 1820 – isto é, 13 anos antes de Poe escrever "Um manuscrito encontrado numa garrafa" – o crítico inglês Sydney Smith escreveu, na Inglaterra, um artigo para a *Edinburgh Review*, que causou sufocada indignação entre os intelectuais americanos. Dizia ele que, após 30 ou 40 anos de sua Independência, os americanos não tinham feito absolutamente nada pelas ciências, pelas artes ou pela literatura. Terminava um de seus artigos perguntando onde, nos quatro cantos do mundo, alguém já lera um livro, ou tenha assistido a uma peça teatral ou, ao menos, visto um quadro ou qualquer outra obra de arte procedente da América.

Os americanos não tardaram a responder a essas críticas. Como? De maneira muito simples: com o lançamento sucessivo de uma série de livros tipicamente americanos, sem nada que parecesse com um "artigo de importação". Ainda em 1819, apareceu o *Sketch Book*, de Washington Irving; pouco depois, *O espião*, de James Fenimore Cooper, e *Poemas*, de William Cullen Bryant. Duas décadas mais tarde, Bryant, Prescott, Cooper, Hawthorne, Longfellow, Emerson, Holmes, Whittier e alguns outros eram lidos avidamente na Inglaterra.

E Edgar Allan Poe? Em 1847 – dois anos antes de sua miserável morte em Baltimore – algumas de suas histórias já tinham sido traduzidas para o francês. Na França, um jovem poeta chamado Charles Baudelaire lera algumas dessas histórias e, mais tarde, haveria de declarar que, ao lê-las, "experimentara uma estranha emoção". Não quis mais perder de vista o poeta americano. Procurava, nas revistas que chegavam do país distante, os contos e os poemas de Poe. E, em seu diário, Baudelaire escreveu, certo dia, que, dali em diante, iria orar todas as manhãs a Deus, ao seu pai e a Edgar Allan Poe.

EM SEUS TRABALHOS críticos – *O princípio poético*, *A filosofia da composição* e *O racional do verso* – Poe estabelecera o seu credo de liberdade poética. E esse credo estava consubstanciado nesta síntese:

> Para mim, um poema é o oposto de um trabalho científico, por ter como objetivo imediato o prazer – e não a verdade; do romance, por ter como finalidade um prazer indefinido, em vez de definido, sendo poema se alcançar esta finalidade: o romance apresentando imagens perceptíveis com sensações definidas; a poesia, com sensações indefinidas, a cujo fim a música é um essencial, pois a compreensão do som harmonioso é nossa concepção mais indefinida. A música, quando aliada a uma ideia agradável, é poesia; a música sem ideia é simplesmente música; a ideia sem música é prosa pela própria exatidão.

Seduzido, fascinado pelo gênio de Poe, Baudelaire começou a traduzir os contos e os ensaios do autor de "A queda da Casa de Usher". E o doloroso e torturado poeta americano passou às mãos da *avant-garde* literária de Paris e a participar, no cérebro e no coração de toda uma geração de sonhadores e estetas – de criaturas em luta constante contra as forças hostis da vida prática – dos lugares sagrados, reservados em seu íntimo ao culto fervoroso de Baudelaire, Byron, Heine, Alfred de Musset, Shelley, Alfred de Vigny.

Depois que Baudelaire divulgou, ao traduzir as obras de Poe, as leis do Simbolismo, Mallarmé, adepto e sacerdote do novo dogma, continuou a pregar os seus mandamentos.

Essa consagração, porém, só chegou nos últimos anos da vida de Poe. Vejamos o que aconteceu na época em que foi expulso de West Point. Casou-se com sua prima-irmã, Virginia Clemm, em cuja casa vivia. Não tinha, nessa altura, dinheiro algum, como, aliás, em nenhuma outra ocasião, durante toda a sua vida. Como, às vezes, bebesse álcool puro e a sua única irmã tivesse enlouquecido, muitas pessoas duvidavam de sua sanidade mental.

Virginia – que contava apenas 13 anos quando se casou com ele – foi a inspiradora de algumas das mais delicadas e ternas palavras de amor escritas em língua inglesa. Contudo, Poe jamais conseguiu vender o que escrevia por uma quantia que lhe permitisse ao menos comprar alimento para ambos. "O corvo" – seu poema imortal – foi modificado durante 10 anos, antes de adquirir sua forma definitiva. Esse poema foi vendido por apenas 10 dólares – o correspondente a 1 dólar para cada ano de trabalho!

Apesar de tudo, o poeta conseguiu alugar uma pequena casa, arruinada pelo tempo, que quase desaparecia entre macieiras e outras casas que a cercavam. Poe e Virginia passavam dias inteiros sem comer. Certo dia, os vizinhos descobriram que o poeta e a esposa passavam fome. Penalizados, começaram a enviar-lhes alimentos. Virginia, porém, pouco depois, morria tuberculosa, numa cama rústica, tendo a aquecê-la apenas alguns trapos e um velho capote militar de West Point. Sua história de amor, porém, jamais morrerá, pois Poe a imortalizou num poema comovente de ternura:

> Pois a lua jamais brilha sem trazer-me sonhos
> Da bela Annabel Lee.
> E as estrelas jamais surgem sem que eu sinta os brilhantes olhos
> Da bela Annabel Lee.
> E, assim, durante toda a maré noturna, deito-me ao lado
> Da minha querida – minha querida – minha vida e
> minha noiva.
> Em seu sepulcro junto ao mar,
> Em sua tumba junto ao rumoroso mar.

Que encontramos na obra de Poe, em conjunto? Os temas da sua poesia eram poucos: a solidão do homem, a inutilidade de qualquer esforço, o remorso por uma vida destroçada. Seus versos não trazem um hálito sequer do mundo exterior. O mundo em que vivia era uma terra de sonhos, de tormentos, de espectros trágicos, de terrores fantásticos, de paisagens febris, de pássaros agourentos, de hediondas formas rastejantes. Faltam, talvez, estímulo e qualidade moral em sua poesia – mas é cheia de vigor literário, de espantosa imaginação, de um "clima" genial, por assim dizer, de altos píncaros, que dariam vertigens aos homens sem genialidade, mas onde ele pairava, em seus sonhos fantásticos, como num ambiente familiar.

As terrificantes histórias que contou criaram mundos de horror, putrefatos, por onde perpassava sempre um sopro de morte e um odor de coisas que se decompõem – que apodrecem. Mundo em que homens e mulheres sem esperanças sofrem a inelutável fatalidade, o inexorável estigma de terríveis destinos.

"A queda da Casa de Usher", um de seus mais famosos contos, narra a vida de um homem torturado pelo "medo do medo". Nesse trabalho, Poe mostra, de maneira admirável, a sua teoria de que cada palavra de um conto deve tender a um efeito preconcebido. O sentido de melancolia e depressão transmitido pela frase inicial é mantido inalterado – ou, antes, é acentuado – até o desfecho da narrativa. A história, como Poe afirma, se passa "fora do espaço e do tempo". Não obstante, tem-se a sensação, do começo ao fim, de impressionante realidade. É a vida de um jovem e torturado lorde, saturado de livros de ocultismo, que fica possesso ao encontrar a irmã demente caminhando, à meia-noite, para a morte e a decomposição.

Eis o começo de outra de suas histórias:

Permiti que, por enquanto, eu me chame William Wilson. Não há necessidade de que manche com o meu verdadeiro nome a página em branco que tenho neste momento diante de mim. O meu nome já tem sido, por demais, objeto de escárnio, de horror e de ódio para minha raça.

E este outro:

Escuta, disse-me o demônio, pousando a mão sobre a minha cabeça. O país de que te falo é um país lúgubre, na Líbia, sobre as margens do rio Zaire. E lá não existe nem repouso nem silêncio.
As águas do rio, amarelas insalubres, não correm para o mar; mas palpitam sempre sob o olhar ardente do sol, com movimentos convulsivos.

Nos seus contos e curtas novelas, os principais personagens são quase sempre femininos. Criaturas cujo destino está associado, de algum modo, à obsessiva ideia da morte. São tantas, em sua obra, as mulheres formosas condenadas a um fim próximo e inexorável, que muitos críticos já consideraram demasiado estreito o seu campo de ação, apertado entre dois ou três temas muito repetidos.

Examinando-se, porém, as suas curiosas teorias, referentes aos caracteres mais apropriados para o desejado efeito artístico, vê-se que esse estreito campo de ação era intencionalmente limitado por Poe. Na *Filosofia da composição*, ele afirma que a emoção da beleza é o efeito principal que um conto deve produzir. E como a mulher é a forma mais delicada da beleza – e a beleza da mulher se torna mais comovente em presença da morte – gostava de escrever, principalmente, sobre belas mulheres mortas, agonizantes ou condenadas a morrer dentro de limitado espaço de tempo.

Nesse trabalho, Poe refere-se à sua intenção de escrever "O corvo". Representar uma beleza melancólica. Vejamos o que diz, textualmente:

> Perguntei a mim mesmo: entre todos os temas melancólicos, qual o mais melancólico, segundo a opinião geral dos homens? – A morte – foi a resposta evidente. – E quando – insisti – se torna mais poético esse melancólico tema? – De acordo com o que expliquei anteriormente, a resposta, também aqui, é evidente: – Quando se une o mais estreitamente possível à beleza. – Nesse caso, a morte de uma formosa mulher é, indiscutivelmente, o tema mais poético que existe.

Em 1840, muitos dos trabalhos de Poe, publicados em jornais e revistas, foram reunidos em dois volumes. As histórias de maior repercussão entre o grande público, e que ainda hoje são as preferidas, Poe as publicou no *Graham's Magazine*.

Um dos melhores trabalhos no gênero, escritos nessa época, foi uma conferência realizada pelo poeta em 1843, em Filadélfia: *Os poetas e a poesia na América*.

Mudando-se novamente de Filadélfia para Nova York, Poe tornou-se redator do *Evening Mirror*. Apesar de seus hábitos irregulares, cumpriu sempre com zelo as tarefas de jornalista. A correção de sua conduta nesse jornal ficou registrada nas observações feitas sobre o seu caráter pelo escritor N.P. Willis, então bastante popular. Data dessa fase de sua vida o aparecimento de "O corvo".

Depois da morte de Virginia, Poe não escreveu mais nada que se comparasse à obra anterior. Na verdade, pouca coisa mais produziu, limitando-se apenas a reeditar, no *The Broadway Journal*, alguns de seus contos e poemas.

Finalmente, em junho de 1849, partiu para Richmond, na Virginia. Ao passar por Filadélfia, quis rever diversos amigos, entre os quais John Sartain, que notou em Poe os primeiros sintomas de desequilíbrio mental. Contudo, realizou uma conferência naquela cidade, conseguindo dinheiro suficiente para prosseguir viagem.

Pouco se sabe sobre os seus últimos dias de vida. Em 3 de outubro de 1849, encontraram-no desfalecido numa rua de Baltimore. Transportado para um hospital, morreu quatro dias depois, num domingo, dia 7. Seus restos jazem sob imponente monumento, erigido, em 1875, na cidade de Baltimore.

Entre os seus trabalhos mais conhecidos, destacam-se: "Ulalume", "A máscara da morte vermelha", "O corvo", "O poço e o pêndulo", "O gato preto", "Annabel Lee", "O palácio assombrado", "O crime da Rua Morgue" e "A queda da Casa de Usher". Os críticos americanos colocam Poe entre os chamados *gothic novelists*, isto é, os escritores que escolheram para temas de suas obras coisas sobrenaturais, como fantasmas, espectros, duendes, pássaros agourentos etc.

Talvez nenhum outro poeta americano – com exceção, possivelmente, de Sydney Lanier – tenha escrito poesias tão melodiosas e românticas como as de Poe. Foi, sem dúvida, em língua inglesa, o autor dos versos mais musicais. Suas poesias revelam extraordinário poder de síntese e justeza de expressão. Contudo, há quem veja em seus versos superficialidade e ausência de "conteúdo". Grandes nomes da crítica americana, porém, surgiram em sua defesa. Russel Blankenship escreveu: "É certo que "Ulalume" e "O palácio assombrado" não possuem toda a profunda essência que encontramos em Emerson ou Browning. Devemos, no entanto, lembrar-nos de que não criticamos Shakespeare por deixar de pôr num soneto todos os efeitos de um *Hamlet* ou de um *Lear*.

Mas, num ponto, todos estão de acordo: Poe conseguiu criar páginas de imorredoura beleza, do mais puro lirismo – páginas que despertam inapagável impressão de genialidade nos que as leem.

Referindo-se ao conto – gênero literário que enriqueceu com técnica própria – Poe ressalta, em alguns de seus ensaios, as condições essenciais para a sua execução: "brevidade" e "unidade de impressão". "Unidade de impressão": o autor deve acentuar de tal maneira a impressão que deseja causar, que a atenção do leitor não possa desviar-se, nem um momento sequer, do enredo da narração. Assim, por exemplo, se quiser dar uma impressão de tristeza e melancolia, os elementos literários de que o autor pode dispor devem tender exclusivamente à consecução de tal objetivo, excluindo todos os demais. Se deseja despertar um sentimento de terror, a narração deve, desde o princípio, conter todos os elementos capazes de contribuir para essa impressão dominante de terror. Na elaboração de um conto ou de uma novela curta, entram somente os elementos absolutamente necessários ao desenvolvimento do enredo. Todos os detalhes desnecessários devem ser postos de lado. O escritor deve, antes de mais nada, determinar com exatidão o efeito que tem em mente; depois, escolher, com o máximo cuidado, os incidentes que auxiliem a execução de tal feito.

Como exemplo da técnica acima preconizada, tem-se "A queda da Casa de Usher", na qual Poe a empregou com rara felicidade.

Ouve-se dizer, não raro, que Poe foi o criador da novela curta. Isso não é certo. Muito antes de Poe ter-se distinguido como escritor, a novela curta já era largamente difundida na Europa – e, de modo particular, na França. Mesmo nos Estados Unidos, Nathaniel Hawthorne já vinha empregando os métodos atribuídos a Poe. O que Poe fez foi chamar a atenção de seus contemporâneos para a diferença existente entre uma "novela curta" e uma novela que é apenas curta, mas que não possui certas qualidades que a distingam de um romance. Além disso, introduziu na literatura norte-americana a novela policial "gênero detetive".

Swinburne, o grande poeta inglês, seu contemporâneo, escreveu, de além-mar, sobre Poe:

> Uma nota pura de nova melodia; uma nota de um canto que não é amplo nem profundo, mas extremamente verdadeiro, rico, claro, e natural do cantor; a música breve e delicada, sutil e singela, sombria e doce de Edgar Allan Poe.

Nesta antologia de contos de Poe, foram incluídos, em novas traduções, os seus principais trabalhos neste gênero literário, do qual foi mestre. E nada mais é preciso acrescentar, pois as narrações de Poe falam, por si mesmas, não só de seu talento criador, como de sua estranha genialidade.

Brenno Silveira

1
A queda da Casa de Usher

Son coeur est un luth suspendu;
Sitôt qu'on le touche il résonne.[1]

DE BÉRANGER

Durante um dia inteiro de outono, escuro, sombrio, silencioso, em que as nuvens pairavam baixas e opressoras nos céus, passava eu, a cavalo, sozinho, por uma região singularmente monótona – e, quando as sombras da noite se estendiam, finalmente me encontrei diante da melancólica Casa de Usher. Não sei como foi – mas, ao primeiro olhar lançado à construção, uma sensação de insuportável tristeza me invadiu o espírito. Digo insuportável, pois aquele sentimento não era atenuado por essa emoção meio agradável, meio poética, com que a nossa mente recebe, em geral, mesmo as imagens naturais mais severas da desolação e do terrível. Contemplei a cena que tinha diante de mim – a simples casa, a simples paisagem característica da propriedade, os frios muros, as janelas que se assemelhavam a olhos vazios, algumas fileiras de carriços e uns tantos troncos apodrecidos – com uma completa depressão de alma, que não posso comparar, apropriadamente, a nenhuma outra sensação terrena, exceto à que sente, ao despertar, o viciado em ópio, com a amarga volta à vida cotidiana, com a atroz descida

---

[1] Seu coração é um alaúde suspenso; /Tão logo alguém o toca, ele ressoa. (*N. do E.*)

do véu. Era uma sensação gelada, um abatimento, um aperto no coração, uma aridez irremediável de pensamento que nenhum estímulo da imaginação poderia elevar ao sublime. Que era aquilo – detive-me a pensar – que era aquilo que tanto me enervava ao contemplar a Casa de Usher? Era um mistério de todo insolúvel; não podia lutar contra as sombrias visões que se amontoavam sobre mim enquanto pensava naquilo. Fui obrigado a recorrer à conclusão insatisfatória de que *existem*, sem a menor dúvida, combinações de objetos simples que têm o poder de nos afetar, embora a análise desse poder se baseie em considerações que ficam além de nossa compreensão. Era possível, refleti, que um arranjo simplesmente diferente de particularidades da cena, dos detalhes do quadro, fosse o bastante para modificar, ou, talvez, para aniquilar aquela impressão dolorosa. Agindo de acordo com essa ideia, dirigi meu cavalo até a margem escarpada do negro e sombrio lago, que estendia o seu tranquilo brilho junto à casa, e fitei, mas com um estremecimento ainda mais vivo do que antes, as imagens reconstituídas e invertidas dos carriços cinzentos, dos troncos fantasmagóricos e das janelas que se assemelhavam a olhos vazios.

Apesar de tudo isso, decidi permanecer algumas semanas naquela mansão de aspecto soturno. Seu proprietário, Roderick Usher, tinha sido um de meus joviais companheiros de infância; mas haviam transcorrido muitos anos desde o nosso último encontro. Uma carta, porém, me chegara recentemente às mãos, quando me encontrava numa parte distante do país, uma carta dele, cuja natureza, bastante urgente, não admitia senão a minha própria presença. A letra revelava evidente agitação nervosa. O autor da carta falava de uma enfermidade física aguda, de um transtorno mental que o oprimia, e de um desejo ardente de ver-me, como seu melhor e, efetivamente, único amigo pessoal, julgando encontrar, na minha companhia, algum alívio para o seu mal. Foi a sua maneira de dizer tudo isso, e muito mais – a maneira suplicante pela qual me abria o seu coração – que não me permitiu qualquer hesitação e, por conseguinte, obedeci incontinente ao que, ainda assim, me parecia um convite muito estranho.

Embora, quando meninos, houvéssemos sido bastante próximos, eu, na realidade, pouco sabia de meu amigo. Sua reserva fora sempre excessiva e habitual. Sabia, contudo, que sua família, muito antiga, se distinguira, desde tempos imemoriais, por uma peculiar sensibilidade de temperamento, revelada, através dos séculos, em muitas obras de arte de exaltada inspiração, e manifestada, havia muito, em repetidos atos de estupenda mas recatada caridade, bem como por uma apaixonada devoção às dificuldades, talvez mais do que às belezas facilmente reconhecíveis e ortodoxas da ciência musical. Tive também notícias do fato, bastante notável, de que do tronco da estirpe dos Usher, por mais antigo e glorioso que fosse, não surgira nunca, em tempo algum, qualquer ramo duradouro; em outras palavras, sabia que a família se perpetuara sempre em linha direta, salvo insignificantes e passageiras exceções. Semelhante deficiência, pensava eu, enquanto repassava em minha imaginação a perfeita concordância existente entre o caráter daquelas premissas e a índole atribuída àquela gente, e enquanto refletia sobre a possível influência que um de seus ramos poderia ter exercido, durante a longa passagem dos séculos, sobre o outro – era aquela ausência de linhagem colateral, talvez, e a consequente e direta transmissão, de pai para filho, do patrimônio e do nome, o que havia, por fim, identificado a ambos, acabando por unir o título original da propriedade à arcaica e equívoca denominação de "Casa de Usher", denominação que parecia incluir, no espírito dos que a usavam, tanto a família como a mansão.

Já disse que o único efeito de minha experiência um tanto pueril – a de fitar o interior do lago – foi tornar ainda mais profunda aquela primeira impressão. Não pode haver dúvida de que a consciência do rápido aumento de minha superstição

– pois, por que não defini-la assim? – serviu principalmente para acentuar aquela sensação. Tal é, como sei desde há muito, a lei paradoxal de todos os sentimentos baseados no terror. E talvez fosse por essa única razão que, ao erguer novamente os olhos para a casa, afastando-os da imagem refletida no lago, surgiu em meu espírito uma estranha visão – realmente tão estranha e ridícula que apenas a menciono para demonstrar a viva força das sensações que me oprimiam. Minha imaginação trabalhara tanto, que me parecia haver realmente, em torno da mansão e de suas adjacências, uma atmosfera peculiar, que nada tinha em comum com o ar dos céus, mas que emanava das árvores apodrecidas, das paredes cinzentas e do lago silencioso – um vapor pestilento e místico, opaco, pesado, mal discernível, cor de chumbo.

Afastando de meu espírito o que *não podia* ser senão um sonho, examinei mais atentamente o aspecto real da casa. Sua característica principal parecia ser a de uma excessiva antiguidade. A descoloração causada pelos séculos tinha sido grande. Minúsculos cogumelos estendiam-se por todo o exterior, pendendo, em emaranhada e fina tessitura, dos beirais. Mas nada disso implicava qualquer estrago extraordinário. Nenhuma parte da alvenaria desmoronara, e parecia haver uma violenta contradição entre aquela ainda perfeita adaptação das partes e o estado individual das pedras desgastadas. Aquilo me lembrava muito a enganadora integridade das estruturas de madeira que, durante longos anos, apodreciam em alguma abóbada esquecida, sem contato com o sopro do ar exterior. Afora essa indicação de ostensiva decadência, a casa não apresentava sinal algum de instabilidade. Talvez o olhar de um observador meticuloso pudesse ter descoberto uma fenda imperceptível, que, estendendo-se desde o telhado da fachada, descia em ziguezague até perder-se nas águas sombrias do lago.

Observando essas coisas, atravessei, a cavalo, um curto caminho que conduzia à casa. Um lacaio à espera tomou o meu cavalo, e atravessei o arco gótico da entrada. Um mordomo, de passos furtivos, conduziu-me, em silêncio, por muitos corredores escuros e intrincados, ao quarto de seu amo. Muitas das coisas que encontrei em meu caminho contribuíram, não sei como, para acentuar as vagas sensações a que já me referi. Os objetos que me rodeavam – os entalhes dos tetos, as sombrias tapeçarias das paredes, a negrura de ébano dos assoalhos e os fantasmagóricos troféus de armas que tilintavam à minha passagem – eram, para mim, coisas muito conhecidas, com as quais estava familiarizado desde a infância, e, embora não hesitasse em reconhecê-las como tais, fiquei surpreso ante as visões insólitas que aquelas imagens ordinárias despertavam em minha imaginação. Numa das escadas, deparei-me com um médico da família. Sua fisionomia, pensei, revelava um misto de astúcia e perplexidade. Saudou-me, um tanto perturbado, e passou. O mordomo, então, abriu uma porta e conduziu-me à presença de seu amo.

O aposento em que me encontrei era muito amplo e alto. As janelas, compridas, estreitas e ogivais, achavam-se a tal distância do negro assoalho de carvalho que se tornavam inteiramente inacessíveis pela parte de dentro. Fracos raios de luz avermelhada atravessavam as vidraças guarnecidas de persianas, tornando suficientemente claros os principais objetos ali existentes. O olhar, no entanto, esforçava-se em vão para alcançar os cantos mais distantes do aposento, ou os recessos do teto abobadado e trabalhado a cinzel. Escuras tapeçarias cobriam as paredes. O mobiliário geral era excessivo, incômodo, antigo e estragado. Muitos livros e instrumentos musicais jaziam espalhados em torno, mas não conseguiam dar vitalidade alguma ao ambiente. Eu sentia que respirava uma atmosfera de tristeza. Um ar de severa, profunda e irremissível melancolia pairava e tudo envolvia.

À minha entrada, Usher levantou-se do sofá em que estava estendido por completo e me saudou com calorosa vivacidade, na qual havia – conforme pensei a princípio – exagerada cordialidade, o compelido esforço de um homem *ennuyé*[2] do mundo. Contudo, lançar um olhar ao seu rosto convenceu-me de sua perfeita sinceridade. Sentamo-nos e, durante alguns momentos, enquanto ele permaneceu calado, olhei-o com um sentimento misto de piedade e pavor. Seguramente, jamais homem algum sofrera tão terrível transformação, em tão curto espaço de tempo, como Roderick Usher! Era difícil persuadir-me de que a identidade do homem abatido que tinha à minha frente era a mesma da de meu companheiro de infância. Contudo, o caráter de sua fisionomia fora sempre notável. Tez cadavérica, olhos grandes, transparentes, luminosos sem comparação; lábios um tanto finos e muito pálidos, mas de linhas incomparavelmente belas; nariz de delicado tipo hebraico, mas de narinas largas, incomuns em semelhante forma; queixo finamente modelado, a revelar, em sua falta de proeminência, ausência de energia moral; cabelos que lembravam a maciez e a suavidade de uma teia de aranha. Todos esses traços, aliados a um desenvolvimento frontal excessivo, compunham, em conjunto, uma fisionomia que não se esquecia com facilidade. E, naquele momento, no simples fato de se achar acentuado o caráter predominante daquelas feições, e na expressão que mostravam, notava-se tal mudança que me levara a duvidar da pessoa com quem falava. A palidez espectral da pele e o brilho agora extraordinário dos olhos me surpreendiam sobremaneira, chegando, mesmo, a aterrar-me. Além disso, deixara crescer, sem nenhum cuidado, os cabelos sedosos, e, como aquela contextura de teia de aranha mais flutuava do que caía sobre o rosto, não me era possível, mesmo com esforço, relacionar a sua expressão arabesca com qualquer ideia de simples humanidade.

---

[2] Entediado, em francês no original. (*N. do E.*)

Chocou-me logo certa incoerência – certa contradição – nas maneiras de meu amigo. Não tardei em verificar que aquilo procedia de pequenos e inúteis esforços no sentido de vencer uma perturbação habitual – uma excessiva agitação nervosa. Eu estava preparado para qualquer coisa desse gênero, não só devido à sua carta, e às lembranças de alguns de seus traços infantis, bem como pelas conclusões deduzidas de sua peculiar conformação física e de seu temperamento. Seus atos eram ora vivos, ora soturnos. Sua voz variava rapidamente de tom, passando de uma trêmula indecisão (quando seu ardor parecia cair em completa inação) a essa espécie de concisão enérgica, a essa enunciação abrupta, pesada, lenta – uma enunciação oca –, a essa maneira de falar gutural, plúmbea, equilibrada e perfeitamente modulada, que se pode observar no bêbado perdido ou no incorrigível fumante de ópio durante os períodos de sua mais intensa agitação.

Foi assim, pois, que ele falou do objetivo de minha visita, de seu vivo desejo de ver-me e do alívio que esperava que eu lhe proporcionasse. Referiu-se, durante bastante tempo, sobre o que pensava acerca da natureza de sua enfermidade. Era, como disse, um mal constitucional de família, para o qual não tinha esperança de encontrar remédio; uma simples afecção nervosa, acrescentou logo, que, sem dúvida, não tardaria a passar. Manifestava-se numa variação de sensações nada naturais. Algumas, enquanto ele as pormenorizava, me interessaram e confundiram, embora talvez os termos empregados e a maneira geral da narração influíssem bastante para isso. Sofria muito de uma agudeza mórbida dos sentidos: suportava somente os alimentos mais triviais; não podia usar senão roupas de determinados tecidos; o aroma de todas as flores o oprimia; a luz, por mais fraca que fosse, torturava-lhe os olhos; e apenas alguns sons peculiares – os dos instrumentos de corda – não lhe causavam horror.

Vi que era escravo submisso a uma espécie anômala de terror.

– Morrerei – disse-me –, *devo* morrer desta deplorável loucura. Assim, desta forma, e não de outra maneira, é como devo morrer. Aterram-me os acontecimentos futuros, não por eles mesmos, mas pelos seus resultados. Tremo ao pensar no mais trivial incidente, pelo efeito que possa ter sobre esta intolerável agitação de minha alma. Não receio, efetivamente, o perigo, exceto em seu efeito absoluto – o terror. Neste estado de excitação... nesta lamentável condição... sinto que chegará logo o momento em que deverei abandonar, ao mesmo tempo, a vida e a razão, em alguma luta com o horrendo fantasma – o MEDO.

Também tomei conhecimento, a intervalos, por insinuações interrompidas e ambíguas, de outro traço singular de sua condição mental. Estava acorrentado por certas impressões supersticiosas relativas à mansão em que vivia, de onde, durante muitos anos, não ousara sair... relativas a uma influência cuja suposta força era por ele expressa em termos demasiado sombrios para serem aqui repetidos, uma influência que algumas peculiaridades existentes na simples forma e matéria de sua casa de família conseguiram, à custa de longo sofrimento – dizia ele –, exercer sobre o seu espírito um efeito que o *físico* das paredes e das torres cinzentas, bem como do escuro lago em que tudo se refletia, acabara por fazer pesar sobre o *moral* de sua existência.

Admitia, porém, embora com hesitação, que grande parte da peculiar tristeza que o afligia podia ser atribuída a uma origem mais natural e muito mais palpável; à severa e contínua enfermidade... à morte e à decomposição evidentemente próxima... de uma irmã ternamente amada, sua única companheira durante longos anos, e sua última e única parenta sobre a Terra. A morte dela, disse ele, com uma amargura que jamais poderei esquecer, fará de mim (o desesperançado, o fraco) o último representante da antiga raça dos Usher.

Enquanto falava, lady Madeline (pois assim se chamava ela) passou, lentamente, pela parte mais distante do aposento e, sem ter notado minha presença, desapareceu. Olhei-a tomado de profundo assombro, não destituído de terror – e, no entanto, percebi que me era impossível explicar tais sentimentos. Uma sensação de estupor me oprimia, enquanto meus olhos seguiam seus passos que se afastavam. Quando, por fim, uma porta se fechou atrás dela, meu olhar procurou, instintiva e ansiosamente, o rosto de seu irmão – mas ele havia afundado o rosto nas mãos, e só pude observar que uma palidez muito maior que a habitual se estendera pelos dedos descarnados, através dos quais gotejavam lágrimas ardentes.

A enfermidade de lady Madeline desafiara durante longo tempo a ciência de seus médicos. Uma apatia constante, um esgotamento gradual de sua pessoa, bem como frequentes mas passageiros ataques parcialmente epilépticos, eram o singular diagnóstico. Até então, ela suportara com firmeza a pressão de sua doença, sem que se dispusesse a recolher-se ao leito; mas, ao cair da tarde de minha chegada a casa, sucumbira (como seu irmão me disse, à noite, com inexprimível agitação) ao poder prostrador do mal, e soube que o olhar que dirigi à sua pessoa seria, provavelmente, o último: que aquela dama, pelo menos enquanto vivesse, já não seria mais vista.

Pelo espaço de vários dias consecutivos, seu nome não foi mencionado nem por Usher, nem por mim, e, durante esse período, esforcei-me vivamente por aliviar a melancolia do meu amigo. Pintávamos e líamos juntos, ou, então, eu escutava, como num sonho, suas vibrantes improvisações à guitarra. E assim, à medida que uma intimidade cada vez maior me permitia penetrar, sem certas reservas, no recesso de seu espírito, mais amargamente percebia a inutilidade de qualquer tentativa no sentido de alegrar um espírito cujo negrume, como se fosse uma qualidade positiva e inerente, se esparzia por todos os objetos do universo físico e moral, numa irradiação incessante de tristeza.

Conservarei sempre a lembrança das muitas horas solenes que passei só em companhia do dono da Casa de Usher. Contudo, não me seria possível tentar dar uma ideia do caráter exato dos estudos, ou das ocupações, em que ele me envolveu, ou aos quais me conduziu. Uma idealidade exacerbada, descontrolada, lançava sobre todas as coisas uma luz sulfúrea. Suas longas improvisações fúnebres ressoavam sempre em meus ouvidos. Entre outras coisas, lembro-me penosamente de certa perversão singular, amplificada, da ária impetuosa da última valsa de Von Weber. Quanto às pinturas a que se entregava a sua incansável fantasia – e que se transformavam, traço a traço, em qualquer coisa vaga que me fazia estremecer com maior emoção, pois eu estremecia sem saber por quê – dessas pinturas (tão vívidas que suas imagens ainda se acham presentes em meu espírito), eu em vão procuraria extrair a mínima parte que pudesse estar contida no âmbito das simples palavras escritas. Pela extrema simplicidade e nudez de seus desenhos, ele detinha e subjugava a atenção. Se é que algum mortal jamais pintou uma ideia, esse mortal foi Roderick Usher. Para mim, ao menos, nas circunstâncias que então me cercavam, surgia, das puras abstrações que o hipocondríaco conseguia lançar em suas telas, um terror intenso e intolerável, cuja sombra não senti jamais na contemplação dos devaneios, sem dúvida refulgentes, mas demasiado concretos, de Fuseli.

Uma das concepções fantasmagóricas de meu amigo, em que o espírito de abstração não participava de maneira tão rígida, pode ser esboçada, embora debilmente, com palavras. Um pequeno quadro representava o interior de uma abóbada ou túnel imensamente longo e retangular, de muros baixos, lisos, brancos e sem interrupção ou adornos. Certos pontos acessórios do desenho serviam bem para dar a ideia de que aquela escavação se achava numa grande profundidade, sob a superfície da terra. Não se via nenhuma saída ao longo de sua vasta extensão, nem se observava qualquer archote ou outra fonte de luz artificial; não obstante, uma onda de raios intensos inundava tudo, banhando o seu interior de um esplendor lívido e inadequado.

Já me referi à condição mórbida de seu nervo auditivo, que lhe tornava toda música intolerável, exceto a de certos instrumentos de corda. Eram, talvez, os limites estreitos a que ele se confinava ao tocar guitarra que fizeram nascer, em grande parte, aquele caráter fantástico de suas execuções. Mas, quanto à férvida *facilidade* de suas improvisações, era coisa que não se podia explicar desse modo. Tinham de ser, e o eram, tanto nas notas como nas palavras de suas loucas fantasias (pois ele, não raro, se acompanhava por meio de improvisações verbais), resultado de intenso recolhimento e concentração mentais, a que me referi como observáveis somente em momentos da mais alta excitação artificial. Lembro-me bem das palavras de uma dessas rapsódias. Eu ficava, talvez, tanto mais fortemente impressionado enquanto ele as compunha, porque, nas entrelinhas ou tendências místicas de seus significados, eu imaginava perceber, pela primeira vez, plena consciência, por parte de Usher, do desmoronamento de sua sublime razão do trono em que se achava. Os versos, intitulados *O palácio assombrado*, eram, pouco mais ou menos, embora não ao pé da letra, os seguintes:

I

No mais verde de nossos vales,
habitado por anjos bons,
antigamente um belo e imponente palácio
– um palácio radiante – se erguia.
Nos domínios do rei Pensamento,
lá se achava ele!
Jamais um serafim espalmou a asa
sobre um edifício nem a metade tão belo.

II

Estandartes amarelos, gloriosos, dourados
sobre o seu telhado ondulavam, flutuavam.
(Isso, tudo isso, aconteceu há muito,
muitíssimo tempo.)
E em cada brisa suave que soprava,
naqueles doces dias,
ao longo dos muros pálidos e enfeitados,
se elevava um aroma alado.

III

Caminhantes que passavam por esse vale feliz
viam, através de duas janelas iluminadas,
espíritos que se moviam musicalmente
ao som de um alaúde bem afinado,
em torno de um trono onde, sentado,
(Porfirogênito!)
com majestade digna de sua glória,
aparecia o senhor do reino.

IV

E toda refulgente de pérolas e rubis
era a linda porta do palácio,
através da qual passava, passava e passava,
a refulgir sem cessar,
uma turba de ecos cuja grata missão
era apenas cantar,
com vozes de inexcedível beleza,
o talento e o saber de seu rei.

V

Mas seres maus, trajados de luto,
assaltaram o alto trono do monarca;
(ah, lamentemo-nos, visto que nunca mais a alvorada
despontará sobre ele, o desolado!)
e, em torno de sua mansão, a glória
que, rubra, florescia,
não passa, agora, de uma história quase esquecida
dos velhos tempos já sepultados.

VI

E agora os caminhantes, nesse vale,
através das janelas de luz avermelhada, veem
grandes vultos que se movem fantasticamente
ao som de desafinada melodia;
enquanto isso, qual rio rápido e medonho,
através da porta descorada,
odiosa turba se precipita sem cessar,
rindo, – mas sem sorrir nunca mais.

Lembro-me muito bem de que as sugestões suscitadas por essa balada nos conduziram a uma série de pensamentos em que se tornou manifesta uma opinião de Usher a que me refiro não apenas devido à sua novidade (pois outros homens[3] também assim pensaram), mas devido à tenacidade com que ele a mantinha. Essa opinião, em sua forma geral, dizia respeito à sensibilidade de todos os seres vegetais. Mas, em sua desordenada imaginação, a ideia assumira um caráter ainda mais ousado, e invadia, sob certas condições, o reino das coisas inorgânicas. Faltam-me palavras para exprimir toda a extensão ou todo o fervor de seu *abandono* a essa convicção. Tal crença,

---
[3]Watson, Dr. Percival, Spallanzani e, em particular, o bispo de Landaff. (Ver *Chemical Essays*, vol. V. (*N. do A.*)

porém, se relaciona (como já o insinuei) às pedras cinzentas da mansão de seus antepassados. As condições da sensibilidade estavam aí cumpridas, pensava ele, no método de colocação de tais pedras... na ordem do seu arranjo, bem como na dos numerosos fungos que as cobriam e das árvores doentias que se erguiam ao redor – mas, sobretudo, na imutabilidade daquela disposição e em seu desdobramento nas águas imóveis do lago. A prova – a prova daquela sensibilidade – estava, dizia ele (e eu me sobressaltei ao ouvir tal coisa), na gradual, mas evidente condensação por cima das águas e em redor dos muros, de uma atmosfera que lhes era própria. O resultado era discernível – acrescentou – na silenciosa mas importuna e terrível influência que, durante séculos, moldou os destinos de sua família, e que fizera *dele* aquilo que eu via – aquilo que ele era.

Nossos livros – os livros que, durante anos, haviam constituído uma parte não pequena da vida mental do inválido – estavam, como se pode bem imaginar, em perfeito acordo com aquele caráter fantasmagórico. Estudamos, cuidadosamente, obras como *Ververt et Chartreuse*, de Gresset; o *Belphegor*, de Maquiavel; *O céu e o inferno*, de Swedenborg; *A viagem subterrânea de Nicolau Klimm*, de Holberg; a *Quiromancia*, de Robert Flud, de Jean D'Indaginé e de Dela Chambre; a *Viagem pelo espaço azul*, de Tieck, e *A cidade do Sol*, de Campanella. Um de seus volumes prediletos era a pequena edição *in-octavo* do *Directorum Inquisitorum*, do dominicano Eymeric de Gironne – e havia passagens, em *Pomponius Mela*, sobre os antigos egipanos e sátiros africanos, diante das quais Usher sonhava durante horas inteiras. Seu principal deleite, no entanto, ele encontrava na leitura atenta de um raro e curioso livro gótico em *in-quarto* – o manual de uma igreja esquecida – intitulado *Vigiliæ Mortuorum secundum Chorum Ecclesiæ Maguntinæ*.

Não pude deixar de pensar no estranho ritual desse livro e em sua estranha influência sobre o hipocondríaco, quando, uma noite, tendo sido informado, abruptamente, de que lady

Madeline já não existia, ele manifestou a intenção de conservar o corpo, durante quinze dias (antes de seu sepultamento final), numa das numerosas criptas situadas no interior das paredes principais do edifício. A razão profana, porém, atribuída a esse singular procedimento, era uma dessas coisas que eu não tinha liberdade de discutir. O irmão fora levado a essa resolução (segundo me disse) devido ao caráter incomum da doença da morta e uma certa curiosidade importuna e indiscreta por parte de seus médicos, bem como à localização distante e exposta do jazigo da família. Não nego que, ao lembrar-me da fisionomia sinistra do homem com que deparei na escada, no dia de minha chegada à casa, não senti nenhum desejo de me opor a uma coisa que me parecia, afinal de contas, apenas uma precaução inofensiva, mas, de modo algum, insólita.

A pedido de Usher, ajudei-o pessoalmente nos preparativos daquele sepultamento temporário. Pusemos o corpo no ataúde e, nós dois, sozinhos, o colocamos no lugar de seu repouso. A cripta em que o deixamos (e que estivera fechada durante tanto tempo que os nossos archotes, semiapagados naquela atmosfera sufocante, não nos permitiam quase nenhuma investigação) era pequena, úmida e vedava inteiramente a entrada de qualquer claridade. Achava-se situada, a grande profundidade, exatamente na parte da casa que ficava embaixo de meus aposentos. Ao que parecia, fora utilizada, nos remotos tempos feudais, como masmorra e, em épocas posteriores, como depósito de pólvora ou qualquer outra substância altamente inflamável, pois uma parte de seu assoalho e todo o interior de uma longa abóbada, que atravessamos para chegar até lá, eram cuidadosamente revestidos de cobre. A porta, de ferro maciço, tinha sido também igualmente protegida. Seu imenso peso fazia com que produzisse um som agudo e áspero, ao mover-se em seus gonzos.

Após depositar o nosso lúgubre fardo sobre os suportes, naquela região de horror, abrimos um pouco a tampa do ataúde, que não estava ainda parafusada, e contemplamos o rosto da ocupante. Chamou-me a atenção, antes de mais nada, a extraordinária semelhança existente entre irmão e irmã, e Usher, adivinhando, talvez, os meus pensamentos, murmurou algumas palavras, pelas quais fiquei sabendo que a morta e ele eram gêmeos, e que sempre existira entre ambos certa simpatia de natureza quase inexplicável. Nossos olhares, porém, permaneceram pouco tempo fixos sobre a morta, pois não podíamos olhá-la sem experimentar certo terror. A enfermidade que levara lady Madeline ao túmulo em plena juventude deixara, como ocorre comumente em todas as doenças de caráter estritamente cataléptico, a ironia de uma ligeira coloração sobre o seio e o rosto e, nos lábios, esse sorriso equivocamente parado, que é tão terrível na morte. Recolocamos e parafusamos a tampa do ataúde em seu lugar e, depois de fechar a porta de ferro, voltamos, com dificuldade, aos nossos aposentos na parte superior da casa, os quais não eram menos tristes.

Então, decorridos alguns dias de amargo pesar, verificou-se uma transformação visível nos sintomas da enfermidade mental de meu amigo. Suas maneiras habituais haviam desaparecido. Suas ocupações ordinárias foram negligenciadas ou esquecidas. Andava de um aposento para outro com passos apressados, desiguais e sem finalidade. A palidez de seu rosto adquirira, se possível, um tom mais cadavérico – mas a luminosidade de seus olhos se dissipara por completo. Não se ouvia mais, no tom de sua voz, certa aspereza ocasional, como acontecia antes, e um trêmulo balbucio, como de extremo terror, caracterizava agora, habitualmente, as suas frases. Havia momentos, contudo, em que eu pensava que seu espírito, incessantemente agitado, se achava em luta com algum segredo opressor, que ele não tinha coragem de divulgar. Outras vezes, eu era obrigado a atribuir tudo aquilo a meras e inexplicáveis fantasias produzidas pela loucura, pois o via a olhar para o vazio durante horas seguidas, numa atitude da mais profunda atenção, como se escutasse algum som imaginário. Não era de estranhar que sua condição me aterrorizasse... que me contagiasse. Sentia que se iam arrastando sobre mim, de modo lento, mas certo, as violentas influências de suas fantásticas, impressionantes superstições.

Foi, particularmente, uma noite, no sétimo ou oitavo dia depois de termos depositado o corpo de lady Madeline na masmorra, que experimentei toda a força de tais sentimentos. O sono não queria aproximar-se de meu leito, enquanto passavam e repassavam as horas. Lutei por afastar, por meio do raciocínio, o nervosismo que se apoderara de mim. Procurei convencer-me de que muito, senão tudo, do que sentia era devido à influência perturbadora do sombrio mobiliário do aposento – das negras e esfrangalhadas cortinas que, agitadas pelo sopro de uma tempestade que se iniciava, oscilavam de um lado para outro nas paredes e farfalhavam inquietas em torno dos adornos do leito. Mas meus esforços foram em vão. Um irreprimível tremor invadiu, pouco a pouco, meu espírito – e, por fim, pousou em meu coração um verdadeiro pesadelo de sobressaltos sem causa. Afastando-o com esforço, arquejante, ergui-me sobre os travesseiros e, lançando um olhar perscrutador pela intensa escuridão do quarto, ouvi – não sei por quê, exceto que alguma força instintiva me aguçou o espírito – certos ruídos vagos e indefinidos, que vinham, através das pausas da tormenta, em longos intervalos, não sei de onde. Dominado por uma intensa sensação de terror, inexplicável, ainda que insuportável, vesti-me às pressas (pois sentia que não poderia mais dormir aquela noite) e procurei livrar-me, andando de um lado para outro pelo quarto, do lamentável estado em que me encontrava.

Tinha dado apenas umas voltas pelo quarto, quando uns passos leves, numa escada próxima, me atraíram a atenção. Reconheci logo os passos de Usher. Decorrido um momento, bateu de leve em minha porta e entrou, carregando um castiçal.

Seu rosto era, como sempre, de uma palidez cadavérica; mas havia, ainda, uma espécie de louca hilaridade em seus olhos e, em toda a sua pessoa, uma histeria evidentemente contida. Seu aspecto me aterrorizou – mas qualquer coisa era preferível à solidão por mim suportada durante tanto tempo, e acolhi sua presença quase como um alívio.

– Então você ainda não viu isso? – disse ele abruptamente, depois de haver-me fitado alguns momentos em silêncio. – Então você não viu? Mas espere! Você verá!

Enquanto falava, resguardando com a mão a luz do castiçal, aproximou-se de uma das janelas e escancarou-a para a tempestade.

A impetuosa fúria das rajadas quase nos ergueu do solo. Era, realmente, uma noite tempestuosa, mas de uma beleza severa, espantosamente singular em seu terror. Um redemoinho, ao que parecia, concentrara toda sua força nas imediações, pois se operavam frequentes e violentas alterações na direção do vento, e a excessiva densidade das nuvens (tão baixas que pareciam pesar sobre os torreões da casa) não nos impedia de observar a viva velocidade com que se aproximavam umas das outras, vindas de todos os pontos, sem que se perdessem na distância. Digo que nem a sua excessiva densidade impedia que percebêssemos tal fato e, contudo, não vislumbrávamos nem a lua nem as estrelas, como tampouco havia lampejo algum de relâmpagos. Mas, sob a superfície das imensas massas de agitado vapor, bem como sobre todos os objetos terrestres que nos cercavam, resplandecia uma claridade sobrenatural, uma emanação gasosa que pairava sobre a casa e a envolvia numa mortalha luminosa e bem visível.

– Você não deve... você não contemplará isto! – disse eu, trêmulo, a Usher, e o levei, com suave violência, da janela para uma cadeira. – Essas aparições, que o transtornam, não passam de fenômenos elétricos nada extraordinários... ou pode ser que tenham sua origem terrível nos miasmas fétidos do lago. Fechemos esta janela. O ar está gelado e é perigoso para a sua saúde. Aqui está um de seus romances preferidos. Vou lê-lo para você... e, assim, passaremos juntos esta noite terrível.

O volume antigo que apanhei era o *Mad Trist*, de Sir Launcelot Canning; mas eu dissera que era um dos livros favoritos de Usher mais em tom de triste gracejo do que a sério, pois, na verdade, com a sua rude e pobre prolixidade, pouco atrativo poderia oferecer à elevada e espiritual idealidade de meu amigo. Era, no entanto, o único livro que eu tinha imediatamente à mão – e entreguei-me à vaga esperança de que a excitação que então agitava o hipocondríaco talvez pudesse encontrar alívio (pois a história das desordens mentais está cheia de semelhantes anomalias) até mesmo no exagero das loucuras que eu iria ler. A julgar pela atitude de intenso e ardente interesse com que escutava, ou parecia escutar, as frases da narrativa, eu bem poderia ter-me congratulado pelo êxito de meu intento.

Cheguei ao trecho bastante conhecido da história em que Ethelred, o herói do *Trist*, tendo buscado em vão entrar pacificamente na morada do ermitão, resolve lá entrar à força. Aqui, como se recordará, as palavras da narrativa são as seguintes:

> E Ethelred, que tinha por natureza um coração valente, e que agora se sentia, além disso, muito forte, em decorrência do vinho que bebera, não esperou mais tempo para falar com o ermitão, que tinha, realmente, o ânimo propenso à obstinação e à malícia, e, sentindo a chuva cair-lhe sobre os ombros, e temendo que se desencadeasse a tormenta, levantou sua maça e, com repetidos golpes, abriu então um caminho através das tábuas da porta, fazendo uso de seus guantes; depois, puxando com eles vigorosamente as tábuas, fez com que tudo estalasse e se partisse em pedaços, de tal modo que o ruído da madeira, seco e oco, ecoou por toda a floresta.

Ao terminar de ler essa frase, estremeci e, por um momento, fiz uma pausa, pois me parecera (embora logo concluísse que minha excitada imaginação me havia enganado) que, de uma parte muito distante da mansão, chegava indistintamente aos meus ouvidos um ruído que, pela sua exata semelhança, parecia um eco (mas sufocado e surdo, certamente) dos próprios estalidos e estragos descritos, de maneira tão minuciosa, por Sir Launcelot. Era, sem dúvida alguma, apenas a coincidência que me atraíra a atenção, visto que, em meio ao bater incessante dos caixilhos das janelas e dos ruídos que se misturavam à tempestade ainda crescente, aquele barulho nada tinha, por certo, que me pudesse interessar ou perturbar. Continuei, pois, a história:

Mas o bom campeão Ethelred, franqueando então a porta, ficou dolorosamente perplexo e irado ao não encontrar sinal algum do malicioso ermitão, mas sim, em lugar dele, um dragão de aparência escamada e prodigiosa, com língua de fogo, que montava guarda ante um palácio de ouro, com assoalhos de prata; e sobre a parede havia um escudo brilhante, no qual se lia a seguinte legenda:

Aquele que aqui entrar, vencedor será;
Aquele que matar o dragão, o escudo ganhará.

E Ethelred ergueu a sua maça e desferiu um golpe na cabeça do dragão, que caiu diante dele, e exalou o seu hálito pestilento, com um grito tão estridente, áspero e medonho, que Ethelred teve de tapar os ouvidos com as mãos para suportar aquele tremendo barulho, tão forte como jamais ouvira antes.

Aqui, fiz de novo uma pausa súbita, agora com uma sensação de violento assombro, pois não havia dúvida de que, dessa vez, ouvira (embora me fosse impossível dizer de que direção aquilo vinha) um ruído fraco e aparentemente distante, mas áspero, prolongado, singularmente agudo e dissonante – a contraparte exata do grito sobrenatural lançado pelo dragão, tal como o romancista o descrevera e eu imaginara.

Oprimido, como por certo eu estava, diante daquela segunda e extraordinária coincidência, por mil sensações contraditórias, entre as quais predominavam um assombro e um pavor extremos, conservei, não obstante, suficiente presença de espírito para ter o cuidado de não excitar, com qualquer observação, a sensibilidade nervosa de meu companheiro. De modo algum, não tinha certeza de que ele tivesse notado os ruídos em questão, embora, certamente, uma estranha alteração se houvesse verificado, nos últimos minutos, em sua atitude. Sentado, a princípio, à minha frente, fizera, aos poucos, girar a cadeira, de modo a ficar sentado com o rosto voltado para a porta do aposento. Assim, não me era possível ver senão uma parte de sua fisionomia, embora percebesse que seus lábios tremiam como se estivessem murmurando palavras inaudíveis. A cabeça caíra-lhe sobre o peito – mas, não obstante, eu sabia que não estava adormecido, pois o olho que eu entrevia do perfil permanecia aberto e fixo. Além disso, o movimento de seu corpo contradizia tal ideia, visto que se balançava, de um lado para outro, com suave, mas constante e uniforme oscilação. Tendo notado, rapidamente, tudo isso, prossegui o relato de Sir Launcelot, que continuava assim:

> E então, o campeão, tendo escapado da terrível fúria do dragão, e lembrando-se do escudo de bronze e de que o encantamento que sobre ele pesava estava desfeito, afastou os destroços de seu caminho e avançou, corajosamente, pelo pavimento de prata do castelo, na direção do escudo que estava preso à parede, o qual, na verdade, não esperou que ele chegasse até perto, caindo-lhe aos pés, sobre o assoalho de prata, com violento e terrível ruído.

Mal estas últimas sílabas foram pronunciadas – e como se, na realidade, um pesado escudo de bronze houvesse caído, naquele momento, sobre um assoalho de prata – ouvi um eco claro, profundo, metálico e estridente, embora, aparentemente, abafado. Inteiramente exaltado, pus-me de pé num salto; mas o movimento oscilante e compassado de Usher continuou, imperturbável. Precipitei-me para a cadeira em que estava sentado. Seus olhos achavam-se fixos diante de si, e sua fisionomia se contraía numa rigidez pétrea. Mas, ao colocar a mão em seu ombro, um estremecimento percorreu-lhe todo o corpo, um sorriso imperceptível tremeu em seus lábios e vi que falava num sussurro apagado, rápido, como se não tivesse consciência da minha presença. Inclinando-me sobre ele, pude, afinal, compreender o significado horrendo de suas palavras:

– Não ouve, agora? Sim, eu o ouço, e *ouvi* antes. Durante muito, muito tempo, muitos minutos, muitas horas, muitos dias, tenho ouvido... Mas não me atrevia – oh, miserável infeliz que sou! – não me atrevia... não *me atrevia* a falar! *Nós a colocamos viva em sua tumba!* Não lhe disse que os meus sentidos estão aguçados? Digo-lhe, *agora*, que ouvi os seus primeiros e quase imperceptíveis movimentos dentro do ataúde. Ouvi-os, há muitos, muitos dias... mas não ousava... *não ousava falar!* E agora... esta noite... Ethelred – ah, ah, ah! – o arrombamento da porta do ermitão, o grito de morte do dragão, e o estrondo do escudo... diga-se antes, o destroçar de seu ataúde, o ranger dos gonzos de ferro de sua prisão e a sua luta dentro da cripta revestida de cobre! Oh, para onde fugirei? Não estará ela logo aqui? Não estará ela correndo ao meu encontro, para censurar-me pela minha precipitação? Não ouvi os seus passos na escada? Não percebo o bater horrível de seu coração? Louco!

E, nesse momento, ergueu-se de um salto, proferindo estridentemente as sílabas, como se, naquele esforço, a alma se lhe exalasse do peito:

– *Louco! Digo-lhe que ela está agora atrás da porta!*

No mesmo instante, como se a energia sobre-humana de suas palavras houvesse adquirido a força de um encantamento, as enormes e antigas folhas da porta que ele indicava entreabriram, lentamente, as suas pesadas mandíbulas de ébano. Aquilo era obra de uma rajada de vento, mas, no marco daquela porta, surgiu, alta e amortalhada, a figura de lady Madeline de Usher. Suas alvas vestes estavam manchadas de sangue, e havia sinais de violenta luta em toda a sua pálida figura. Durante um momento, permaneceu, trêmula e vacilante, sobre o umbral; depois, com um grito abafado e queixoso, caiu pesadamente sobre o irmão e, em sua violenta e, agora, final agonia, o arrastou para o chão já cadáver, vítima dos terrores que havia previsto.

Fugi, aterrorizado, daqueles aposentos e daquela mansão. A tempestade se desencadeava ainda com toda a sua fúria, quando atravessei o velho caminho. Subitamente, uma luz intensa se projetou diante de mim, e voltei-me para ver de onde provinha claridade tão estranha – pois somente a imensa mansão e suas sombras se achavam para trás. A irradiação provinda da lua cheia, de um vermelho cor de sangue, já baixa no horizonte, brilhava agora através daquela fenda antes mal perceptível, a que já me referi, e que se estendia, em zigue-zague, desde o telhado do edifício até sua base. Enquanto a olhava, a fenda alargou-se rapidamente – soprou violenta rajada de vento, em redemoinho – e o disco inteiro do satélite irrompeu de repente à minha vista. Meu cérebro se transtornou quando vi as pesadas paredes se desmoronarem, partidas ao meio; ouviu-se um longo e tumultuoso estrondo, como o reboar de mil cataratas – e o lago fétido e profundo, a meus pés, se fechou, tétrica e silenciosamente, sobre os restos da *Casa de Usher*.

2
O barril de Amontillado

Suportei o melhor que pude as injúrias de Fortunato; mas, quando ousou insultar-me, jurei vingança. Vós, que tão bem conheceis a natureza de meu caráter, não havereis de supor, no entanto, que eu tenha proferido qualquer ameaça. *No fim*, eu seria vingado. Este era um ponto definitivamente assentado – que a própria decisão excluía qualquer ideia de perigo. Não devia apenas castigar, mas castigar impunemente. Uma injúria permanece irreparada quando o castigo alcança aquele que se vinga. Permanece, igualmente, sem reparação quando o vingador deixa de fazer com que aquele que o ofendeu compreenda que é ele quem se vinga.

É preciso que se saiba que, nem por meio de palavras, nem de qualquer ato, dei a Fortunato motivo para que duvidasse de minha boa vontade. Continuei, como de costume, a sorrir em sua presença, e ele não percebia que o meu sorriso, *agora*, tinha como origem a ideia da sua imolação.

Esse tal Fortunato tinha um ponto fraco, embora, sob outros aspectos, fosse um homem digno de ser respeitado e, até mesmo, temido. Vangloriava-se sempre de ser entendido em vinhos. Poucos italianos possuem verdadeiro talento para isso. Na maioria das vezes, seu entusiasmo se adapta àquilo que a ocasião e a oportunidade exigem, tendo em vista enganar os milionários ingleses e austríacos. Em pintura e pedras preciosas, Fortunato, como todos os seus compatriotas, era um intrujão; mas, com respeito a vinhos antigos, era sincero. Sob este aspecto, não havia grande diferença entre nós – pois que eu também era hábil conhecedor de vinhos italianos, comprando-os sempre em grande quantidade, quando podia.

Uma tarde, quase ao anoitecer, em plena loucura do carnaval, encontrei o meu amigo. Acolheu-me com excessiva cordialidade, pois havia bebido muito. Usava um traje de truão, muito justo e listrado, tendo à cabeça um chapéu cônico, guarnecido de guizos. Fiquei tão contente de encontrá-lo, que julguei que jamais apertaria sua mão como naquele momento.

– Meu caro Fortunato – disse-lhe eu –, foi uma sorte encontrá-lo. Mas que bom aspecto tem você hoje! Recebi um barril como sendo de Amontillado, mas tenho minhas dúvidas.

– Como? – disse ele. – Amontillado? Um barril? Impossível! E em pleno carnaval!

– Tenho minhas dúvidas – repeti – e seria tolo que o pagasse como sendo de Amontillado antes de consultá-lo sobre o assunto. Não conseguia encontrá-lo em parte alguma, e receava perder um bom negócio.

– Amontillado!

– Tenho minhas dúvidas.

– Amontillado!

– E preciso efetuar o pagamento.

– Amontillado!

– Mas, como você está ocupado, irei à procura de Luchesi. Se existe alguém que conheça o assunto, esse alguém é ele. Ele me dirá...

– Luchesi é incapaz de distinguir entre um Amontillado e um Xerez.

– Não obstante, há alguns imbecis que acham que o paladar de Luchesi pode competir com o seu.

– Vamos, vamos embora.

– Para onde?

– Para as suas adegas.

– Não, meu amigo. Não quero abusar de sua bondade. Penso que você deve ter algum compromisso. Luchesi...

– Não tenho compromisso algum. Vamos.

— Não, meu amigo. Embora você não tenha compromisso algum, vejo que está com muito frio. E as adegas são insuportavelmente úmidas. Estão cobertas de salitre.

— Não importa, vamos. O frio não é nada. Amontillado! Você foi enganado. Quanto a Luchesi, não sabe distinguir entre Xerez e Amontillado.

Assim falando, Fortunato tomou-me pelo braço. Pus uma máscara de seda negra e, envolvendo-me bem em meu *roquelaure*,[1] deixei-me conduzir ao meu *palazzo*.

Não havia nenhum criado em casa; todos haviam saído para celebrar o carnaval. Eu lhes dissera que não regressaria antes da manhã seguinte, e lhes dera ordens estritas para que não arredassem pé da casa. Essas ordens eram suficientes, eu bem o sabia, para assegurar o seu desaparecimento imediato, tão logo eu lhes voltasse as costas.

Tomei duas velas de seus candelabros e, dando uma a Fortunato, conduzi-o, curvado, por uma sequência de compartimentos, à passagem abobadada que levava à adega.

Chegamos, por fim, aos últimos degraus e detivemo-nos sobre o solo úmido das catacumbas dos Montresors.

O andar de meu amigo era vacilante e os guizos de seu gorro retiniam a cada um de seus passos.

— E o barril? — perguntou.

— Está mais adiante — respondi. — Mas observe as brancas teias de aranha que brilham nas paredes dessas cavernas.

Voltou-se para mim e olhou-me com suas nubladas pupilas, que destilavam as lágrimas da embriaguez.

— Salitre? — perguntou, por fim.

— Salitre — respondi. — Há quanto tempo você tem essa tosse?

Meu pobre amigo pôs-se a tossir sem cessar e, durante muitos minutos, não lhe foi possível responder.

---
[1]Casaco masculino até a altura dos joelhos, muito usado pelos homens no século XVIII. (*N. do E.*)

– Não é nada – disse afinal.

– Vamos – disse-lhe com decisão. – Vamos voltar. Sua saúde é preciosa. Você é rico, respeitado, admirado, amado; você é feliz, como eu também o fui. Você é um homem cuja falta será sentida. Quanto a mim, não importa. Vamos embora. Você ficará doente, e não quero arcar com essa responsabilidade. Além disso, posso procurar Luchesi...

– Basta! – exclamou ele. – Esta tosse não tem importância; não me matará. Não morrerei por causa de uma simples tosse.

– É verdade, é verdade – respondi. – E eu, de fato, não tenho intenção alguma de alarmá-lo sem motivo. Mas você deve tomar precauções. Um gole deste Medoc nos defenderá da umidade.

E, dizendo isto, parti o gargalo de uma garrafa que se achava numa longa fila de muitas outras iguais, sobre o chão úmido.

– Beba, disse, oferecendo-lhe o vinho.

Levou a garrafa aos lábios, olhando-me de soslaio. Fez uma pausa e saudou-me com familiaridade, enquanto seus guizos soavam.

– Bebo – disse ele – à saúde dos que repousam, enterrados, em torno de nós.

– E eu para que você tenha vida longa.

Tomou-me de novo o braço e prosseguimos.

– Estas cavernas – disse-me – são extensas.

– Os Montresors – respondi – formavam uma família grande e numerosa.

– Esqueci qual o seu brasão.

– Um grande pé de ouro, em campo azul. O pé esmaga uma serpente ameaçadora, cujas presas se acham cravadas no salto.

– E a divisa?

– *Nemo me impune lacessit.*[2]

– Muito bem! – exclamou.

---

[2] Nenhum homem me fere impunemente. (*N. do E.*)

O vinho brilhava em seus olhos e os guizos retiniam. Minha própria imaginação se animou, devido ao Medoc. Por paredes de ossos empilhados, entremeados de barris e tonéis, penetramos nos recintos mais profundos das catacumbas. Detive-me de novo e, dessa vez, me atrevi a segurar Fortunato pelo braço, acima do cotovelo.

– O salitre! – exclamei. – Veja como aumenta. Prende-se, como musgo, nas abóbadas. Estamos sob o leito do rio. As gotas de umidade filtram-se por entre os ossos. Vamos. Voltemos, antes que seja tarde demais. Sua tosse...

– Não é nada – respondeu ele. – Prossigamos. Mas, antes, tomemos outro gole do Medoc.

Parti o gargalo de uma garrafa de vinho De Grâve e dei-a a Fortunato. Ele a esvaziou de um trago. Seus olhos cintilaram com brilho ardente. Pôs-se a rir e atirou a garrafa para o ar, com um gesto que não compreendi.

Olhei-o, surpreso. Repetiu o movimento, um movimento grotesco.

– Você não compreende? – perguntou.
– Não, não compreendo – respondi.
– Então é porque você não pertence à irmandade.
– Como?
– Não pertence à maçonaria.
– Sim, sim. Pertenço.
– Você? Impossível! Um maçom?
– Um maçom – respondi.
– Prove-o – disse ele.
– Eis aqui – respondi, tirando debaixo das dobras de meu *roquelaure* uma colher de pedreiro.

– Você está gracejando – exclamou, recuando alguns passos. – Mas prossigamos: vamos ao Amontillado.

– Está bem – disse eu, guardando outra vez a ferramenta debaixo da capa e oferecendo-lhe o braço.

Apoiou-se pesadamente em mim. Continuamos nosso caminho, em busca do Amontillado. Passamos através de uma série de baixas abóbadas, descemos, avançamos ainda, tornamos a descer e chegamos, afinal, a uma profunda cripta, cujo ar, rarefeito, fazia com que nossas velas bruxuleassem, em vez de arder normalmente.

Na extremidade mais distante da cripta aparecia uma outra, menos espaçosa. Despojos humanos empilhavam-se ao longo de seus muros, até o alto das abóbadas, à maneira das grandes catacumbas de Paris. Três dos lados dessa cripta eram ainda adornados dessa maneira. Do quarto, os ossos haviam sido retirados e jaziam espalhados pelo chão, formando, num dos cantos, um monte de certa altura. Dentro da parede que, com a remoção dos ossos, ficara exposta, via-se ainda outra cripta ou recinto interior, de 1,2 metro de profundidade, 90 centímetros de largura e 1,8 ou 2,1 metros de altura. Não parecia haver sido construída para qualquer uso determinado, mas constituir apenas um intervalo entre os dois enormes pilares que sustinham a cúpula das catacumbas, tendo por fundo uma das paredes circundantes de sólido granito.

Foi em vão que Fortunato, erguendo sua vela bruxuleante, procurou divisar a profundidade daquele recinto. A luz, fraca, não nos permitia ver o fundo.

– Continue – disse-lhe eu. – O Amontillado está aí dentro. Quanto a Luchesi...

– É um ignorante – interrompeu o meu amigo, enquanto avançava com passo vacilante, seguido imediatamente por mim.

Num momento, chegou ao fundo do nicho e, vendo o caminho interrompido pela rocha, deteve-se, estupidamente perplexo. Um momento após, eu já o havia acorrentado ao granito, pois que, em sua superfície, havia duas argolas de ferro, separadas uma da outra, horizontalmente, por um espaço de cerca de dois pés. De uma delas pendia uma corrente; da outra, um cadeado. Lançar a corrente em torno de sua cintura, para prendê-lo, foi coisa de segundos. Ele estava demasiado atônito para oferecer qualquer resistência. Retirando a chave, recuei alguns passos.

– Passe a mão pela parede – disse-lhe eu. – Não poderá deixar de sentir o salitre. Está, com efeito, *muito* úmida. Permita-me, ainda uma vez, que lhe *implore* para voltar. Não? Então, positivamente, tenho de deixá-lo. Mas, primeiro, devo prestar-lhe todos os pequenos obséquios ao meu alcance.

– O Amontillado! – exclamou o meu amigo, que ainda não se refizera de seu assombro.

– É verdade – respondi –, o Amontillado.

E, dizendo essas palavras, pus-me a trabalhar entre a pilha de ossos a que já me referi. Jogando-os para o lado, deparei logo com uma certa quantidade de pedras de construção e argamassa. Com esse material e com a ajuda de minha colher de pedreiro, comecei ativamente a tapar a entrada do nicho.

Mal assentara a primeira fileira de minha obra de pedreiro, quando descobri que a embriaguez de Fortunato havia, em grande parte, se dissipado. O primeiro indício que tive foi um lamentoso grito vindo do fundo do nicho. *Não era* o grito de um homem embriagado. Depois, houve um longo e obstinado silêncio. Coloquei a segunda, a terceira e a quarta fileiras. Ouvi, então, as furiosas sacudidas da corrente. O ruído prolongou-se por alguns minutos, durante os quais, para deleitar-me com ele, interrompi o meu trabalho e sentei-me sobre os ossos. Quando, por fim, o ruído cessou, apanhei de novo a colher de pedreiro e acabei de colocar, sem interrupção, a quinta, a sexta e a sétima fileiras. A parede me chegava, agora, até a altura do peito. Fiz uma nova pausa e, segurando a vela por cima da obra que havia executado, dirigi a fraca luz sobre a figura que se achava no interior.

Uma sucessão de gritos altos e agudos irrompeu, de repente, da garganta do vulto acorrentado, e pareceu impelir-me violentamente para trás. Durante breve instante, hesitei... tremi. Saquei minha espada e pus-me a desferir golpes no interior do nicho; mas um momento de reflexão bastou para tranquilizar-me. Coloquei a mão sobre a parede maciça da catacumba e senti-me satisfeito. Tornei a aproximar-me da parede e respondi aos gritos daquele que clamava. Repeti-os, acompanhei-os e os venci em volume e em força. Fiz isso, e o que gritava acabou por silenciar.

Já era meia-noite, a minha tarefa chegava ao fim. Completara a oitava, a nona e a décima fileiras. Havia terminado quase toda a décima primeira – e restava apenas uma pedra a ser colocada e rebocada em seu lugar. Ergui-a com grande esforço, pois pesava muito, e coloquei-a, em parte, na posição a que se destinava. Mas, então, saiu do nicho um riso abafado que me pôs os cabelos em pé. Seguiu-se uma voz triste, que tive dificuldade em reconhecer como sendo a do nobre Fortunato. A voz dizia:

– Ah! ah! ah!... eh! eh! eh!... Esta é uma boa piada... uma excelente piada! Vamos rir muito no *palazzo* por causa disso... ah! ah! ah!... por causa do nosso vinho... ah! ah! ah!

– O Amontillado! – disse eu.

– Ah! ah! ah!... sim, sim... o Amontillado. Mas não está ficando tarde? Não estarão nos esperando no palácio... lady Fortunato e os outros? Vamos embora.

– Sim – respondi –, vamos embora.

– *Pelo amor de Deus, Montresor!*

– Sim – respondi –, pelo amor de Deus!

Mas esperei em vão qualquer resposta a estas palavras. Impacientei-me. Gritei, alto:

– Fortunato!

Nenhuma resposta. Tornei a gritar:

– Fortunato!

Ainda agora, nenhuma resposta. Introduzi uma vela pelo orifício que restava, e deixei-a cair dentro do nicho. Chegou até mim, como resposta, apenas um tilintar de guizos. Senti o coração oprimido, sem dúvida devido à umidade das catacumbas. Apressei-me para terminar o meu trabalho. Com esforço, coloquei em seu lugar a última pedra – e cobri com argamassa. De encontro à nova parede, tornei a erguer a antiga muralha de ossos. Durante meio século, mortal algum os perturbou. *In pace requiescat!*[3]

---
[3]Descanse em paz! (*N. do E.*)

3
O gato preto

Não espero nem peço que se dê crédito à história sumamente extraordinária e, no entanto, bastante doméstica, que vou narrar. Louco seria eu se esperasse tal coisa, tratando-se de um caso que os meus próprios sentidos se negam a aceitar. Não obstante, não estou louco e, com toda a certeza, não sonho. Mas amanhã posso morrer e, por isso, gostaria, hoje, de aliviar o meu espírito. Meu propósito imediato é apresentar ao mundo, clara e sucintamente, mas sem comentários, uma série de simples acontecimentos domésticos. Devido a suas consequências, tais acontecimentos me aterrorizaram, torturaram e destruíram. No entanto, não tentarei esclarecê-los. Em mim, quase não produziram outra coisa senão horror – mas, em muitas pessoas, talvez pareçam menos terríveis que grotescos. Talvez, mais tarde, haja alguma inteligência que reduza o meu fantasma a algo comum – uma inteligência mais serena, mais lógica e muito menos excitável do que a minha, que perceba, nas circunstâncias a que me refiro com terror, nada mais do que uma sucessão comum de causas e efeitos muito naturais.

Desde a infância, tornaram-se patentes a docilidade e o sentido humano de meu caráter. A ternura de meu coração era tão evidente que me tornava alvo dos gracejos de meus companheiros. Gostava, especialmente, de animais, e meus pais me permitiam possuir grande variedade deles. Passava com eles quase todo o meu tempo, e jamais me sentia tão feliz como quando lhes dava de comer ou os acariciava. Com os anos, aumentou esta peculiaridade de meu caráter e, quando me tornei adulto, fiz dela uma das minhas principais fontes de prazer. Aos que já sentiram afeto por um cão fiel e sagaz, não preciso dar-me ao trabalho de explicar a natureza ou a intensidade da satisfação que se pode ter com isso. Há algo, no amor desinteressado, e capaz de sacrifícios, de um animal, que toca diretamente o coração daqueles que tiveram ocasiões frequentes de comprovar a amizade mesquinha e a frágil fidelidade de um simples *homem*.

Casei cedo, e tive a sorte de encontrar em minha mulher disposição semelhante à minha. Notando o meu amor pelos animais domésticos, não perdia a oportunidade de arranjar as espécies mais agradáveis de bichos. Tínhamos pássaros, peixes dourados, um cão, coelhos, um macaquinho e um *gato*.

Este último era um animal extraordinariamente grande e belo, todo negro e de espantosa sagacidade. Ao referir-se à sua inteligência, minha mulher, que, no íntimo de seu coração, era um tanto supersticiosa, fazia frequentes alusões à antiga crença popular de que todos os gatos pretos são feiticeiras disfarçadas. Não que ela se referisse *seriamente* a isso: menciono o fato apenas porque aconteceu lembrar-me disso neste momento.

Pluto – assim se chamava o gato – era o meu preferido, com o qual eu mais me distraía. Só eu o alimentava, e ele me seguia sempre pela casa. Tinha dificuldade em impedir que me acompanhasse pela rua.

Nossa amizade durou, desse modo, vários anos, durante os quais não só o meu caráter como o meu temperamento – enrubesço ao confessá-lo – sofreram, devido ao demônio da intemperança, uma modificação radical para pior. Tornava-me, dia a dia, mais taciturno, mais irritadiço, mais indiferente aos sentimentos dos outros. Sofria ao empregar linguagem desabrida ao dirigir-me à minha mulher. No fim, cheguei mesmo a tratá-la com violência. Meus animais, certamente, sentiam a mudança operada em meu caráter. Não apenas deixava de lhes dar atenção, como, ainda, os maltratava. Quanto a Pluto, porém, ainda despertava em mim consideração suficiente que me impedia de maltratá-lo, ao passo que não sentia escrúpulo algum em maltratar os coelhos, o macaco e mesmo o cão, quando, por acaso ou afeto, cruzavam meu caminho. Meu mal, porém, ia tomando conta de mim – que outro mal pode se comparar ao álcool? – e, no fim, até Pluto, que começava agora a envelhecer e, por conseguinte, se tornara um tanto rabugento, até mesmo Pluto começou a sentir os efeitos de meu mau humor.

Certa noite, ao voltar a casa, muito embriagado, de uma de minhas andanças pela cidade, tive a impressão de que o gato evitava a minha presença. Apanhei-o, e ele, assustado ante a minha violência, feriu-me a mão, levemente, com os dentes. Uma fúria demoníaca apoderou-se, instantaneamente, de mim. Já não sabia mais o que estava fazendo. Parecia que, subitamente, minha alma abandonara o corpo, e uma perversidade mais do que diabólica, causada pelo gim, fez vibrar todas as fibras de meu ser. Tirei do bolso um canivete, abri-o, agarrei o pobre animal pela garganta e, friamente, arranquei de sua órbita um dos olhos! Enrubesço, estremeço, abraso-me de vergonha ao referir-me, aqui, a essa abominável atrocidade.

Quando, com a chegada da manhã, voltei à razão – dissipados já os vapores de minha orgia noturna – experimentei, pelo crime que praticara, um sentimento que era um misto de horror e remorso; mas não passou de um sentimento superficial e equívoco, pois minha alma permaneceu impassível. Mergulhei novamente em excessos, afogando logo no vinho a lembrança do que acontecera.

Entrementes, o gato se restabeleceu, lentamente. A órbita do olho perdido apresentava, é certo, um aspecto horrendo, mas não parecia mais sofrer qualquer dor. Passeava pela casa como de costume, mas, como bem se poderia esperar, fugia, tomado de extremo terror, à minha aproximação. Restava-me ainda o bastante de meu antigo coração para que, a princípio, sofresse com aquela evidente aversão por parte de um animal que, antes, me amara tanto. Mas esse sentimento logo se transformou em irritação. E, então, como para perder-me final e irremissivelmente, surgiu o espírito da PERVERSIDADE. Desse espírito, a filosofia não toma conhecimento. Não obstante, tão certo como existe minha alma, creio que a perversidade é um dos impulsos primitivos do coração humano – uma das faculdades, ou sentimentos primários, que dirigem o caráter do homem. Quem não se viu, centenas de vezes, a cometer ações vis ou estúpidas, pela única razão de que sabia que *não* deveria cometê-las? Acaso não sentimos uma inclinação constante, mesmo quando estamos no melhor do nosso juízo, para violar aquilo que é *Lei*, simplesmente porque a compreendemos como tal? Esse espírito de perversidade, digo eu, foi a causa de minha queda final. O vivo e insondável desejo da alma de atormentar a *si mesma*, de violentar sua própria natureza, de fazer o mal pelo próprio mal, foi o que me levou a continuar e, afinal, a levar a cabo o suplício que infligira ao inofensivo animal. Uma manhã, a sangue-frio, meti-lhe um nó corredio em torno do pescoço e enforquei-o no galho de uma árvore. Fi-lo com os olhos cheios de lágrimas, com o coração transbordante do mais amargo remorso. Enforquei-o *porque* sabia que ele me amara, e *porque* reconhecia que não me dera motivo algum para que me voltasse contra ele. Enforquei-o *porque* sabia que estava cometendo um pecado – um pecado mortal que comprometia a minha alma imortal, afastando-a, se é que isso era possível, da misericórdia infinita de um Deus infinitamente misericordioso e infinitamente terrível.

Na noite do dia em que foi cometida essa ação tão cruel, fui despertado pelo grito de "fogo!". As cortinas de minha cama estavam em chamas. Toda a casa ardia. Foi com grande dificuldade que minha mulher, uma criada e eu conseguimos escapar do incêndio. A destruição foi completa. Todos os meus bens mundanos foram tragados pelo fogo e, desde então, me entreguei ao desespero.

Não pretendo estabelecer relação alguma de causa e efeito – entre o desastre e a atrocidade por mim cometida. Mas estou descrevendo uma sequência de fatos, e não desejo omitir nenhum dos elos dessa cadeia de acontecimentos. No dia seguinte ao do incêndio, visitei as ruínas. As paredes, com exceção de uma apenas, tinham desmoronado. Essa única exceção era constituída por um fino tabique interior, situado no meio da casa, junto ao qual se achava a cabeceira de minha cama. O reboco havia, aí, em grande parte, resistido à ação do fogo – coisa que atribuí ao fato de ele ter sido construído recentemente. Uma densa multidão se reunira em torno dessa parede, e muitas pessoas examinavam, com particular atenção e minuciosidade, uma parte dela. As palavras "estranho!", "singular!", bem como outras expressões semelhantes, despertaram-me a curiosidade. Aproximei-me e vi, como se gravada em baixo-relevo sobre a superfície branca, a figura de um *gato* gigantesco. A imagem era de uma exatidão verdadeiramente maravilhosa. Havia uma corda em torno do pescoço do animal.

Logo que vi tal aparição – pois não poderia considerar aquilo como outra coisa – o assombro e terror que se apoderaram de mim foram extremos. Mas, finalmente, a reflexão veio em meu auxílio. O gato, lembrei-me, fora enforcado num jardim existente junto à casa. Aos gritos de alarme, o jardim fora imediatamente invadido pela multidão. Alguém deve ter retirado o animal da árvore, lançando-o, através de uma janela aberta, para dentro do meu quarto. Isso foi feito, provavelmente, com a intenção de despertar-me. A queda das outras paredes havia comprimido a vítima de minha crueldade no gesso recentemente colocado sobre a parede que permanecera de pé. A cal do muro, com as chamas e o *amoníaco* desprendido da carcaça, produzira a imagem tal qual eu agora a via.

Embora isso satisfizesse prontamente minha razão, não conseguia fazer o mesmo, de maneira completa, com minha consciência, pois o surpreendente fato que acabo de descrever não deixou de causar-me, apesar de tudo, profunda impressão. Durante meses, não pude livrar-me do fantasma do gato e, nesse espaço de tempo, nasceu em meu espírito uma espécie de sentimento que parecia remorso, embora não o fosse. Cheguei mesmo a lamentar a perda do animal e a procurar, nos sórdidos lugares que então frequentava, outro bichano da mesma espécie e de aparência semelhante, que pudesse substituí-lo.

Uma noite, em que me achava sentado, meio aturdido, num antro mais do que infame, tive a atenção despertada, subitamente, por um objeto negro que repousava no alto de um dos enormes barris, de gim ou rum, que constituíam quase que o único mobiliário do recinto. Fazia já alguns minutos que eu olhava fixamente o alto do barril, e o que então me surpreendeu foi não ter visto antes o que havia sobre ele. Aproximei-me e toquei-lhe com a mão. Era um gato preto, enorme – tão grande quanto Pluto – e que, sob todos os aspectos, salvo um, se assemelhava a ele. Pluto não tinha um único pelo branco em todo o corpo – e o bichano que ali estava possuía uma mancha larga e branca, embora de forma indefinida, a cobrir-lhe quase toda a região do peito.

Ao acariciar-lhe o dorso, ergueu-se imediatamente, ronronando com força e esfregando-se em minha mão como se a minha atenção lhe causasse prazer. Era, pois, o animal que eu procurava. Apressei-me em propor ao dono do lugar a sua aquisição, mas este não manifestou interesse algum pelo felino. Não o conhecia; jamais o vira antes.

Continuei a acariciá-lo e, quando me dispus a voltar para casa, o animal demonstrou disposição de acompanhar-me. Permiti que o fizesse – detendo-me, de vez em quando, no caminho, para acariciá-lo. Ao chegar, sentiu-se imediatamente à vontade, como se pertencesse à casa, tornando-se, logo, um dos bichanos preferidos de minha mulher.

De minha parte, passei a sentir logo aversão por ele. Acontecia, pois, justamente o contrário do quê eu esperava. Mas a verdade é que – não sei como nem por quê – seu evidente amor por mim me desgostava e aborrecia. Lentamente, tais sentimentos de desgosto e fastio se converteram no mais amargo ódio. Evitava o animal. Uma sensação de vergonha, bem como a lembrança da crueldade que praticara, impediam-me de maltratá-lo fisicamente. Durante algumas semanas, não lhe bati nem pratiquei contra ele qualquer violência, mas, aos poucos – muito gradativamente –, passei a sentir por ele inenarrável horror, fugindo, em silêncio, de sua odiosa presença, como se fugisse de uma peste.

Sem dúvida, o que aumentou o meu horror pelo animal foi a descoberta, na manhã do dia seguinte ao que o levei para casa, que, como Pluto, ele também havia sido privado de um dos olhos. Tal circunstância, porém, apenas contribuiu para que minha mulher sentisse por ele maior carinho, pois, como já disse, era dotada, em alto grau, dessa ternura de sentimentos que constituíra, em outros tempos, um de meus traços principais, bem como fonte de muitos de meus prazeres mais simples e puros.

No entanto, a preferência que o animal demonstrava pela minha pessoa parecia aumentar em razão direta da aversão que sentia por ele. Seguia-me os passos com uma pertinácia que seria difícil fazer com que o leitor compreendesse. Sempre que me sentava, enrodilhava-se embaixo de minha cadeira, ou me saltava ao colo, cobrindo-me com suas odiosas carícias. Se me levantava para andar, metia-se entre minhas pernas e quase me derrubava, ou então, cravando suas longas e afiadas garras em minha roupa, subia por ela até o meu peito. Nessas ocasiões, embora tivesse ímpetos de matá-lo num só golpe, abstinha-me de fazê-lo devido, em parte, à lembrança de meu crime anterior, mas, sobretudo – apresso-me a confessá-lo – pelo *pavor* extremo que o animal me despertava.

Esse pavor não era exatamente um pavor de mal físico e, contudo, não saberia defini-lo de outra maneira. Quase me envergonha confessar – sim, mesmo nesta cela de criminoso –, que o terror e o pânico que o animal me inspirava eram aumentados por uma das mais puras fantasias que se possa imaginar. Minha mulher, mais de uma vez, me chamara a atenção para o aspecto da mancha branca a que já me referi, e que constituía a única diferença visível entre aquele estranho animal e o outro, que eu enforcara. O leitor, decerto, se lembrará de que aquele sinal, embora grande, tinha, a princípio, uma forma bastante indefinida. Mas, lentamente, de maneira quase imperceptível – que a minha imaginação, durante muito tempo, lutou por rejeitar como fantasiosa – adquirira, por fim, uma nitidez rigorosa de contornos. Era, agora, a imagem de um objeto cuja menção me faz tremer... E, sobretudo por isso, eu o encarava como a um monstro de horror e repugnância, do qual eu, *se tivesse coragem*, teria me livrado. Era agora, confesso, a imagem de uma coisa odiosa, abominável: a imagem da *forca*! Oh, lúgubre e terrível máquina de horror e de crime, de agonia e de morte!

Na verdade, naquele momento eu era um miserável – um ser que ia além da própria miséria da humanidade. Era uma *besta-fera*, cujo irmão fora por *mim* desdenhosamente destruído... uma *besta-fera* que se engendrara em *mim*, homem feito à imagem do Deus Altíssimo. Oh, grande e insuportável infortúnio! Ai de mim! Nem de dia, nem de noite, conheceria jamais a bênção do descanso! Durante o dia, o animal não me deixava a sós um único momento; e, à noite, despertava de hora em hora, tomado pelo indescritível terror de sentir o hálito quente da *coisa* sobre o meu rosto, e o seu enorme peso – encarnação de um pesadelo que não podia afastar de mim – pousado eternamente sobre o meu *coração*!

Sob a pressão de tais tormentos, sucumbiu o pouco de bondade que restava em mim. Pensamentos perversos converteram-se em meus únicos companheiros – os mais sombrios e os mais perversos dos pensamentos. Minha rabugice habitual se transformou em ódio por todas as coisas e por toda a humanidade – e, enquanto eu, agora, me entregava cegamente a súbitos, frequentes e irreprimíveis acessos de cólera, minha mulher – pobre dela! – não se queixava nunca, convertendo-se na mais paciente e sofredora das vítimas.

Um dia, acompanhou-me, para ajudar-me numa das tarefas domésticas, até o porão do velho edifício em que nossa pobreza nos obrigava a morar. O gato seguiu-nos e, quase fazendo-me rolar escada abaixo, me exasperou a ponto de perder o juízo. Apanhando uma machadinha e esquecendo o terror pueril que até então contivera minha mão, dirigi ao animal um golpe que teria sido mortal se atingisse o alvo. Mas minha mulher segurou-me o braço, detendo o golpe. Tomado, então, de fúria demoníaca, livrei o braço do obstáculo que o detinha e cravei-lhe a machadinha no cérebro. Minha mulher caiu morta instantaneamente, sem lançar um gemido.

Realizado o terrível assassínio, procurei, movido por súbita resolução, esconder o corpo. Sabia que não poderia retirá-lo da casa, nem de dia nem de noite, sem correr o risco de ser visto pelos vizinhos. Ocorreram-me vários planos. Pensei, por um instante, em cortar o corpo em pequenos pedaços e destruí-los por meio do fogo. Resolvi, depois, cavar uma fossa no chão da adega. Em seguida, pensei em atirá-lo no poço do quintal. Mudei de ideia e decidi metê-lo num caixote, como se fosse uma mercadoria, na forma habitual, fazendo com que um carregador o retirasse da casa. Finalmente, tive uma ideia que me pareceu muito mais prática: resolvi emparedá-lo na adega, como faziam os monges da Idade Média com as suas vítimas.

Aquela adega se prestava muito bem para tal propósito. As paredes não haviam sido construídas com muito cuidado e, pouco antes, haviam sido cobertas, em toda a sua extensão, com um reboco que a umidade impedira de endurecer. Ademais, havia uma saliência numa das paredes, produzida por alguma chaminé ou lareira, que fora tapada para que se assemelhasse ao resto da adega. Não duvidei de que poderia facilmente retirar os tijolos naquele lugar, introduzir o corpo e recolocá-los do mesmo modo, sem que despertasse suspeita a ninguém.

E não me enganei em meus cálculos. Por meio de uma alavanca, desloquei facilmente os tijolos e, tendo depositado o corpo, com cuidado, de encontro à parede interior, segurei-o nessa posição, até poder recolocar, sem grande esforço, os tijolos em seu lugar, tal como estavam anteriormente. Arranjei cimento, cal e areia e, com toda a precaução possível, preparei uma argamassa que não se podia distinguir da anterior, cobrindo com ela, escrupulosamente, a nova parede. Ao terminar, senti-me satisfeito, pois tudo correra bem. A parede não apresentava o menor sinal de ter sido rebocada. Limpei o chão com o maior cuidado e, lançando o olhar em torno, disse para mim mesmo: "Pelo menos aqui, o meu trabalho não foi em vão."

O passo seguinte foi procurar o animal que havia sido a causa de tão grande desgraça, pois resolvera, finalmente, matá-lo. Se, naquele momento, tivesse podido encontrá-lo, não haveria dúvida quanto à sua sorte; mas parece que o esperto animal se alarmara ante a violência de minha cólera, e procurava não aparecer diante de mim enquanto me encontrasse naquele estado de espírito. Impossível descrever ou imaginar o profundo e abençoado alívio que me causava a ausência de tão detestável felino. Não apareceu também durante a noite – e, assim, pela primeira vez, desde sua entrada em casa, consegui dormir tranquila e profundamente. Sim, *dormi* mesmo com o peso daquele assassínio sobre a minha alma.

Transcorreram o segundo e o terceiro dia – e o meu algoz não apareceu. Pude respirar, novamente, como homem livre. O monstro, aterrorizado, fugira para sempre de casa. Não tornaria a vê-lo! Minha felicidade era infinita! A culpa de minha tenebrosa ação pouco me inquietava. Foram feitas algumas investigações, mas respondi prontamente a todas as perguntas. Procedeu-se, também, uma vistoria em minha casa, mas, naturalmente, nada podia ser descoberto. Eu já considerava como coisa certa a minha felicidade futura.

No quarto dia após o assassinato, uma caravana policial chegou, inesperadamente, a casa, e realizou, de novo, rigorosa investigação. Seguro, no entanto, de que ninguém descobriria jamais o lugar em que eu ocultara o cadáver, não experimentei a menor perturbação. Os policiais pediram-me que os acompanhasse em sua busca. Não deixaram de esquadrinhar um canto sequer da casa. Por fim, pela terceira ou quarta vez, desceram ao porão. Não me alterei o mínimo que fosse. Meu coração batia calmamente, como o de um inocente. Andei por todo o porão, de ponta a ponta. Com os braços cruzados sobre o peito, caminhava, calmamente, de um lado para outro. A polícia estava inteiramente satisfeita e preparava-se para sair. O júbilo que me inundava o coração era forte demais para que pudesse contê-lo. Ardia de desejo de dizer uma palavra, uma única palavra, à guisa de triunfo, e também para tornar duplamente evidente a minha inocência.

– Senhores – disse, por fim, quando os policiais já subiam a escada –, é para mim motivo de grande satisfação haver desfeito qualquer suspeita. Desejo a todos os senhores uma ótima saúde e um pouco mais de cortesia. Diga-se de passagem, senhores, que esta é uma casa muito bem construída... (Quase não sabia o que dizia, em meu insopitável desejo de falar com naturalidade.) Poderia, mesmo, dizer que é uma casa *excelentemente* construída. Estas paredes – os senhores já se vão? – são de grande solidez.

Nessa altura, movido por pura e frenética fanfarronada, bati com força, com a bengala que tinha na mão, justamente na parte da parede atrás da qual se achava o corpo da esposa de meu coração.

Que Deus me guarde e livre das garras de Satanás! Mal o eco das batidas mergulhou no silêncio, uma voz me respondeu do fundo da tumba, primeiro com um choro entrecortado e abafado, como os soluços de uma criança; depois, de repente, com um grito prolongado, estridente, contínuo, completamente anormal e inumano. Um uivo, um grito agudo, metade de horror, metade de triunfo, como somente poderia ter surgido do inferno, da garganta dos condenados, em sua agonia, e dos demônios exultantes com a sua condenação.

Quanto aos meus pensamentos, é loucura falar. Sentindo-me desfalecer, cambaleei até à parede oposta. Durante um instante, o grupo de policiais deteve-se na escada, imobilizado pelo terror. Decorrido um momento, doze braços vigorosos atacaram a parede, que caiu por terra. O cadáver, já em adiantado estado de decomposição, e coberto de sangue coagulado, apareceu, ereto, aos olhos dos presentes. Sobre sua cabeça, com a boca vermelha dilatada e o único olho chamejante, achava-se pousado o animal odioso, cuja astúcia me levou ao assassínio e cuja voz reveladora me entregava ao carrasco. Eu havia emparedado o monstro dentro da tumba.

4
Berenice

*Dicebant mihi sodales, si sepulchrum amicae visitarem,
curas meas aliquantulum fore levatas.*[1]

EBN ZAIAT

O infortúnio é múltiplo. A infelicidade, sobre a terra, multiforme. Dominando, como o arco-íris, o amplo horizonte, seus matizes são tão variados como os desse arco e, também, nítidos, embora intimamente unidos entre si. Dominando o vasto horizonte como o arco-íris! Como é que pude obter da beleza um tipo de fealdade? Como pude conseguir, do pacto de paz, um símile de tristeza? Mas, como na ética, o mal é uma consequência do bem e, assim, na realidade, da alegria nasce a tristeza. Ou a lembrança da felicidade passada é a angústia de hoje, ou as agonias que *são* têm a sua origem nos êxtases que *poderiam ter sido*.

Meu nome de batismo é Egeu; o de minha família, não mencionarei. No entanto, não há, em minha terra natal, torreões mais ilustres do que os da sombria e vetusta casa em que nasci. Nossa linhagem foi chamada de raça de visionários; e, em muitos particulares notáveis – no caráter da mansão familiar, nos afrescos que adornam o salão principal, nas tapeçarias dos dormitórios, nos cinzelados de alguns pilares da sala de

---
[1]Diziam-me os companheiros que, se o túmulo da amante eu visitasse, minhas preocupações seriam suavizadas. (*N. do E.*)

armas, mas, muito especialmente, na galeria de quadros antigos, no estilo da biblioteca e, de modo todo particular, na natureza do conteúdo dessa biblioteca – há provas mais do que suficientes para justificar essa crença.

As lembranças de meus primeiros anos acham-se ligadas a essa sala e a esses volumes, dos quais nada mais direi. Aqui morreu minha mãe. Aqui nasci. Mas é simplesmente ocioso dizer que não vivi antes... que a alma não tem nenhuma existência anterior. Vós o negais? Não discutamos sobre isso. Estando eu próprio convencido, não procuro convencer. Há, no entanto, uma lembrança de formas aéreas, de olhos espirituais e expressivos, de sons musicais, embora tristes; uma lembrança que não quer apagar-se; uma lembrança como uma sombra, vaga, variável, indefinida, incerta – e, como uma sombra também, me vejo na impossibilidade de desfazer-me dela enquanto existir a luz de minha razão.

Foi nesse aposento que nasci. Despertando, assim, da longa noite que parecia ser, mas não era, o nada, e vendo-me, de repente, nas verdadeiras regiões de um país de fadas, num palácio fantástico, nos estranhos domínios do pensamento e da erudição monásticos, não é estranho que olhasse tudo com olhos surpresos e ardentes, que esbanjasse a minha infância debruçado sobre livros e dissipasse a minha juventude em sonhos; mas o estranho é que, tendo passado os anos, eu me encontrasse ainda, em plena maturidade, na mansão de meus pais; o maravilhoso é esse estancamento que caiu sobre as fontes de minha vida, maravilhosa a total inversão operada na natureza de meus pensamentos mais comuns. As realidades do mundo afetavam-me como visões, apenas como visões, enquanto as ideias loucas da terra dos sonhos se tornavam, por sua vez, não o material de minha vida cotidiana, mas, realmente, minha inteira e única existência.

Berenice e eu éramos primos, e crescemos juntos em minha casa paterna. No entanto, como crescemos diferentes! Eu, pobre de saúde, mergulhado em tristeza; ela, ágil, graciosa, transbordante de energia. Para ela, o vagar pelas colinas; para mim, os estudos do claustro. Eu, a viver encerrado em meu próprio coração, entregue, de corpo e alma, às mais intensas e penosas meditações; ela, a vagar despreocupada pela vida, sem pensar nas sombras de seu caminho ou no voo silencioso das horas negras, com asas de corvo. Berenice! Grito o seu nome – Berenice! – e, das ruínas cinzentas da memória, surgem mil lembranças tumultuosas! Ah, quão viva está a sua imagem, neste momento, diante de mim, como nos primeiros dias de sua despreocupação e alegria! Oh, magnífica e, contudo, fantástica beleza! Oh, sílfide entre os arbustos de Arnheim! Oh, náiade entre suas fontes! E, depois... depois tudo é mistério e terror, e uma história que não deveria ser contada. Uma doença – uma fatal doença – atingiu-a como um simum – e, até mesmo quando a contemplava, o espírito de transformação pesava sobre ela, invadindo-lhe o espírito, os hábitos, o caráter e, de maneira sutil e terrível, perturbando-lhe a própria personalidade! Ai, o destruidor ia e vinha! E a vítima... onde está ela? Não a conhecia... ou, pelo menos, já não a conhecia como Berenice!

Entre a numerosa série de enfermidades causadas por aquela doença fatal e primeira, que tão horrível transformação operou tanto no moral como no físico de minha prima, deve ser aqui mencionada, pela sua natureza mais penosa e tenaz, uma espécie de epilepsia que terminava, não raro, num estado cataléptico, uma catalepsia que se assemelhava muito com a morte real, e da qual ela voltava a si, em muitas ocasiões, de maneira surpreendentemente abrupta. Entrementes, minha própria doença – pois me disseram que eu não poderia chamar de outro nome – tomara rapidamente conta de mim, assumindo, afinal, o caráter de uma monomania, de uma forma nova e extraordinária: de hora em hora, de minuto em minuto, crescia em vigor, adquirindo, por fim, o mais incompreensível domínio sobre mim. Essa monomania, se assim posso chamá-la, consistia de uma irritabilidade mórbida daquelas faculdades do espírito que, na ciência metafísica, são denominadas *atentas*. É mais do que provável que eu não esteja sendo compreendido – mas receio que, na verdade, não haja maneira possível de dar à maioria dos leitores uma ideia adequada dessa nervosa *intensidade de interesse* com que, em meu caso, a faculdade de meditação (para não empregar termos técnicos) se ocupava e aprofundava na contemplação até mesmo dos objetos mais triviais do universo.

Meditar infatigavelmente durante horas seguidas, com a atenção presa em algum frívolo desenho sobre a margem ou no texto de um livro; absorver-me, durante a maior parte de um dia de verão, na contemplação de uma sombra curiosa a cair obliquamente sobre o tapete ou sobre o assoalho; deixar-me ficar, uma noite inteira, a observar a chama firme de uma lâmpada ou as brasas de uma lareira; sonhar o dia inteiro com o perfume de uma flor; repetir, monotonamente, alguma palavra comum, até que o som, devido às repetições frequentes, deixasse de me transmitir ao espírito qualquer ideia; perder todo o sentido de movimento ou de existência física por meio de uma absoluta imobilidade corporal, longa e persistentemente mantida – eis aí algumas das mais comuns e menos perniciosas fantasias produzidas por um estado das faculdades mentais que não era, na verdade, inteiramente sem paralelo, mas que, por certo, desafiava qualquer análise ou explicação.

Contudo, não quero ser mal interpretado. A anormal, intensa e mórbida atenção assim despertada por objetos por si só triviais não deve ser confundida, em seu caráter, com essa tendência à meditação, comum a toda a humanidade, e a que se entregam, em particular, as pessoas de imaginação ardente. Tampouco era, como se poderia a princípio supor, um estado extremo ou uma exageração de tal tendência, mas originária e essencialmente precisa e diferente. Num desses casos, o sonhador, ou fantasista, estando interessado por um objeto em geral *nada* frívolo, imperceptivelmente perde de vista tal objeto, num emaranhado de deduções e sugestões que dele se originam, até que, ao término de um dia *não raro repleto de voluptuosidade*, verifica que o *incitamentum*, ou a causa primeira de suas meditações, se dissipou ou foi esquecido por completo. Em meu caso, o ponto de partida era *invariavelmente frívolo*, embora assumisse, por meio de minha visão doentia, uma importância refletida e irreal. Poucas, ou nenhumas, deduções eram feitas, e essas poucas se voltavam, com obstinação, sobre o objeto principal, como sobre um centro. As meditações nunca eram *agradáveis* – e, ao fim do devaneio, a causa primeira, longe de estar fora de minhas vistas, atingira aquele interesse sobrenaturalmente exagerado que era a característica principal de minha doença. Numa palavra, a faculdade espiritual particularmente exercida era, em mim, como já disse antes, a da *atenção* como é, no sonhador diário, a *especulativa*.

Meus livros, nessa época, se na verdade não contribuíam para acentuar aquele transtorno, participavam, em grande parte, como se perceberá, pela sua natureza imaginativa e ilógica, das qualidades características do meu próprio mal. Lembro-me, entre outros, do tratado do nobre italiano Cœlius Secundus Curio, *De Amplitudino Beati Regni Dei*; da grande obra de Santo Agostinho, *A cidade de Deus*, e da *De carne Christi*, de Tertuliano, cuja sentença paradoxal, *Mortuus est Dei filius; credibile est quia ineptum est; et sepultus resurrexit; certum est quia impossibile est*,[2] absorveu inteiramente o meu tempo, durante muitas semanas de laboriosa e infrutífera investigação.

Assim, alterada em seu equilíbrio apenas por coisas triviais, minha razão se assemelhava àquele rochedo oceânico de que

---

[2] Morto está o filho de Deus; isso é crível por ser absurdo; e sepultado ressuscitou; isso é certo por ser impossível.

fala Ptolomeu Hephestion, o qual, resistindo firmemente a todos os ataques da violência humana e à fúria ainda mais rude das águas e dos ventos, tremia ao simples toque de uma flor chamada asfódelo. E embora, a um pensador descuidado, pudesse parecer fora de dúvida que a alteração produzida, pela sua infeliz enfermidade, na condição *moral* de Berenice me proporcionasse motivos para o exercício dessa intensa e anormal meditação cuja natureza me foi difícil explicar, tal não acontecia, de modo algum, em meu caso. Durante os intervalos lúcidos de minha enfermidade, sua desgraça me causava verdadeiro pesar, e aquela ruína total de sua bela e doce vida não deixava de comover-me profundamente o coração, fazendo-me pensar muitas vezes, com amargura, nos meios extraordinários pelos quais se operou, de maneira tão súbita, uma tão estranha transformação. Mas tais reflexões não participavam da idiossincrasia de minha doença, sendo como as que teriam ocorrido, em circunstâncias semelhantes, à maioria das criaturas humanas. Fiel ao seu próprio caráter, minha enfermidade se manifestava nas menos importantes, porém mais surpreendentes modificações que se operavam no estado *físico* de Berenice – na singular e espantosa deformação de sua personalidade.

Durante os dias mais resplandescentes de sua incomparável beleza, eu, com toda a certeza, não a amara jamais. Em meio à estranha anormalidade de minha existência, meus sentimentos não provinham *nunca* do coração, enquanto minhas paixões vinham *sempre* do meu espírito. Através do cinzento das madrugadas, nas sombras entrecruzadas da floresta ao meio-dia, e no silêncio de minha biblioteca, à noite, ela perpassava ante meus olhos e eu a via – não como a Berenice viva e palpitante, mas como a Berenice de um sonho; não como um ser da terra, carnal, mas como a abstração de um tal ser; não como uma coisa para se admirar, mas para se analisar; não como um objeto de amor, mas como tema de uma especulação sumamente abstrusa e desconexa. E, *agora*... agora eu estremecia em sua presença, empalidecia à sua aproximação; e, embora lamentando amargamente a sua decadência e o seu triste estado, recordava que ela me amara durante longo tempo e, num mau momento, falei-lhe de casamento.

Finalmente, aproximava-se a época de nossas núpcias quando, numa tarde de inverno – um desses dias inexplicavelmente cálidos, calmos e brumosos, que são como que a ama de leite da bela Alcione[3] –, me sentei (julgando que estava sozinho) no gabinete interior da biblioteca. Julgava estar sozinho, mas erguendo os olhos, vi Berenice à minha frente.

Foi minha imaginação excitada, ou a influência brumosa da atmosfera, ou o crepúsculo incerto do aposento, ou as vestes cinzentas que lhe envolviam... o que tornava tão vago e incerto o seu contorno? Não saberia dizê-lo. Ela não proferiu uma única palavra – e eu por nada do mundo teria pronunciado uma única sílaba. Um calafrio percorreu-me o corpo; oprimiu-me uma sensação de insuportável ansiedade; irreprimível curiosidade invadiu-me a alma, e, recostando-me na poltrona, permaneci um momento imóvel, a respiração suspensa, os olhos cravados em sua figura. Ai! Era excessiva a sua palidez, e nenhum vestígio de seu ser anterior se escondia em qualquer linha daquele contorno. Meu olhar, ardente, pousou-lhe, por fim, no rosto.

A testa era ampla, muito pálida e singularmente plácida; os cabelos, em outros tempos cor de azeviche, cobriam-na em parte, tapando-lhe as frontes encovadas com inúmeros anéis, agora de um louro vivo, destoando acentuadamente, em seu aspecto fantástico, da melancolia predominante de seu rosto. Os olhos, sem vida e sem brilho, pareciam sem pupilas. Involuntariamente, desviei a vista daquele olhar vítreo passando

---
[3] Pois que como Júpiter, durante a estação hibernal, concedia por duas vezes sete dias de calor, os homens chamaram a esse tempo benigno e temperado "a ama de leite da bela Alcione". – *Simônides*. (*N. do A.*)

a contemplar os lábios finos e enrugados. Estes se entreabriram e, num sorriso de especial significado, *os dentes* da modificada Berenice apareceram, lentamente, diante de mim. Antes não me houvesse Deus jamais permitido contemplá-los, ou que, tendo-o feito, houvesse eu morrido!

SOBRESSALTOU-ME O RUÍDO de uma porta que se fechava e, erguendo os olhos, vi que minha prima saíra do aposento. Mas – ai de mim! – não saíra do aposento desordenado de meu cérebro, como também dele não seria afastado o lívido e medonho espectro de seus dentes. Não havia uma única mancha em sua superfície, uma única sombra em seu esmalte, a mínima irregularidade em sua conformação que, naquele breve momento do sorriso, não se gravasse, indelevelmente, em minha memória. Vejo-os, *agora*, ainda mais inequivocamente do que os havia contemplado *antes*. Os dentes!... Os dentes!... Ali estavam, em toda a parte, visíveis e palpáveis à minha frente – longos, estreitos e excessivamente alvos, com os pálidos lábios contorcendo-se em torno deles, como no primeiro momento em que apareceram. Sobreveio, então, a plena fúria de minha *monomania*, e lutei em vão contra a sua estranha e irresistível influência. Diante dos múltiplos objetos do mundo exterior, eu não pensava em outra coisa senão naqueles dentes. Sentia por eles um desejo frenético. Todos os outros assuntos e todos os meus demais interesses foram absorvidos pela sua contemplação. Eles... somente eles, estavam presentes em minha visão mental, e sua única individualidade se transformou na essência de minha vida espiritual. Via-os sob todos os aspectos; resolvia-os em todos os sentidos; estudava suas características. Refletia longamente sobre suas peculiaridades. Meditava sobre sua conformação. Cogitava acerca de sua natureza. Estremecia ao atribuir-lhes, em minha imaginação, uma faculdade de sensação e de sensibilidade e, mesmo quando não ajudados pelos lábios, uma capacidade de expressão moral. De mademoiselle Sallé foi dito – aliás muito bem – que *tous ses pas étaient des sentiments*,[4] e, de Berenice, eu acreditava ainda mais seriamente que *toutes ses dents étaient des idées! Des idées!*[5] – ah! aqui estava o pensamento idiota que me destruiu! *Des idées!* – Ah, era *por isso* que eu os cobiçava tão loucamente! Sentia que somente a posse deles poderia restituir-me a paz, fazendo-me recobrar a razão.

E, assim, caiu a noite sobre mim e, depois, vieram as trevas, e se detiveram, e se dissiparam, e raiou o novo dia, e as brumas de uma segunda noite se formaram em torno – e eu ainda continuava sentado, imóvel, no aposento solitário, mergulhado ainda em meditação, e ainda o *fantasma* dos dentes mantinha a sua terrível ascendência sobre a minha pessoa, enquanto, com a mais viva e horrenda nitidez, flutuava em derredor, entre as luzes e as sombras cambiantes do aposento. Por fim, irrompeu sobre os meus sonhos um grito de horror e desalento, após o que se seguiu, decorrido um instante, um ruído de vozes agitadas, entremeadas de muitos gemidos surdos de tristeza ou de dor. Levantei-me da poltrona e, escancarando uma das portas da biblioteca, vi, de pé, na antecâmara, uma criada desfeita em pranto, que me disse que Berenice... já não existia! Sofrera um ataque de epilepsia nas primeiras horas da manhã e, agora, ao cair da noite, o túmulo já estava preparado para a sua ocupante, e terminados todos os preparativos para o sepultamento.

COM O CORAÇÃO angustiado, oprimido pelo receio, dirigi-me com repugnância para o quarto de dormir da defunta. Era um quarto grande, muito escuro, e, a cada passo, eu me chocava com os preparativos do sepultamento. Os cortinados do leito – disse-me um criado – estavam fechados sobre o ataúde, no qual – acrescentou ele, em voz baixa – estava tudo que restava de Berenice.

---

[4]Todos os seus passos eram sentimentos. (*N. do E.*)
[5]Todos os seus dentes eram ideias! Ideias! (*N. do E.*)

Quem teria me perguntado se eu não queria ver o corpo? Não vi moverem-se os lábios de ninguém; entretanto, a pergunta fora realmente feita e o eco das últimas sílabas ainda soava pelo quarto. Era impossível resistir e, com uma sensação opressiva, dirigi-me vagarosamente para o leito. Ergui de leve as sombrias dobras das cortinas; mas, ao soltá-las, caíram sobre meus ombros, separando-me do mundo dos vivos e deixando-me na mais estreita comunhão com a defunta.

Todo o ar do quarto cheirava a morte; mas o cheiro característico do ataúde me fazia mal a ponto de imaginar que o cadáver exalava um odor deletério. Daria tudo para fugir, para livrar-me da perniciosa influência mortuária, para respirar, mais uma vez, o ar puro da natureza. Mas fugiam-me as forças para mover-me, meus joelhos tremiam e sentia-me como que enraizado no solo, a olhar fixamente o rígido cadáver, estendido no caixão aberto.

Deus do céu! Seria possível? Estaria ficando louco? Ou o dedo da defunta se mexera no sudário que a envolvia? Tremendo de inenarrável terror, ergui lentamente os olhos para ver o rosto do cadáver. Haviam-lhe amarrado o queixo com um lenço, o qual, não sei como, se desatara. Os lábios lívidos se torciam numa espécie de sorriso, e, por entre sua moldura melancólica, os dentes de Berenice, brancos, luzentes, terríveis, se me mostravam ainda, com uma realidade demasiado vívida. Afastei-me convulsivamente do leito e, sem pronunciar uma palavra, como um louco, saí correndo daquele quarto de mistério, de horror e de morte...

Encontrei-me de novo sentado na biblioteca, e novamente sozinho. Parecia-me haver despertado de um sonho confuso e excitante. Sabia que já era meia-noite e que, desde o pôr do sol, Berenice se achava enterrada. Mas não tinha nenhuma compreensão clara, positiva, do lúgubre período intermediário. Contudo, minha memória estava cheia de horror – tanto mais horrível por ser vago, e terror mais terrível pela sua ambiguidade. Era uma página espantosa do livro de minha existência, escrita, toda ela, de recordações vagas, atrozes e ininteligíveis. Esforcei-me por decifrá-las, mas em vão; de quando em quando, como se fosse o espírito de um som morto, um grito de mulher, penetrante e estridente, parecia soar em meus ouvidos. Eu havia realizado um ato... Mas qual? Dirigia a mim mesmo essa pergunta em voz alta, e os ecos sussurrantes do aposento respondiam: "Mas que ato foi esse?"

Na mesa, a meu lado, ardia uma lâmpada e, perto dela, estava uma caixinha. Não possuía nada de notável, e eu já a havia visto, antes, muitas vezes, pois pertencia ao médico da família. Mas por que estava ela *ali*, e por que razão eu estremecia ao contemplá-la? Isso, afinal, pouco importava, e meus olhos pousaram, por fim, sobre as páginas de um livro, detendo-se diante de uma frase sublinhada. Eram as palavras singulares, mas simples, do poeta Ebn Zaiat: *Dicebant mihi sodales, si sepulchrum amicae visitarem, curas meas aliquantulum fore levatas.* Por que, então, ao lê-las, meus cabelos se puseram de pé e meu sangue se congelou nas veias?

Bateram de leve na porta da biblioteca e, pálido como um habitante do túmulo, um criado entrou nas pontas dos pés. Seu aspecto era de extremo terror, e falou-me com voz trêmula, rouca e muito baixa. Que me disse ele? Ouvi algumas frases entrecortadas. Falou-me de um grito espantoso que perturbava o silêncio na noite... da reunião de toda a criadagem... de uma busca na direção do lugar de onde vinha o som – e, então, o tom de sua voz se tornou arrepiantemente nítido, ao referir-se a um túmulo violado... a um corpo desfigurado em sua mortalha, mas respirando e palpitando ainda... *ainda vivo!*

Apontou para as minhas roupas: estavam manchadas de lama e de sangue coagulado. Eu nada falei, e ele me tomou, delicadamente, a mão: tinha sinais de unhas humanas. Dirigiu minha atenção para um objeto apoiado contra a parede. Fitei-o durante alguns minutos: era uma pá. Lançando um grito, atirei-me de um salto sobre a mesa e apanhei a caixa que lá estava. Mas não conseguia abri-la e, em meu tremor, escorregou de minhas mãos, caiu pesadamente e fez-se em pedaços. Dela, com um ruído tilintante, rolaram alguns instrumentos de cirurgia dental, entremeados com trinta e duas minúsculas peças brancas, semelhantes ao marfim, que se esparramaram, aqui e acolá, pelo assoalho.

5
Manuscrito encontrado numa garrafa

> *Qui n'a plus qu'un moment à vivre*
> *N'a plus rien à dissimuler.*[1]
>
> QUINAULT – ATYS

De minha pátria e de minha família, pouco tenho a dizer. A má conduta e a passagem dos anos afastaram-me de ambas. Os bens que herdei me permitiram uma educação fora do comum, e certa tendência contemplativa de meu espírito tornou-me apto a classificar metodicamente os fatos interpretados através de meus diligentes estudos na juventude. Sobretudo as obras dos moralistas alemães me proporcionaram grande deleite, não por admirar, mal avisadamente, a sua loucura eloquente, mas pela facilidade com que os meus rigorosos hábitos de raciocínio me permitiam perceber suas falsidades. Tenho sido censurado, com frequência, devido à aridez de meu gênio; uma deficiência de imaginação me foi imputada como um crime, e o pirronismo de minhas opiniões sempre me deu notoriedade. De fato, receio que uma grande inclinação pela filosofia física me tenha impregnado o espírito de um erro muito comum em nossa época: o hábito de relacionar com os princípios dessa ciência mesmo as coisas menos suscetíveis de

---

[1] Quem tem apenas um momento de vida/ Não tem mais nada a dissimular. (*N. do E.*)

semelhante relação. De um modo geral, ninguém poderia estar menos sujeito do que eu a deixar-se arrastar para fora da severa jurisdição da verdade pelos *ignes fatui*[2] da superstição. Pareceu-me conveniente insistir nessas premissas, receoso de que a incrível narração que vou fazer fosse considerada como produto de uma imaginação crua, e não como uma experiência positiva de um espírito para o qual os devaneios fantasiosos sempre foram encarados como letra morta, como coisa sem valor.

Depois de muitos anos gastos em viagens por terras estrangeiras, embarquei, no ano de 18..., no porto de Batávia, na rica e populosa ilha de Java, para um passeio pelas ilhas do arquipélago. Embarquei como simples passageiro, sem outra coisa que me induzisse a tal senão uma inquietude nervosa que me perseguia como um demônio.

Nosso barco era um belo navio de cerca de 400 toneladas, guarnecido de cobre e construído em Bombaim, de teca de Malabar. Levava um carregamento de algodão e azeite, proveniente das Laquedivas. Tínhamos também a bordo fibras de coco, açúcar mascavo, manteiga de leite de búfala, cocos e algumas caixas de ópio. O navio fora mal estivado e, por conseguinte, rangia.

Partimos com um simples sopro de vento e durante muitos dias permanecemos ao largo da costa oriental de Java, sem qualquer incidente que quebrasse a monotonia de nossa rota senão o encontro ocasional com algum dos pequenos barcos costeiros do arquipélago a que nos destinávamos.

Uma noite, em que me achava debruçado ao corrimão da popa, observei, a noroeste, uma nuvem isolada, bastante singular. Distinguia-se tanto pela sua cor como por ser a primeira que víamos, desde a nossa partida de Batávia. Examinei-a atentamente até o pôr do sol, quando ela, de repente, se estendeu tanto para leste como para oeste, cingindo o horizonte com

---

[2]Ilusão. (*N. do E.*)

uma estreita faixa de vapor, que se assemelhava a uma linha costeira muito baixa. Logo depois, chamaram-me a atenção o aspecto avermelhado da Lua e o estranho caráter do mar. Operava-se, neste último, uma rápida mudança, e a água parecia mais transparente do que de costume. Podia ver claramente o fundo; não obstante, ao lançar a sonda, verifiquei que havia 15 braças de profundidade. O ar tornou-se intoleravelmente quente, saturando-se de exalações semelhantes às que se erguem, em espirais, dos metais incandescentes. Ao cair da noite, a brisa extinguiu-se por completo, sendo impossível conceber-se calmaria mais absoluta do que aquela. A chama de uma vela ardia sobre a popa sem que se percebesse o mínimo movimento, e um longo fio de cabelo, preso entre o indicador e o polegar, não revelava a menor vibração. Contudo, como o capitão afirmara que não havia indício algum de perigo, e como seguíamos, à deriva, para terra, foram dadas ordens para que as velas fossem arriadas e para que se descesse a âncora. Não se colocou nenhum vigia, e a tripulação, constituída principalmente de malaios, se acomodou, deliberadamente, sobre o convés. Desci ao meu camarote, sem que deixasse de sentir a premonição de uma desgraça. Efetivamente, todos os indícios justificavam o meu receio de que houvesse um simum. Disse-o ao capitão, mas ele não deu atenção às minhas palavras, não se dignando, sequer, responder-me. Minha inquietude, porém, não me permitia dormir e, cerca da meia-noite, subi ao convés. Ao colocar meu pé sobre o último degrau da escada, surpreendeu-me um ruído forte, semelhante ao produzido pelo rápido girar de uma roda de moinho e, antes que pudesse verificar de que se tratava, senti que o navio estremecia, sacudido com violência. Logo a seguir, uma enorme onda fez com que o barco adernasse perigosamente e, passando sobre nós, varreu o convés de popa a proa.

A própria violência da rajada contribuiu, em grande parte, para salvar o navio. Completamente tomado pelas águas, seus mastros foram arrancados e, após um minuto, o barco ergueu-se, pesadamente, do mar, vacilou um instante sob a enorme pressão da tormenta e, por fim, recobrou sua estabilidade.

Escapei da morte por verdadeiro e inexplicável milagre. Aturdido pelo violento impacto da água, encontrei-me, ao recobrar a consciência, comprimido entre o leme e o cadaste. Pus-me de pé com grande dificuldade e, ao olhar, tonto, em torno, tive a impressão de que nos achávamos em meio a ondas de rebentação, tão espantoso e inacreditável era o redemoinho de águas tumultuosas e espumejantes em que nos encontrávamos engolfados. Decorrido um momento, ouvi a voz de um velho sueco, que embarcara poucos minutos antes de o navio partir. Gritei-lhe a plenos pulmões e ele, afinal, veio ao meu encontro, cambaleante. Verificamos, logo, que éramos os únicos sobreviventes do acidente. Com exceção de nós dois, todos os que se achavam no convés haviam sido varridos para o mar; o capitão e os marinheiros deviam ter perecido enquanto dormiam, pois as cabinas foram inundadas. Sem assistência, pouco podíamos fazer pela segurança do navio, e nossos esforços foram, a princípio, paralisados pela impressão de que iríamos soçobrar. Nossa amarra, certamente, ao primeiro sopro do furacão, partira-se como um fio de linha; do contrário, teríamos sido imediatamente tragados pelas ondas. Deslizávamos com espantosa velocidade sobre o mar, enquanto a água se precipitava sobre as visíveis brechas. O vigamento da popa estava terrivelmente avariado e, sob todos os aspectos, havíamos sofrido danos consideráveis; mas, para nossa grande alegria, vimos que as bombas funcionavam e que a carga permanecera mais ou menos em seu lugar. A fúria maior da tormenta já havia cessado e a violência do vento não parecia prenunciar grande perigo. Contudo, esperávamos, apreensivos, que a ventania cessasse de todo, compreendendo que, na lamentável situação em que se achava o barco, pereceríamos inevitavelmente em meio aos tremendos vagalhões que por certo se seguiriam. Mas parecia que essa justa apreensão não iria converter-se logo em realidade. Durante cinco dias e cinco noites inteiros – durante os quais todo o nosso alimento consistiu apenas em uma pequena quantidade de açúcar mascavo, conseguido à custa de grande dificuldade, no castelo de proa –, o barco prosseguiu em sua marcha com uma rapidez incalculável, impelido por rápidas e sucessivas rajadas de vento, as quais, embora não se igualassem ao verdadeiro ímpeto do simum, eram, no entanto, muito mais terríveis que qualquer outra tempestade por mim presenciada. Durante os quatro primeiros dias, o nosso curso, salvo pequenas variações, foi o de sudeste, na direção da costa de Nova Holanda. No quinto dia, o frio tornou-se intenso, embora o vento soprasse em torno de um ponto mais para o norte. O Sol ergueu-se com um brilho amarelo e enfermiço, ascendendo apenas alguns graus acima do horizonte, e projetando apenas uma luz fraca. Não se via nuvem alguma; não obstante, o vento aumentava, em rajadas violentas e intermitentes. Por volta de meio-dia, o aspecto do Sol, tanto quanto podíamos vê-lo, despertou nossa atenção. Não projetava nada que se assemelhasse à sua verdadeira luz, mas sim uma espécie de sombrio e triste clarão sem reflexo, como se os seus raios estivessem todos polarizados. Pouco antes de mergulhar no túrgido mar, suas chamas centrais se apagaram subitamente, como se tivessem sido extintas à pressa por algum poder inexplicável. Não era mais do que um pálido disco prateado, quando submergiu no insondável oceano.

Aguardamos em vão a chegada do sexto dia, mas esse dia ainda não chegou para mim; para o sueco, não chegou jamais. A partir de então, fomos envolvidos por uma escuridão de breu, de modo que não podíamos ver objeto algum que se encontrasse a mais de vinte passos do navio. A noite eterna continuava a envolver-nos, sem que fosse atenuada pelo brilho fosfórico do mar, ao qual estávamos acostumados nos trópicos. Observamos também que, embora a tempestade continuasse a desencadear-se com incessante violência, já não sentíamos nenhuma aparência de ressaca ou de espuma, como acontecera até então. Em torno de nós, tudo era horror, escuridão espessa, e o negro deserto de ébano derretido. Terrores supersticiosos infiltravam-se, aos poucos, no espírito do velho sueco, e minha própria alma se abismava em silencioso espanto. Abandonamos, por considerá-los inúteis, todos os cuidados que vínhamos dispensando ao navio e, abraçados o melhor que podíamos ao mastro de mezena, olhávamos amargamente o imenso oceano. Não dispúnhamos de meios para calcular o tempo, tampouco podíamos formar a menor conjetura quanto à nossa verdadeira situação. Tínhamos, porém, plena consciência de haver navegado mais para sudoeste do que quaisquer outros navegantes anteriores, e causava-nos grande surpresa não deparar com os habituais obstáculos de gelo. Entrementes, cada minuto parecia ser o último; cada vagalhão, o último que nos envolveria. A agitação do mar ultrapassava tudo que eu imaginara possível, e constitui um milagre não termos sido instantaneamente tragados pelas ondas. Meu companheiro falava da leveza do carregamento e recordava as excelentes qualidades de nosso navio. Mas eu não podia deixar de sentir a completa inutilidade de qualquer esperança, e preparei-me melancolicamente para aquela morte que nada poderia adiar por mais de uma hora, visto que, a cada avanço do barco, a agitação daquele negro e estupendo mar se tornava mais desanimadora e espantosa. Às vezes, a uma altura maior que a do albatroz, faltava-nos o fôlego; outras vezes, ficávamos tontos com a velocidade com que mergulhávamos em algum inferno líquido, onde o ar era estagnado e nenhum som perturbava o sono do *kraken*.[3]

Estávamos no fundo de um desses abismos, quando um grito estridente de meu companheiro ecoou medonhamente na noite:

---

[3]Monstro marinho fabuloso, do folclore escandinavo. (*N. do T.*)

– Veja! Veja! – gritou em meus ouvidos. – Deus Todo-Poderoso! Veja! Veja!

Enquanto ele falava, percebi o clarão triste e sombrio de uma luz vermelha, a flutuar sobre a vertente do imenso abismo em que nos achávamos e a lançar sobre o nosso convés um vacilante reflexo. Erguendo os olhos, deparei com um espetáculo que me fez gelar o sangue nas veias. A uma altura tremenda, diretamente sobre nós, justamente sobre a precipitosa muralha de água, navegava um navio gigantesco, que deslocaria talvez 4 mil toneladas. Embora se achasse no topo de uma onda que teria mais de cem vezes a sua altura, o barco excedia, em tamanho, qualquer outro navio da Companhia das Índias Orientais. Seu imenso casco era de um negro muito forte, que não era atenuado por nenhum dos ornamentos habituais de um navio. Uma única fileira da canhões lançava suas bocas pelas aberturas da amurada, refletindo em suas superfícies polidas a luz de inúmeros faróis de combate, os quais balouçavam de um lado para outro, presos a seus cordames. Mas o que nos encheu, principalmente, de horror e assombro, foi o fato de navegar com as velas desfraldadas, num mar tumultuoso e sobrenatural como aquele, em meio de um furacão incontrolável. Quando primeiro o vimos, só se divisava a proa, enquanto o navio se erguia, lentamente, do vago e medonho abismo que havia atrás. Durante um momento de intenso horror, vacilou sobre o topo do abismo, como se contemplasse o seu próprio feito estupendo; depois, estremeceu, cambaleou... e deslizou pela vertente.

Não sei como, naquele instante, consegui dominar o meu espírito. Afastando-me vacilante, o mais que podia, para a popa, aguardei, impávido, o desastre iminente. Nosso próprio barco abandonava, por fim, a sua luta, e começava a mergulhar de proa. O choque da massa que descia o atingiu, por conseguinte, naquela parte de sua estrutura que se achava submersa, e o resultado inevitável da colisão foi lançar-me de encontro ao cordame do navio desconhecido.

Quando caí, o navio permaneceu um instante à capa e, depois, prosseguiu. Atribuí à confusão reinante no momento o fato de eu haver conseguido escapar sem ser pressentido pela tripulação. Não me custou grande trabalho escapar pela escotilha principal, que estava parcialmente aberta, ocultando-me no porão. Dificilmente poderia explicar por que razão agi dessa maneira. Um vago sentimento de medo, que se apoderou de meu espírito ante o aspecto daqueles navegantes, talvez tenha sido o que me levou a ocultar-me. Não me senti disposto a confiar a minha sorte a uma raça de gente que, desde a primeira troca de olhares, me ofereceu, pela sua estranheza, tantos motivos de dúvida e de desconfiança. Achei, pois, conveniente descobrir no porão um lugar adequado onde pudesse continuar escondido. Fi-lo removendo uma pequena parte do madeiramento, de modo a poder ocultar-me convenientemente entre a estrutura interior do imenso casco do navio.

Mal havia terminado o meu trabalho, quando um ruído de passos no porão fez com que usasse o meu esconderijo. Um homem, com passos incertos e vacilantes, passou por perto de mim. Não pude ver-lhe o rosto, mas tive oportunidade de observar o seu aspecto geral. Tinha todas as características de uma pessoa muito velha e enferma. Seus joelhos cediam ante o peso dos anos, e todo o seu corpo tremia. Murmurava para si mesmo, em voz baixa e entrecortada, palavras de um idioma que me era incompreensível, enquanto revolvia, num canto, uma pilha de instrumentos de aspecto estranho e cartas de navegação estragadas pelo tempo. Havia em suas maneiras um misto da rabugice da segunda infância e a solene dignidade de um Deus. Por fim, subiu ao convés e não o vi mais.

APODEROU-SE DE MINHA alma um sentimento que não tenho palavras para exprimir – uma sensação que não admitia análise, que não encontrava tradução nas lições do passado e que, receava, não encontrar explicação nos textos futuros. Para um espírito como o meu, esta consideração constituía um suplício. Jamais – estou certo de que jamais – serei satisfeito quanto à natureza de minhas concepções. Contudo, não é de estranhar que essas ideias sejam indefiníveis, já que têm sua origem em fontes tão absolutamente inéditas. Incorporou-se à minha alma um novo sentimento, uma nova entidade.

FAZ MUITO TEMPO que pisei pela primeira vez no convés desse navio terrível, e os raios de meu destino se concentram, ao que me parece, num único foco. Homens incompreensíveis! Mergulhados em meditações cuja natureza não me é possível adivinhar, passam por mim sem que me vejam. Ocultar-me seria uma loucura de minha parte, pois esta gente *não me verá*. Ainda há pouco, passei diretamente diante dos olhos do imediato; não faz muito tempo, ousei entrar na própria cabina privada do capitão, retirando de lá o material com que escrevo, com que tenho escrito até agora. Continuarei, de tempos em tempos, este diário. É verdade que talvez não tenha oportunidade de fazê-lo chegar ao conhecimento do mundo, mas não deixarei de esforçar-me para que tal aconteça. No último momento, encerrarei o manuscrito numa garrafa e a lançarei ao mar.

OCORREU UM INCIDENTE que me deu novo motivo para meditação. Serão acaso tais coisas consequências de pura casualidade? Atrevi-me a sair ao convés e lancei-me, sem atrair qualquer atenção, sobre uma pilha de coisas barulhentas e velhas velas que se achavam no fundo de um escaler. Enquanto meditava sobre a singularidade do meu destino, eu, inconscientemente, passava uma brocha alcatroada pelos cantos de um cutelo, cuidadosamente dobrado, que se achava, perto de mim, sobre um barril. O cutelo está agora inclinado sobre o navio, e os toques distraídos da brocha formaram a palavra DESCOBERTA.

Fiz, ultimamente, algumas observações sobre a estrutura do navio. Embora bem armado, não se trata, creio eu, de um navio de guerra. Seu cordame, construção e equipamento geral afastam tal suposição. O que ele *não é*, posso facilmente dizer; mas me é impossível dizer o que *é*. Não sei por que motivo, mas, examinando a estranha e singular forma desse navio, suas proporções colossais, seu enorme conjunto de velas, sua proa severamente simples e sua popa de estilo antiquado, tenho, às vezes, a sensação de estar diante de coisas familiares, que me passam pelo espírito de mistura com vagas e imprecisas lembranças de antigas crônicas estrangeiras e de séculos bastante remotos.

ESTIVE EXAMINANDO o arcabouço do navio. É construído de um material que me é desconhecido. Há, em suas madeiras, algo que me parece impróprio para o uso a que foram destinadas. Refiro-me à sua extrema *porosidade*, considerada independentemente do desgaste natural decorrente da navegação por estes mares e do apodrecimento devido à velhice. Talvez essa observação pareça excessivamente sutil, mas parece-me que esta madeira possui todas as características de um carvalho espanhol, se é que o carvalho espanhol pudesse ser distendido por meios artificiais.

Ao reler a frase anterior, lembro-me de um curioso apotegma de um velho lobo do mar holandês. "Isto é tão certo" – costumava dizer, quando havia qualquer dúvida quanto à veracidade de suas narrativas – "isto é tão certo como é certo que existe um mar em que o próprio navio aumenta de tamanho, como o corpo vivo de um marinheiro."

HÁ CERCA DE uma hora, tive a audácia de me meter entre um grupo de tripulantes. Não deram atenção à minha pessoa e, embora me encontrasse bem no meio deles, pareciam inteiramente alheios à minha presença. Como aquele que vi, pela primeira vez, no porão, todos eles tinham o aspecto de homens extraordinariamente velhos. Seus joelhos tremiam, inseguros; tinham os ombros curvados pela decrepitude; suas peles enrugadas balançavam com o vento; as vozes eram baixas, trêmulas e entrecortadas; os olhos destilavam lágrimas senis, e seus cabelos grisalhos agitavam-se terrivelmente em meio à tempestade. Em torno deles, espalhados por todos os cantos do convés, achavam-se instrumentos matemáticos inteiramente obsoletos e de aspecto estranho.

Referi-me, antes, a um cutelo inclinado. A partir de então, o navio, impelido em cheio pelo vento, continuou sua terrível marcha para o sul, com todas as velas enfunadas, desde a borla do mastaréu até os cutelos inferiores, a jogar violentamente em meio ao mais espantoso inferno líquido que a imaginação possa conceber. Acabo de deixar o convés, onde me parecia impossível manter-me de pé, embora a tripulação pareça não sofrer o mínimo que seja. Parece-me um milagre dos milagres que o nosso barco não seja engolido de repente, de uma vez por todas, pelas águas. Por certo, estamos condenados a pairar continuamente à beira da eternidade, sem dar o mergulho final no abismo. Com a facilidade de uma gaivota, rápida como uma flecha, deslizávamos sobre vagas mil vezes mais estupendas do que quaisquer outras que eu já houvesse visto, e as ondas colossais erguem suas cabeças sobre nós como demônios das profundezas do inferno, mas demônios que se limitam a simples ameaças, demônios que estão proibidos de destruir. Sou levado a atribuir a frequência com que o navio se livra dos perigos à única causa que pode ser responsável por tal coisa. Devo supor que o barco se acha sob a influência de alguma poderosa corrente, ou de alguma impetuosa ressaca.

VI O CAPITÃO frente a frente, em sua própria cabina, mas, como era de se esperar, não prestou atenção alguma à minha pessoa. Embora nada haja em sua aparência que, para um observador casual, possa classificá-la como superior ou inferior à de um homem comum, o assombro que senti ao vê-lo era um misto de respeito e de terror supersticioso. Tem, mais ou menos, minha própria estatura; isto é, aproximadamente 1,30 metro. É bem proporcionado e de aspecto robusto, embora nada haja nele de excepcional. Mas é a singular expressão de seu rosto, o intenso, terrível e impressionante aspecto de extrema velhice, que desperta em meu espírito um sentimento... um sentimento indizível. Sua testa, ainda que pouco enrugada, parece suportar o peso de mil anos. Os cabelos grisalhos são como que arquivos do passado, e os olhos, ainda mais cinzentos, são como que as sílabas do futuro. O assoalho de seu camarote está coberto de estranhos volumes *in-fólio* com cantoneiras de ferro, instrumentos científicos fora de uso e cartas de navegação obsoletas, há muito esquecidas. Tinha a cabeça apoiada sobre as mãos e fitava, com os olhos penetrantes e inquietos, um pergaminho que me pareceu uma ordem superior, levando, indubitavelmente, a assinatura de um monarca. Murmurou para si mesmo – como o fizera o primeiro marujo com que deparei no porão – algumas sílabas mal-humoradas de uma língua estranha, e, embora ele se encontrasse ao meu lado, sua voz parecia chegar aos meus ouvidos a mais de um quilômetro de distância.

TANTO O NAVIO como tudo o que nele existe se acham saturados pelo espírito de outras épocas. Os membros da tripulação andam de um lado para outro como fantasmas de séculos extintos; seus olhos têm uma expressão ansiosa e inquieta; quando, ao passar por mim, as luzes lívidas dos faróis iluminam suas mãos, sinto algo como jamais senti, embora tenha sido, durante toda a minha vida, um negociante de antiguidades, e haja-me embebido das sombras das colunas caídas de Balbec, Tadmor e Persépolis, e isso durante tanto tempo, até que a minha alma também se transformou numa ruína.

QUANDO LANÇO o olhar em torno, envergonho-me de meus temores passados. Se tremi ante a tempestade que até agora nos açoitou, como dar uma ideia da luta entre o vento e o oceano, luta diante da qual as palavras tufão e simum se tornam triviais e inexpressivas? Tudo, em torno do navio, é negro como as trevas de uma noite eterna, em meio de um mar caótico e sem espumas; mas, a cerca de uma légua de distância para cada lado, pode-se divisar indistintamente e a intervalos, estupendas muralhas de gelo, a erguer-se para o céu desolado, como se fossem os muros do universo.

COMO IMAGINEI, o navio demonstrou estar sendo impelido por uma corrente marítima, se é que assim se pode designar adequadamente uma maré que, uivando e ululando pelo alvo gelo, reboa para o sul com uma velocidade semelhante à da queda abrupta de uma catarata.

Julgo inteiramente impossível que alguém possa imaginar os horrores pelos quais passei; não obstante, a curiosidade de penetrar os mistérios destas espantosas regiões predomina sobre o meu desespero, e me reconciliará com os aspectos mais odiosos da morte. É evidente que nos encaminhamos rapidamente para algum conhecimento excitante – para algum segredo que não deverá ser jamais revelado, e cujo final será a destruição. Talvez esta corrente nos conduza ao próprio Polo Sul. É preciso confessar que uma suposição assim tão aparentemente insensata tem todas as probabilidades a seu favor.

A TRIPULAÇÃO anda pelo convés com passos trêmulos e inquietos; mas há no semblante de todos algo que se assemelha mais à avidez da esperança do que à apatia do desespero.

Enquanto isso, o vento sopra ainda pela popa e, como navegamos com todas as velas enfunadas, o navio, às vezes, ergue-se sobre o mar! Oh, horror dos horrores! O gelo abre-se subitamente, à esquerda e à direita, e rodopiamos vertiginosamente, em imensos círculos concêntricos, em torno das bordas de um gigantesco anfiteatro, cujos muros se perdem nas trevas e na distância. Mas pouco tempo me resta para meditar sobre o meu destino! Rapidamente, os círculos se estreitam... e afundamos nas garras do redemoinho. Em meio ao rugir, ao ulular, ao atroar do oceano e da tormenta, o navio estremece e – oh, meu Deus! – começa a afundar!

"Manuscrito encontrado numa garrafa" foi publicado, pela primeira vez, em 1831. Só muitos anos depois, tive ocasião de conhecer os mapas de Mercator, nos quais se vê o oceano desaguar, por quatro bocas, no abismo polar (setentrional), sendo absorvido pelas entranhas da terra. Quanto ao polo, é representado por negro rochedo, que se eleva a uma altura prodigiosa. (*N. do A.*)

6
William Wilson[1]

> *What say of it? What say* CONSCIENCE *grim,*
> *that spectre in my path?*[2]
>
> CHAMBERLAIN: *Pharronida*

Que me seja permitido, no momento, chamar-me William Wilson. A página em branco, que tenho diante de mim, não deve ser manchada com meu verdadeiro nome. Esse nome já tem sido demais objeto de desprezo, de horror e de ódio para minha família. Os ventos indignados não têm divulgado, até nas mais longínquas regiões do globo, a sua incomparável infâmia? Oh! de todos os proscritos, o proscrito mais abandonado! – não estás morto para sempre a este mundo, às suas honras, suas flores e aspirações douradas? – e uma nuvem densa, lúgubre, ilimitada, não pende eternamente entre tuas esperanças e o céu?

Não desejaria, mesmo que pudesse, encerrar hoje, nessas páginas, a lembrança dos meus últimos anos de indizível miséria e crimes imperdoáveis. Esse período recente de minha vida alcançou subitamente um auge de torpeza, da qual quero apenas determinar a origem. Os homens, em geral, tornam-se vis gradualmente. Mas, de mim, toda a virtude se desprendeu num

---
[1] Tradução de Berenice Xavier.
[2] Que dirá ela? Que dirá a terrível CONSCIÊNCIA, aquele espectro no meu caminho? (*N. do E.*)

minuto, de repente, como um manto. Da perversidade relativamente comum, encontrei-me, a passo de gigante, em enormidades maiores que as de Heliogábalo. Permitam-me contar o acaso, o acidente único que me trouxe essa maldição. A morte se aproxima e a sombra que a precede lançou uma influência suavizadora em meu coração. Passando através do sombrio vale, anseio pela simpatia – ia dizer piedade – de meus semelhantes. Desejaria persuadi-los de que fui, de certa maneira, escravo das circunstâncias que desafiavam todo o controle humano. Desejaria que descobrissem para mim, nos detalhes que lhes vou dar, algum pequeno oásis de *fatalidade* num deserto de erros. Queria que concordassem – se é que não podem recusar-se a concordar – que, embora este mundo tenha conhecido grandes tentações, jamais um homem foi tentado assim e certamente jamais sucumbiu desta maneira. Será por isso que não conheceu os mesmos sofrimentos? Na verdade não terei vivido num sonho? Não estarei morrendo vítima do horror e do mistério das mais estranhas de todas as visões sublunares?

Descendo de uma raça que se distinguiu, em todos os tempos, por um temperamento imaginativo e facilmente impressionável; e minha primeira infância provou que eu herdara em cheio o caráter de minha família. Avançando em idade, esse caráter desenvolveu-se com mais força, tornando-se, por várias razões, uma causa de séria inquietação para meus amigos e de prejuízo positivo para mim mesmo. Tornei-me voluntarioso, dado aos mais selvagens caprichos, fui presa de paixões indomáveis. Meus pais, que eram de espírito fraco, e atormentados pelos defeitos constitutivos da mesma natureza, pouco podiam fazer para deter as tendências más que me caracterizavam. Fizeram algumas tentativas fracas, mal dirigidas, que fracassaram completamente e que para mim trouxeram um triunfo completo. A partir desse momento, minha voz foi uma lei doméstica e, numa idade em que poucas crianças deixam de obedecer à disciplina, fui abandonado ao meu livre-arbítrio e tornei-me senhor de todas as minhas ações – exceto de nome.

Minhas primeiras impressões da vida de estudante ligam-se a uma vasta e extravagante casa do estilo elisabetano, numa aldeia sombria da Inglaterra, decorada de numerosas árvores gigantescas e nodosas e da qual todas as casas eram excessivamente antigas. Parecia, na verdade, um lugar de sonho, essa velha cidade venerável, bem própria para encantar o espírito. Neste momento, mesmo, sinto na imaginação o estremecimento do frescor de suas avenidas profundamente sombreadas, respiro as emanações de seus mil bosques e tremo ainda com uma indefinível volúpia à nota profunda e surda do sino, rompendo, a cada hora, com seu rugir súbito e moroso, a quietude da atmosfera sombria na qual se enterrava e adormecia o campanário gótico todo denteado.

Encontro talvez tanto prazer quanto me é possível experimentar ainda, demorando sobre essas minuciosas recordações da escola e de seus sonhos. Mergulhado como me encontro na desgraça – infelicidade, ai de mim! por demais real –, espero que me perdoem procurar um alívio, bem leve e bem curto, nesses detalhes pueris e divagantes. Aliás, embora absolutamente vulgares e risíveis em si mesmos, esses acontecimentos tomam, em minha imaginação, uma importância circunstancial, devido à sua íntima relação com os lugares e a época onde agora distingo as primeiras advertências ambíguas do destino, que desde então me envolveu tão profundamente em sua sombra. Deixem-me, pois, recordar.

A casa, como disse, era velha e irregular, o terreno vasto e um alto e sólido muro de tijolos, coroado por uma camada de cimento e de vidro quebrado, a rodeava. Essa fortificação, digna de uma prisão, formava o limite de nosso domínio. Nossos olhares não iam além senão três vezes por semana – uma vez cada sábado à tarde, quando, acompanhados por dois professores, tínhamos permissão para dar passeios curtos em comum, através do campo, nas imediações, e duas vezes ao domingo, quando íamos, com a regularidade de tropas em parada, assistir aos ofícios da manhã e da tarde, no único templo da aldeia. O diretor de nossa escola era o pastor dessa igreja. Com que profundo sentimento de admiração e de perplexidade eu costumava contemplá-lo, de nosso banco afastado, na tribuna, quando subia para o púlpito, com um passo solene e lento! Esse personagem venerável, de rosto tão modesto e benigno, de roupa tão bem escovada e caindo de maneira impecavelmente eclesiástica, de peruca tão minuciosamente empoada, rígida e vasta, seria o mesmo homem que havia pouco, com um rosto irascível e a roupa manchada de rapé, fazia executar, férula em mão, as leis draconianas da escola? Oh! Gigantesco paradoxo cuja monstruosidade exclui toda solução!

Num ângulo do muro maciço, uma severa porta, ainda mais maciça, solidamente fechada, guarnecida de ferrolhos e encimada por espigões de ferro denticulados. Como eram profundos os sentimentos de terror que inspirava! Nunca se abria senão para as três saídas e entradas periódicas das quais já falei; então, em cada rangido de seus gonzos potentes, encontrávamos uma plenitude de mistério – todo um mundo de observações solenes ou de meditações ainda mais solenes.

O vasto recinto era de forma irregular e dividido em várias partes, das quais três ou quatro das maiores constituíam o pátio de recreio. Era aplainado e recoberto de um saibro fino e duro. Lembro-me bem de que não continha árvores, nem bancos, nada de semelhante. Naturalmente ficava situado atrás da casa. Diante da fachada, estendia-se um pequeno terraço plantado de arbustos, mas não atravessávamos esse recanto sagrado senão em raras ocasiões, por exemplo, o dia da chegada à escola, o dia da partida definitiva, ou então quando um parente ou amigo nos mandava chamar, e seguíamos alegremente para a casa paterna, nas férias de Natal ou de verão.

Mas a casa! – que estranha e antiga construção! Para mim, que verdadeiro palácio encantado! Realmente, eram infindáveis os seus desvios, as suas incompreensíveis subdivisões. Era difícil dizer com certeza, a determinado momento, se nos encontrávamos no primeiro ou no segundo pavimento. De um cômodo a outro, tinha-se sempre a certeza de encontrar dois ou três degraus a subir ou descer. Além disso, as subdivisões laterais eram inúmeras, inconcebíveis, giravam de tal maneira umas sobre as outras, que nossas ideias mais exatas, acerca do conjunto do edifício, não eram muito diferentes daquelas através das quais considerávamos o infinito. Durante os cinco anos de residência ali, nunca fui capaz de determinar, com precisão, em que localidade longínqua ficava situado o pequeno dormitório que me fora designado em comum, com mais dezoito ou vinte outros escolares.

A sala de estudo era a mais vasta da escola e – eu não podia deixar de pensar – até mesmo do mundo inteiro: longuíssima, muito estreita e lugubremente baixa, com janelas em ogiva e teto de carvalho. Num canto afastado, de onde emanava o terror, havia um recinto quadrado, de quase 3 metros, representando o *sanctum* do nosso diretor, o Reverendo Dr. Bransby. Era uma sólida estrutura, de porta maciça, e, ao abri-la na ausência do *Dominie*, teríamos preferido morrer, da *peine forte et dure*. Em dois outros ângulos, duas tribunas análogas, muito menos reverenciadas, sem dúvida, mas ainda assim de um terror bastante considerável. Uma era a cadeira do mestre de humanidades e a outra a do professor de inglês e matemática. Espalhados pela sala, inúmeros bancos e cadeiras, terrivelmente carregados de livros maculados pelos dedos e cruzando-se numa irregularidade sem-fim – negros, antigos, devastados pelo tempo, tão mareados de letras iniciais, nomes inteiros, figuras grotescas e outras inúmeras obras-primas da talha, que haviam perdido o pouco da forma original que lhes fora designado, em dias muito antigos. Numa extremidade da sala, encontrava-se um enorme balde cheio d'água e na outra, um relógio de prodigiosa dimensão.

Encerrado entre os muros maciços dessa escola venerável, passei, contudo, sem tédio ou repulsa, os anos do terceiro lustro de minha vida. O cérebro fecundo da infância não exige um mundo exterior de incidentes para o ocupar e divertir, e a monotonia, aparentemente lúgubre, da escola era repleta de excitações mais intensas do que todas as que minha juventude, mais amadurecida, exigiu à volúpia, ou minha virilidade, ao crime. Entretanto, julgo dever que meu primeiro desenvolvimento intelectual foi, em grande parte, pouco comum, e até mesmo, *outré*.[3] Em geral, os acontecimentos da existência infantil não deixam sobre a humanidade, chegada à idade madura, uma impressão bem definida. Tudo é sombra, cinza, débil e irregular recordação, confusão de fracos prazeres e desgostos fantasmagóricos. Comigo isso não aconteceu. Devo ter sentido em minha infância, com a energia de um homem feito, tudo o que encontro hoje gravado na memória em linhas tão vivas, tão profundas e duráveis como os *exergues* das medalhas cartaginesas.

E, contudo, de fato – do ponto de vista comum do mundo –, como havia tão pouca coisa para relembrar! O despertar, de manhã, a ordem para deitar-se, as lições a aprender, os recitativos, as férias periódicas e os passeios, o pátio de recreio, com suas disputas, seus passatempos, suas intrigas, tudo isso, por uma magia psíquica desaparecida, continha em si um desvario de sensação, um mundo rico de incidentes, um universo de emoções variadas e de excitações das mais apaixonadas e embriagadoras. *Oh! Le bon temps que ce siècle de fer!*[4]

Na realidade, minha natureza ardente, entusiasta, imperiosa, fez de mim, dentro em pouco, e entre meus camaradas, um caráter marcado, e pouco a pouco, naturalmente, deram-me um ascendente sobre todos os que não eram mais velhos do

---
[3]Indignado. (*N. do E.*)
[4]Oh! Que boa época era aquela, comparada a esses tempos que parecem de ferro! (*N. do E.*)

que eu – sobre todos, exceto um. Era um aluno que, sem qualquer parentesco comigo, tinha o mesmo nome de batismo, o mesmo nome de família – circunstância pouco notável em si – porque meu nome, malgrado a nobreza de minha origem, era um desses nomes vulgares que parecem ter sido, desde tempos imemoriais, por direito de prescrição, propriedade comum da multidão. Nesta narrativa dei a mim mesmo o nome de William Wilson, fictício, porém não muito distante do verdadeiro. Meu homônimo, somente, entre os que, segundo a fraseologia da escola, compunham a nossa *classe*, ousava rivalizar comigo nos estudos, nos jogos e nas discussões do recreio, recusar uma crença cega em minhas assertivas e uma submissão completa à minha vontade – em suma, contrariar minha ditadura, em todos os casos possíveis. Se jamais existiu sobre a terra um despotismo supremo e sem reservas, é bem o despotismo de um menino de gênio sobre as almas menos enérgicas de seus camaradas.

A rebeldia de Wilson era para mim origem do maior constrangimento, tanto mais que, apesar das bravatas com que eu julgava dever tratá-lo publicamente, a ele e as suas pretensões, sentia, no íntimo, que Wilson me intimidava, e não podia deixar de considerar a equanimidade que mantinha tão facilmente diante de mim como a prova de uma verdadeira superioridade – pois havia de minha parte um esforço perpétuo para não ser dominado. Contudo, essa superioridade, ou antes igualdade, não era verdadeiramente conhecida senão por mim; nossos camaradas, por uma inexplicável cegueira, nem mesmo pareciam desconfiar disso. E, de fato, sua rivalidade, sua resistência e, particularmente, sua impertinente e irritadiça intervenção em todos os meus desígnios não eram tão manifestas, e antes, confidenciais. Ele parecia igualmente desprovido da ambição que me levava a dominar e da energia apaixonada que me dava os meios para isso. Poderia crer que, nessa rivalidade, Wilson era dirigido unicamente por um desejo caprichoso de opor-se a mim, de me espantar, ou mortificar; se bem que houvesse casos em que eu não podia deixar de notar, com um sentimento confuso, de surpresa, humilhação e cólera, que ele punha em seus ultrajes, suas impertinências e contradições, certos ares de afetuosidade, dos mais intempestivos e, sem dúvida, mais desagradáveis do mundo. Eu não podia compreender uma conduta tão estranha senão supondo-a o resultado de uma suficiência perfeita, permitindo-se o tom vulgar da condescendência e da proteção.

Talvez fosse por esse último traço, na conduta de Wilson – acrescido da nossa homonímia e o fato puramente acidental de nossa entrada simultânea na escola –, que todos, entre nossos condiscípulos das classes superiores, acreditavam que éramos irmãos. Habitualmente, esses estudantes não se informam com muita exatidão quanto aos assuntos dos mais jovens. Já disse antes, ou deveria tê-lo dito, que Wilson não era, nem em grau afastado, parente de minha família. Mas decerto, se fossemos irmãos, teríamos sido gêmeos: pouco depois de ter deixado a escola do Dr. Bransby, soube, por acaso, que o meu homônimo nascera em 19 de janeiro de 1813 – coincidência bastante notável, sendo esse dia, precisamente, o do meu nascimento.

Pode parecer estranho que, malgrado a contínua ansiedade que me causava a rivalidade de Wilson e seu insuportável espírito de contradição, eu não era levado a odiá-lo completamente. Sem dúvida, brigávamos quase todos os dias, e, nessas brigas, concedendo-me publicamente os louros da vitória, ele conseguia, de certa maneira, fazer-me sentir que não os merecera. Contudo, um sentimento de orgulho, de minha parte, e uma verdadeira dignidade da dele nos mantinham sempre em termos de estrita cortesia, apesar de haver muitos pontos de forte identidade no nosso caráter, que fazia despertar em mim desejo, reprimido talvez pela nossa posição, de transformar aquilo em amizade. Na verdade, é difícil definir, ou mesmo descrever, meus verdadeiros sentimentos para com ele: formavam um amálgama extravagante e heterogêneo – uma animosidade petulante que não era ódio, estima, ainda mais respeito, mas uma boa parte de temor e uma imensa e inquieta curiosidade. É supérfluo acrescentar, para o moralista, que Wilson e eu éramos os mais inseparáveis camaradas.

Foram decerto a anomalia e a ambiguidade de nossas relações que jogaram todos os meus ataques contra ele – e, francos ou dissimulados, eram numerosos – moldados de ironia ou de troça (a zombaria não causa também excelentes feridas?) em vez de uma hostilidade mais séria e mais determinada. Porém meus esforços, nesse ponto, não obtinham regularmente um triunfo perfeito, mesmo quando os planos eram mais engenhosamente maquinados. É que o meu homônimo tinha em seu caráter muito dessa austeridade plena de reserva e de calma que, mesmo deliciando-se com a pungência de suas próprias zombarias, nunca mostra o calcanhar de Aquiles e foge absolutamente ao ridículo. Não podia assim encontrar nele senão um ponto vulnerável: era constituído por um detalhe físico que, vindo talvez de uma enfermidade de seu organismo, teria sido poupado por algum outro antagonista menos encarniçado do que eu: meu rival tinha no aparelho vocal uma fraqueza que o impedia de jamais erguer a voz *acima de um sussurro muito baixo*. E eu não deixava de tirar, dessa imperfeição, toda a pobre vantagem que estava em meu poder.

Várias eram as represálias de Wilson; tinha, particularmente, esse gênero de malícia que me perturbava de maneira intolerável. Como tivera, no início, a sagacidade de descobrir que uma coisa tão insignificante podia mortificar-me, eis uma questão que jamais pude resolver; mas, assim que a descobriu, habitualmente me atormentava com isso. Sempre sentira aversão por meu infeliz nome de família tão deselegante, e por meu prenome tão vulgar ou mesmo absolutamente plebeu. Essas sílabas eram um veneno para meus ouvidos e quando, no dia de minha chegada, apresentou-se na escola um segundo William Wilson, odiei-o pelo fato de ter esse nome e por ser também o de um estranho – um estranho, que seria a causa de sua dupla repetição que estaria permanentemente em minha presença e cujas atividades, na rotina da vida do colégio, seriam muitas vezes e inevitavelmente confundidas com as minhas, devido a essa detestável coincidência.

O sentimento de irritação criado por esse acidente tornou-se mais vivo, a cada circunstância que tendia a focalizar toda a semelhança moral entre meu rival e eu. Não havia notado ainda senão o fato extraordinário de sermos da mesma idade; mas via agora que éramos da mesma altura e havia uma semelhança singular em nossa fisionomia e nossas feições. Exasperava-me igualmente o rumor que corria sobre nosso parentesco e a que geralmente se dava crédito, nas classes superiores. Numa palavra, nada poderia causar-me preocupação mais séria (embora eu ocultasse com o maior cuidado todo sintoma dessa perturbação) do que uma alusão qualquer à semelhança entre nós, em relação ao espírito, à pessoa ou ao nascimento. Mas, na verdade, não tinha razão alguma para acreditar que essa semelhança (excetuando o fato do parentesco e de tudo o que o próprio Wilson sabia ver) tivesse jamais sido assunto de comentários ou mesmo notada por nossos camaradas de classe. Que *ele* a observasse em todos os sentidos e com tanta atenção quanto eu próprio, era evidente, mas que tivesse podido descobrir em tais circunstâncias uma mina tão rica de contrariedades, não o posso atribuir, como já disse, senão à sua penetração mais do que comum.

Wilson dava-me a réplica com uma perfeita imitação de mim mesmo – gestos e palavras – e representava admiravelmente o seu papel. Meu traje era coisa fácil de copiar, meu andar, minha atitude geral, ele fizera seus, sem dificuldade e a despeito de seu defeito constitutivo, nem mesmo minha voz lhe havia escapado. Naturalmente, não tentava os tons elevados, mas a clave era idêntica *e sua voz, apesar de falar baixo, transformou-se em perfeito eco da minha.*

A que ponto esse curioso retrato (porque não posso chamá-lo propriamente uma caricatura) me atormentava, é o que nem ouso tentar dizer. Não me restava senão um consolo: é que a imitação, segundo me parecia, era notada apenas por mim e que eu tinha simplesmente de suportar os sorrisos misteriosos e estranhamente sarcásticos do meu homônimo. Satisfeito de haver produzido em meu coração o efeito desejado, parecia expandir-se em segredo sobre a ferida que me infligira, e mostrar um desdém singular pelos aplausos públicos que os sucessos de sua engenhosidade lhe teriam facilmente conquistado. Como era possível que nossos camaradas não adivinhassem o seu desígnio, não vissem sua realização e não partilhassem de sua alegria zombeteira? Foi isso, durante muitos meses de inquietação, um mistério insolúvel para mim. Talvez a *gradação* de sua cópia não fosse logo percebível, ou antes, eu devia minha segurança ao ar de *maestria* do copista, que desdenhava a *letra* – coisa que os espíritos obtusos logo notam numa pintura – e não dava senão o perfeito espírito do original, para minha maior admiração e pesar.

Já falei, várias vezes, do desagradável ar de proteção que assumira para comigo e de frequente e oficiosa intervenção em minha vontade. Essa intervenção tomava muitas vezes a forma desconfortável de um conselho, que não era dado abertamente, mas sugerido, insinuado. Eu o recebia com uma repugnância que crescia com os anos. Contudo, nessa época já longínqua, quero fazer-lhe a justiça estrita de reconhecer que não me lembro de uma só vez em que as sugestões de meu rival tivessem compactuado com os erros e loucuras tão comuns em sua idade, geralmente destituída de maturidade e experiência; que o seu senso moral, senão seu talento e sua prudência mundana eram muito mais finos que os meus, e hoje eu seria um homem melhor se não tivesse sempre recusado os conselhos daqueles sussurros significativos que me causavam, então, tão somente ódio cordial e amargo desprezo.

Por isso tornei-me extremamente rebelde à sua odiosa vigilância e detestava cada vez mais abertamente o que considerava sua intolerável arrogância. Já disse que, nos primeiros anos de nossa camaradagem, meus sentimentos para com ele poderiam facilmente ter-se transformado em amizade, mas, durante os últimos meses de minha permanência na escola, embora sua habitual intromissão tivesse diminuído bastante meus sentimentos, numa proporção quase semelhante, tinham-se inclinado para o verdadeiro ódio. Certa ocasião ele o percebeu, presumo, e desde então me evitou ou fingiu evitar-me.

Foi pouco mais ou menos na mesma época, se não me falha a memória, numa discussão violenta que tivemos, na qual ele perdeu sua reserva habitual e falava e agia com um desembaraço bem diferente à sua natureza, que descobri, ou imaginei descobrir, em seu tom, sua atitude, enfim, no seu aspecto em geral, algo que a princípio me fez estremecer e depois me interessou profundamente, trazendo-me ao espírito visões obscuras de minha primeira infância – lembranças estranhas, confusas, precipitadas, de um tempo no qual minha memória não nascera ainda. Não poderia definir melhor a sensação que me dominou senão dizendo que me era difícil libertar da ideia de já haver conhecido a pessoa que se encontrava diante de mim, em alguma época muito longínqua, em algum ponto do passado, mesmo que infinitamente remoto. Contudo, essa sensação esvaiu-se tão rapidamente como veio; e não a menciono aqui senão para assinalar o dia do último encontro que tive com o meu singular homônimo.

Com suas inumeráveis subdivisões, a velha e vasta casa tinha vários e amplos aposentos, que se comunicavam entre si e serviam de dormitório à maioria dos alunos. Havia, contudo (como seria inevitável, num edifício tão impropriamente planejado), uma porção de cantos e recantos – fragmentos e aberturas da construção, que a engenhosidade do Dr. Bransby transformara também em dormitórios. Eram, porém, simples compartimentos, que só poderiam acomodar uma pessoa. Um desses pequenos quartos era ocupado por Wilson.

Uma noite, ao fim do meu quinto ano na escola e imediatamente após a discussão da qual falei, aproveitando um momento em que todos dormiam, levantei-me e, com uma lâmpada na mão, dirigi-me, através de um labirinto de corredores estreitos, ao quarto do meu rival. Havia muito planejara pregar-lhe uma peça de mau gosto, mas, até então, sempre fracassara. Tive, pois, a ideia de pôr o meu plano em prática e resolvi fazê-lo sentir toda a força da maldade de que estava possuído. Cheguei à porta de seu cubículo e entrei sem fazer ruído, deixando à porta a lâmpada com um abajur. Avancei um passo e escutei o som de sua respiração tranquila. Convencido de que dormia profundamente, voltei à porta, peguei a lâmpada e aproximei-me novamente da cama. Como os cortinados estavam cerrados, abri-os de leve e lentamente, para a execução de meu plano, mas uma luz viva caiu em cheio sobre o adormecido e ao mesmo tempo meus olhos se detiveram sobre sua fisionomia. Olhei, e um entorpecimento, uma congelante sensação penetraram instantaneamente todo o meu ser. Meu coração palpitou, os joelhos vacilaram, toda minha alma foi tomada de um horror intolerável e inexplicável. Arquejando, baixei a lâmpada até quase encostá-la em seu rosto. Seriam... seriam mesmo as feições de William Wilson? Vi, sem dúvida, que eram os meus traços, mas tremia como que tomado de um acesso de febre, imaginando que não o eram. Que haveria, pois, neles para me confundir a tal ponto? Eu o contemplava – e meu cérebro girava em torno de milhares de pensamentos incoerentes. Ele não me aparecia *assim* – seguramente não parecia *tal* – nas horas ativas de sua vida acordado. O mesmo nome! Os mesmos traços! A entrada na escola no mesmo dia! E, ainda, essa odiosa e inexplicável imitação de minhas maneiras, andar, voz e costume! Estaria, na verdade, nos limites da possibilidade humana que *aquilo que eu via agora* fosse o simples resultado desse hábito de imitação sarcástica? Tomado de horror, estremecendo, apaguei a lâmpada, saí silenciosamente do quarto e deixei imediatamente o recinto da velha escola, para nunca mais voltar.

Após um lapso de alguns meses vividos em casa de meus pais, em ociosidade absoluta, fui mandado para o colégio de Eton. Esse breve intervalo fora suficiente para enfraquecer em mim a recordação dos acontecimentos da escola Bransby, ou pelo menos operar uma mudança notável na natureza dos sentimentos que essas lembranças me causavam. A realidade, o lado trágico do drama, não existia mais. Encontrava agora alguns motivos para duvidar do testemunho de meus sentidos e raramente me lembrava da aventura sem admirar-me de quão longe pode ir a credulidade humana e sem sorrir da prodigiosa força de imaginação que havia herdado de minha família. E a vida que eu levava em Eton não era de molde a diminuir essa espécie de ceticismo. O turbilhão de loucura em que mergulhei imediatamente e sem reflexão varreu tudo, exceto a lembrança de minhas horas passadas, absorvendo imediatamente todas as impressões sólidas e sérias, não deixando em minha lembrança senão as leviandades de minha existência anterior.

Não tenho, contudo, a intenção de descrever aqui a trajetória de meus infames desregramentos – desregramentos que desafiavam as leis e iludiam a vigilância. Três anos de loucuras, gastos sem proveito, só poderiam ter-me dado hábitos de vício, enraizados, e haviam aumentado, de maneira quase anormal, meu desenvolvimento físico. Um dia, após uma semana inteira de dissipações embrutecedoras, convidei um grupo de estudantes, dos mais dissolutos, para uma orgia secreta em meu quarto.

Reunimo-nos a uma hora avançada da noite, porque a nossa orgia devia prolongar-se religiosamente até a manhã. O vinho corria livremente, e outras seduções, mais perigosas, talvez, não haviam sido negligenciadas, tanto que quando o alvorecer empalidecia o céu, no oriente, nosso delírio e nossas extravagâncias tinham atingido o auge. Furiosamente exaltado pelas cartas e pela bebida, insistia em fazer um brinde estranhamente indecente, quando minha atenção foi subitamente distraída por uma porta que se abria violentamente e pela voz precipitada de um criado. Disse que uma pessoa, que parecia ter muita pressa, pedia para falar comigo no hall de entrada.

Loucamente excitado pelo vinho, essa interrupção causou-me mais prazer do que surpresa. Precipitei-me, cambaleando, e, após alguns passos, encontrei-me no hall da casa. Nessa sala, baixa e estreita, não havia nenhuma lâmpada e a única luz que ali entrava era a do alvorecer, muito fraca, que se infiltrava através da janela semicircular. Pisando na soleira, distingui um rapaz pouco mais ou menos da minha estatura, vestindo um roupão de casimira branca, talhado à moda do dia, como o que eu usava naquele momento. A luz fraca me permitiu ver tudo isso; mas os traços do rosto, não os pude distinguir. Mal entrei, ele se precipitou para mim e, segurando-me o braço com um gesto imperativo de impaciência, murmurou em meu ouvido as palavras:

– William Wilson!

Num segundo, tornei-me absolutamente sóbrio.

Havia na maneira do estranho, no tremor nervoso de seu dedo, que erguera entre meus olhos e a luz, qualquer coisa que me causou um espanto completo: mas não era isso o que me emocionara de maneira tão violenta, e sim a importância, a solenidade da admoestação contida na palavra singular, baixa, sibilante e, acima de tudo, o caráter, o tom, a *clave* dessas poucas sílabas, simples, familiares e, contudo, misteriosamente *sussurradas*, que vieram, com mil recordações acumuladas dos dias passados, abater-se em minha alma como uma descarga elétrica. Antes que eu pudesse recobrar os sentidos, ele havia desaparecido.

Embora o fato produzisse sem dúvida um efeito muito vivo sobre minha imaginação desregrada, esse efeito, tão vivo, contudo, se foi em breve esvaindo. Na verdade, durante várias semanas, vivi entregue a investigações mais sérias, ou envolvido numa nuvem de mórbida meditação. Não tentava ocultar a mim mesmo a identidade da singular criatura que se imiscuía de maneira tão obstinada em minha vida e me fatigava com seus conselhos oficiosos. Porém, quem era? Quem era esse Wilson? E de onde vinha? Qual o seu objetivo? Sobre nenhum desses pontos consegui obter resposta satisfatória – e constatei somente, em relação a ele, que um acidente súbito, em sua família, o fizera deixar a escola do Dr. Bransby na tarde do dia em que eu fugira. Mas, depois de algum tempo, deixei de pensar nisso e minha atenção foi inteiramente absorvida pela partida, projetada, para Oxford. Ali, em breve – a vaidade pródiga de meus pais permitindo-me levar um alto padrão e entregar-me à vontade ao luxo, já tão do meu gosto –, vim a rivalizar em prodigalidade com os mais orgulhosos herdeiros dos mais ricos condados da Grã-Bretanha. Estimulado ao vício por semelhantes meios, minha natureza explodiu em breve com um duplo ardor e, na louca embriaguez de minhas devassidões, calquei aos pés os vulgares entraves da decência. Mas seria absurdo demorar aqui em detalhes de minhas loucuras. Basta dizer que ultrapassei Herodes em dissipações e que, dando um nome a uma multidão de novos desvarios, acrescentei um copioso apêndice ao longo catálogo dos vícios que reinavam então na universidade mais dissoluta da Europa.

É difícil acreditar que eu tivesse decaído a tal ponto, de minha posição de nobreza, procurando familiarizar-me com os mais vis artifícios do jogador de profissão e me tornasse um adepto dessa ciência desprezível, que a praticasse habilmente com o pretexto de aumentar meu rendimento já enorme, à custa de companheiros cujo espírito era mais fraco. Mas foi o que aconteceu. E a própria enormidade desse atentado contra os sentimentos de dignidade e honra era, evidentemente, a principal senão a única razão da minha impunidade. Quem, pois, entre meus mais devassos camaradas, não teria contestado ao mais evidente testemunho de seus próprios sentidos, a desconfiar de semelhante conduta da parte do alegre, do franco, generoso William Wilson – o mais nobre, o mais liberal dos companheiros de Oxford –, aquele cujas loucuras, diziam meus parasitas, eram apenas as loucuras de uma mocidade e de uma imaginação sem freio – cujos erros não eram senão inimitáveis caprichos – e os vícios mais negros, uma descuidada e soberba extravagância?

Havia dois anos que eu vivia dessa maneira, quando chegou à universidade um jovem de nobreza recente, um *parvenu*,[5] chamado Glendinning – rico, diziam, como Herodes Ático e cuja riqueza fora também facilmente adquirida. Descobri bem depressa que era de inteligência fraca e, naturalmente, marquei-o como possível vítima de meus talentos. Convidava-o frequentemente a jogar e deixava-o ganhar somas consideráveis, a fim de prendê-lo mais eficazmente na armadilha. Finalmente, com o meu plano bem estabelecido, o encontrei (na intenção inabalável de que esse encontro seria decisivo), no apartamento de um dos nossos camaradas, Preston, íntimo igualmente de ambos, porém – faço-lhe essa justiça – não tinha a menor desconfiança quanto ao meu desígnio. A fim de melhor colorir o acontecimento, tive o cuidado de convidar um grupo de oito ou dez pessoas, tendo o mais rigoroso cuidado de fazer com que o aparecimento das cartas parecesse inteiramente acidental e não se fizesse senão sob proposta daquele a quem eu queria lograr. Para resumir tão vil passagem, digo que não negligenciei nenhuma das infames astúcias praticadas da maneira mais banal em tais ocasiões e é de admirar que ainda existam pessoas bastante ingênuas a ponto de caírem como suas vítimas.

Prolongamos muito a nossa vigília, e já era tarde da noite, quando, afinal, consegui fazer de Glendinning meu único adversário. O jogo era o meu favorito: o *écarté*. Os outros pre-

---

[5]Calouro. (*N. do E.*)

sentes, interessados pelas proporções de nosso jogo, tinham deixado suas cartas e se reuniam em torno de nós, como espectadores. O nosso *parvenu*, que, durante a primeira parte da noite, eu induzira a beber fartamente, embaralhava, dava as cartas, agora, de maneira nervosa, estranha, na qual, pensava eu, a embriaguez influía de certo modo, porém não explicava inteiramente. Em muito pouco tempo já se tornara meu devedor de uma forte soma, quando, depois de beber um grande copo de vinho do Porto, fez justamente o que eu havia previsto friamente: propôs que dobrássemos a nossa aposta, já absurdamente elevada. Com uma hábil afetação de relutância, e somente depois que minhas recusas repetidas lhe haviam provocado algumas palavras ásperas, que deram ao meu consentimento um tom ofendido, acedi finalmente. O resultado foi o que devia ser: a presa caíra irremediavelmente na armadilha e, em menos de uma hora, quadruplicara a dívida. Havia algum tempo, seu rosto começara a perder o rubor produzido pelo vinho, mas agora eu me apercebia, atônito, de que sua palidez era verdadeiramente terrível. Digo atônito porque tomara sobre Glendinning informações minuciosas: davam-no como sendo imensamente rico, e as somas que ele perdera até então, embora realmente vastas, não podiam – pelo menos eu supunha – preocupá-lo muito seriamente e ainda menos afetá-lo de maneira a tal ponto violenta. A ideia que se apresentou mais naturalmente ao meu espírito foi que ele ficara perturbado pelo vinho que bebera e, antes para salvaguardar o meu caráter aos olhos de meus camaradas, do que por um motivo de desinteresse, ia insistir peremptoriamente para interromper o jogo, quando algumas palavras pronunciadas ao meu lado, entre as pessoas presentes, e uma exclamação de Glendinning, demonstrando o mais completo desespero, fizeram-me compreender que eu o levara à ruína total, em condições que, tornando-o objeto da piedade de todos, deveriam tê-lo protegido, mesmo contra os maus ofícios de um demônio.

Que atitude deveria ter sido então a minha, é difícil dizer. A lastimável situação de minha vítima lançara sobre nós um ar de tristeza e constrangimento. Por alguns minutos reinou um silêncio profundo durante o qual eu sentia, malgrado meu, o rosto a formigar, sob os olhares ardentes de desprezo e censura que me eram dirigidos pelos menos endurecidos do grupo. Confessarei, mesmo, que meu coração sentiu-se instantaneamente aliviado do intolerável peso da angústia, pela súbita e extraordinária interrupção que sobreveio. As largas e pesadas portas se escancararam subitamente, com uma impetuosidade tão vigorosa e violenta que todas as velas se apagaram como por encanto. Mesmo no escuro ainda nos foi possível notar que um estranho entrara; um homem mais ou menos da minha estatura, apertadamente envolvido numa capa. Contudo, agora, as trevas eram completas e podíamos apenas *sentir* que ele estava entre nós. Antes que qualquer um dos presentes voltasse a si do extremo espanto em que nos lançara aquele gesto de violência, ouvimos a voz do intruso:

– Senhores – disse ele, numa *voz muito baixa*, mas distinta, inesquecível, que atingiu a medula de meus ossos –, senhores, não procuro desculpar a minha conduta, porque agindo assim não faço mais do que cumprir um dever. Sem dúvida, não estão informados sobre o verdadeiro caráter da pessoa que ganhou esta noite uma soma enorme no *écarté*, tendo como parceiro lorde Glendinning. Vou assim propor-lhes um meio rápido e decisivo de conseguir essas importantíssimas informações. Examinem, rogo-lhes, sem pressa, o forro do punho de sua manga esquerda e os pacotinhos que serão encontrados nas algibeiras suficientemente vastas de seu roupão bordado.

Enquanto o estranho falava, o silêncio era tão profundo que se teria ouvido um alfinete cair sobre o tapete. Terminando, ele partiu de repente, tão bruscamente como entrara. Poderia descrever a minha impressão? Será preciso dizer que senti todos os horrores dos danados no inferno? Decerto, tive pouco tempo para reflexão. Vários braços me agarraram com violência, reacenderam-se imediatamente as luzes. Revistaram-me: no forro de minha manga, encontraram todas as figuras essenciais do *écarté* e, nos bolsos do meu roupão, um certo número de baralhos exatamente semelhantes aos que usávamos em nossas noitadas, com a única exceção de que os meus eram daqueles chamados, tecnicamente, *arrondiés*:[6] as cartas figuradas ligeiramente convexas nas extremidades mais estreitas e as sem figuras também imperceptivelmente convexas, nos lados mais largos. Graças a essa marcação, a vítima, quando corta o baralho ao comprido, como é habitual, dá, inevitavelmente, uma carta figurada ao adversário, ao passo que o trapaceiro, cortando no sentido da largura, jamais dará ao outro algo que possa lhe trazer vantagem.

Uma tempestade de revolta me afetaria menos do que o silencioso desdém e a calma sarcástica com que receberam essa descoberta.

– Sr. Wilson – disse nosso anfitrião, baixando-se para apanhar sob meus pés uma magnífica capa de pele rara –, Sr. Wilson, isso lhe pertence (fazia frio e, ao sair de meu quarto, eu pusera sobre a roupa que vestira de manhã uma capa que tirei, ao chegar ao local do jogo). – Imagino – disse olhando as dobras do manto com um sorriso amargo – que será supérfluo procurar aqui novas provas de sua habilidade. Realmente, estamos fartos. Espero que compreenda a necessidade de deixar Oxford, e, de qualquer modo, de sair imediatamente de meus aposentos.

Aviltado, humilhado até à poeira, como estava no momento, é provável que tivesse castigado essa linguagem insultante com violência imediata, se toda a minha atenção não estivesse, nesse momento, detida por um fato dos mais surpreendentes. A capa que eu trouxera era de uma pelica superior – de uma raridade e de um preço tão extravagantes que não me atrevo a dizer. O modelo também era de minha invenção, pois nessas questões frívolas eu era exigente e levava o dandismo às raias do

---

[6]Arredondadas. (*N. do E.*)

absurdo. Por isso, quando Preston me entregou o que apanhara no chão, junto à porta da sala – com um espanto beirando ao terror –, apercebi-me de que já tinha a minha capa sobre o braço, onde a colocara sem prestar atenção, e aquela que agora me davam era uma exata reprodução em todos os detalhes da minha. A singular criatura que me denunciara de maneira tão desastrosa estava, lembro-me bem, envolta numa capa, e nenhum dos presentes, exceto eu, usava capa naquela ocasião. Conservei, porém, uma certa presença de espírito e recebi a capa que Preston me oferecia, coloquei-a – sem que ninguém prestasse atenção – sobre a minha; saí da sala com um desafio ameaçador no olhar e nessa manhã mesmo, antes do alvorecer, fugi precipitadamente de Oxford, em viagem pelo continente, angustiado de horror e vergonha.

Fugi em vão. Meu destino maldito me perseguiu, triunfante, provando-me que seu misterioso poder apenas começava. Mal chegara a Paris, tive outra prova do interesse detestável que esse Wilson tomava pelos meus negócios. Os anos passaram, e não tive trégua. Miserável! Em Roma, com que importuna obsequiosidade, com que ternura, o espectro se interpôs entre mim e a minha ambição! Em Viena... em Berlim!... em Moscou! Na verdade, em que lugar não tinha eu uma razão amarga para maldizê-lo do íntimo do meu coração? Tomado de pânico, fugi, enfim, de sua impenetrável tirania, como de uma peste até o fim do mundo, fugi, *e fugi em vão*.

E sempre, sempre interrogando secretamente minha alma, perguntava a mim mesmo: "Quem é ele? De onde vem? Qual o seu objetivo?" Mas não encontrava respostas. E analisava, então, com um cuidado minucioso, as formas, o método e as características de sua insolente vigilância. Mas aí, ainda, não encontrava muita coisa que pudesse servir de base a uma conjectura. Era verdadeiramente notável o fato de que das inúmeras vezes em que ele atravessara o meu caminho, recentemente, jamais o fez senão para frustrar planos ou derrotar ações que, se bem-sucedidas, teriam redundado em amarga decepção. Pobre justificativa, na verdade, para uma autoridade tão imperiosamente usurpada! Pobre indenização para esses direitos naturais de livre-arbítrio tão obstinada e ofensivamente negados!

Fui obrigado a notar que meu algoz, havia longo tempo, mesmo exercendo escrupulosamente e com hábil destreza a mania de se vestir da mesma maneira que eu, cada vez que interferia na minha vontade, fizera tudo de maneira que eu não pudesse ver o seu rosto. Fosse lá quem fosse esse maldito Wilson, sem dúvida, semelhante mistério era o cúmulo da afetação e da tolice. Poderia ele supor um instante que, como meu conselheiro de Eton, destruidor de minha honra em Oxford, aquele que frustrou minha ambição em Roma, minha vingança em Paris, meu amor apaixonado em Nápoles e, o que ele chamava, erroneamente, a minha avareza, no Egito – nesse ser, meu grande inimigo e meu gênio mau, eu não reconhecia o William Wilson dos meus anos de colégio, o homônimo, o camarada, o rival execrado e temido do colégio Bransby? Impossível! Mas deixem-me descrever a terrível cena final do drama.

Até então, eu me submetera sem reação ao seu imperioso domínio. O sentimento de profundo respeito com o qual me acostumara a considerar o caráter elevado, a sabedoria majestosa, a onipresença e onipotência aparentes de Wilson, acrescentados a uma certa sensação de terror que me inspiravam alguns outros traços de sua natureza e determinados privilégios, tinham criado em mim a ideia de minha fraqueza absoluta, de minha impotência, me haviam aconselhado uma submissão sem reservas, embora cheia de amargura e de repugnância, à sua ditadura arbitrária. Mas, nesses últimos tempos, abandonara-me inteiramente ao vinho, e sua influência exasperante sobre meu temperamento hereditário tornava-me cada vez mais relutante a todo controle. Comecei, pois, a murmurar, a hesitar, a resistir. E seria simplesmente minha imaginação que me induzia a crer que a obstinação de meu algoz diminuiria em razão da minha própria firmeza? É possível, mas em todo o caso começava a sentir a inspiração de uma esperança ardente, e acabei nutrindo, no mais secreto de meus pensamentos, a sombria, a desesperada resolução de libertar-me dessa escravidão.

Foi em Roma, durante o carnaval de 18...; encontrava-me num baile à fantasia, no palácio do duque Di Broglio, de Nápoles. Abusara da bebida, além do habitual, e a atmosfera sufocante dos salões apinhados irritava-me de maneira insuportável. A dificuldade de abrir caminho através da multidão contribuiu ainda mais para exasperar o meu humor, porque eu procurava ansiosamente (não direi com que motivo indigno) a jovem, alegre e bela esposa do velho e extravagante Di Broglio. Com uma confiança bastante imprudente, ela me revelara o segredo da fantasia com que iria ao baile e, como eu acabava de avistá-la ao longe, apressei-me para alcançá-la. Nesse momento, senti uma mão pousar de leve em meu ombro – e, depois, esse inesquecível, profundo e maldito *sussurro* em meu ouvido!

Tomado de cólera e frenesi, voltei-me bruscamente para aquele que ousara me perturbar e segurei-o com violência pelo colete. Wilson vestia, conforme já esperava, um traje absolutamente semelhante ao meu: capa espanhola de veludo azul, presa por um cinto carmesim do qual pendia uma espada. Uma máscara de seda negra cobria-lhe inteiramente o rosto.

– Miserável! – exclamei com voz rouca de cólera, e cada sílaba que me escapava era como um combustível acrescentado ao fogo de minha ira. – Miserável! Impostor! Vilão maldito! Não seguirás a minha pista... não me atormentarás até a morte! Segue-me, ou apunhalo-te aí onde estás!

E abri caminho, do salão de baile, para uma pequena antecâmara vizinha, arrastando-o irresistivelmente comigo.

Entrando, atirei-o com fúria para longe de mim. Ele cambaleou, de encontro à parede. Fechei a porta, com uma imprecação, e ordenei-lhe que desembainhasse a espada. Wilson hesitou um segundo; depois, com um leve suspiro, tirou silenciosamente a arma e se pôs em guarda.

O combate foi rápido. Eu estava exasperado, sentia desvarios de toda a espécie e, num único braço, a energia e o poder de uma multidão. Em alguns segundos, dominei-o pela força, contra o lambril, e ali, tendo-o à minha mercê, mergulhei várias vezes, golpe após golpe, a espada em seu peito, com uma ferocidade de bruto.

Nesse momento, alguém tentou abrir a porta. Apressei-me para evitar uma intromissão importuna e voltei-me imediatamente ao meu adversário que expirava. Porém, que ser humano poderá traduzir suficientemente o espanto, o horror que se apoderaram de mim ante o espetáculo que se apresentou aos meus olhos? O curto instante, durante o qual me desviara, fora suficiente para produzir, aparentemente, uma mudança material nas disposições do outro extremo da sala. Um vasto espelho – em minha perturbação pareceu-me assim, a princípio – erguia-se no ponto onde antes nada vira; e, enquanto me dirigia, tomado de horror, para esse espelho, minha própria imagem, mas com o rosto pálido e manchado de sangue, adiantou-se ao meu encontro, com um passo fraco e vacilante.

Foi o que me pareceu, repito, mas não era. Era meu adversário, Wilson, que diante de mim se contorcia em agonia. Sua máscara e capa jaziam sobre o soalho, no ponto onde ele os lançara. Não havia um fio de sua roupa – nem uma linha em toda a sua figura tão característica e tão singular – que não fossem *meus*: era o absoluto na identidade!

Era Wilson, mas Wilson sem mais sussurrar agora as palavras, tanto que teria sido possível acreditar que eu próprio falava, quando ele me disse:

– *Venceste, e eu me rendo. Mas, de agora em diante, também estás morto... morto para o mundo, para o céu e para a esperança! Em mim tu existias... e vê em minha morte, vê por esta imagem, que é a tua, como assassinaste absolutamente a ti mesmo.*

7
Os crimes da Rua Morgue

> *What songs the Syrens sang, or what name Achilles assumed when he did himself among women, although puzzling questions, are not beyond all conjecture.*[1]
>
> SIR THOMAS BROWNE

As condições mentais consideradas como analíticas são, em si, pouco suscetíveis de análise. Apreciamo-las somente em seus efeitos. Delas, sabemos que são sempre, entre outras coisas, para os que as possuem em alto grau, uma fonte dos mais vivos prazeres. Assim como o homem forte exulta com sua capacidade física, deleitando-se com exercícios que põem os seus músculos em ação, assim também o analista experimenta grande satisfação com a atividade intelectual que lhe permite *desemaranhar* as coisas. Sente prazer até com as ocupações mais triviais que põem em jogo o seu talento. Gosta de enigmas, adivinhações, hieróglifos, revelando, em cada uma de suas soluções, uma *agudeza* que parece sobrenatural às pessoas comuns. Os resultados, obtidos devido apenas ao espírito e à essência do método que empregam, têm, na verdade, a aparência completa de uma intuição.

Essa faculdade de resolver tais problemas talvez seja muito fortalecida pelos estudos matemáticos e, principalmente, por

---
[1] Que canto entoaram as sereias, ou que nome Aquiles adotou, quando se ocultou entre as mulheres, são perguntas que, conquanto embaraçosas, não se acham além de quaisquer conjeturas. (*N. do E.*)

esse seu importantíssimo ramo que, de maneira inadequada, é chamado, *par excellence*, por aqueles que só levam em conta as suas operações passadas, de análise. No entanto, calcular não é o mesmo que analisar. Um enxadrista, por exemplo, efetua uma dessas coisas, sem esforçar-se quanto à outra. Segue-se daí que o jogo de xadrez, em seus efeitos sobre o caráter mental, é muito mal compreendido. Não estou, neste momento, escrevendo um tratado, mas, simplesmente, prefaciando uma narrativa um tanto peculiar, com observações feitas bastante ao acaso. Aproveitarei, pois, esta ocasião, para afirmar que as faculdades mais importantes da inteligência reflexiva agem de maneira mais decisiva e útil no simples jogo de damas do que em toda essa frivolidade complicada do xadrez. Neste último, onde as peças têm movimentos diferentes e *bizarros*, com valores vários e variáveis, o que é apenas complexo é considerado (erro nada incomum) profundo. A *atenção*, aqui, é poderosamente posta em jogo. Se se descuida um instante, e comete-se um engano, os resultados implicam perda ou derrota. Como os movimentos possíveis não são apenas variados, como também complicados, as possibilidades de tais descuidos se multiplicam e, nove em cada dez casos, é o jogador mais atento o que vence, e não o mais perspicaz. No jogo de damas, pelo contrário, em que os movimentos são *únicos* e têm pouca variação, são diminutas as probabilidades de descuido e, como a atenção quase não é empregada, as vantagens obtidas por uma ou outra das partes são conseguidas devido a uma *perspicácia* superior. Exemplificando o que dissemos, suponhamos um jogo de damas em que as peças sejam reduzidas a quatro reis e onde, naturalmente, não é de esperar-se qualquer descuido. É evidente que, aqui, a vitória só poderá ser decidida (achando-se os jogadores em igualdade de condições) pelo movimento *recherché*[2] resultante de um determinado esforço de inteligência. Privado

---

[2] Pesquisado. *(N do E.)*

de recursos ordinários, o analista penetra no espírito de seu oponente, identifica-se com ele e, não raro, vê, num relance, o único meio (às vezes absurdamente simples) mediante o qual poderá induzi-lo a engano ou levá-lo a um erro de cálculo.

Desde há muito se reconhece a influência do *whist* sobre o que se chama o poder de cálculo, e sabe-se que homens dotados de grande capacidade intelectual têm experimentado, ao que parece, indizível satisfação nesse jogo, ao mesmo tempo que consideram o xadrez uma frivolidade. Não há a menor dúvida de que não existe nada como esse jogo para incentivar a faculdade analítica. O melhor enxadrista do mundo não passa de *o melhor enxadrista*; mas uma grande capacidade para o *whist* implica uma capacidade para o triunfo em todos os empreendimentos importantes nos quais a inteligência é essencial. Quando digo capacidade, refiro-me àquela perfeição no jogo que inclui uma compreensão de *todas* as fontes de que se deriva uma legítima vantagem. Estas não são apenas diversas, mas multiformes, e se acham, não raro, nas profundidades do pensamento, inteiramente inacessíveis às inteligências comuns.

Observar atentamente é lembrar de maneira distinta e, sob este aspecto, o jogador de xadrez capaz de intensa concentração se sairá muito bem no *whist*, pois as regras de Hoyle, baseadas no puro mecanismo do jogo, são suficientes e geralmente inteligíveis. Possuir-se, pois, boa memória e proceder-se de acordo com as regras do jogo são coisas que constituem, comumente, pontos ganhos, e que são consideradas como qualidades de um bom jogador. Mas nos casos que se encontram fora dos limites das simples regras é que se revela a habilidade do analista. Este faz, em silêncio, um grande número de observações e inferências. Seus companheiros talvez façam outro tanto, e a diferença quanto à extensão da informação assim obtida não reside tanto na validez da inferência, como na qualidade da observação. O necessário é saber *o que* observar. Nosso jogador não se limita unicamente ao jogo e, embora este constitua o objeto imediato de sua atenção, não deixa de tirar deduções de coisas alheias ao jogo. Examina a fisionomia de seu companheiro, comparando-a cuidadosamente com a de cada um de seus oponentes. Observa a maneira de distribuir as cartas, cada vez que estas são dadas, contando, não raro, trunfo por trunfo e ponto por ponto, por meio dos olhares lançados pelos jogadores às suas cartas. Nota todas as variações que se operam nas fisionomias à medida que o jogo prossegue, reunindo grande número de ideias pelas diferenças que observa nas expressões dos companheiros: expressões de segurança, de surpresa, de triunfo ou de pesar. Pela maneira de comportar-se diante de um blefe, percebe se a pessoa estará blefando e também fazê-lo em seguida. Reconhece uma jogada maliciosa pela maneira com que a carta é lançada sobre a mesa. Uma palavra casual ou inadvertida, o modo acidental com que cai uma carta ou é ela virada, com a ansiedade ou a indiferença com que se procura ocultá-la; a contagem dos pontos e a ordem de sua colocação; o embaraço, a hesitação, o entusiasmo ou o receio – tudo isso proporciona, à sua percepção aparentemente intuitiva, indicações quanto ao verdadeiro estado de coisas. As primeiras duas ou três rodadas tendo sido jogadas, conhece perfeitamente o jogo de cada um e, a partir de então, lança suas cartas com tão absoluta precisão como se os outros jogadores tivessem as suas cartas com as faces voltadas para ele.

O poder analítico não deveria ser confundido com uma simples habilidade, pois enquanto o analista é, necessariamente, engenhoso, o homem engenhoso é, não raro, notavelmente incapaz de análise. A faculdade construtiva ou de combinação com que a engenhosidade habitualmente se manifesta, e à qual os frenologistas (creio que erroneamente) atribuem um órgão à parte, supondo tratar-se de uma faculdade primitiva, tem sido vista, tão amiúde, em indivíduos cuja inteligência, por outro lado, se acha tão próxima da idiotice, a ponto de atrair a atenção geral dos autores que tratam de temas morais. Entre a engenhosidade e a capacidade analítica existe uma diferença muito maior, na verdade, do que a que existe entre a fantasia e a imaginação, embora de caráter estritamente análogo. Poderá se verificar, de fato, que o homem engenhoso é sempre imaginoso, enquanto o verdadeiramente imaginativo não deixa jamais de ser analítico.

A narrativa que se segue servirá de certo modo, ao leitor, como um comentário sobre as proposições que acabo de apresentar.

Residindo em Paris durante a primavera e parte do verão de 18..., travei lá conhecimento com um certo monsieur C. Auguste Dupin. Pertencia este jovem cavalheiro a uma excelente, ou melhor, a uma ilustre família, mas, devido a uma série de acontecimentos adversos, ficara reduzido a tal pobreza que a energia de seu caráter sucumbira, fazendo com que renunciasse às suas ambições mundanas e ao desejo de refazer os seus bens. Por cortesia de seus credores, ficou ainda em seu poder uma pequena parte de seu patrimônio e, com as rendas que daí lhe advinham, conseguia, mediante rigorosa economia, obter o necessário para a sua manutenção, sem se preocupar com coisas supérfluas. Na verdade, os livros constituíam o seu único luxo e, em Paris, são eles facilmente obtidos.

Nosso primeiro encontro aconteceu numa modesta livraria da Rua Montmartre, onde a procura, acidental, do mesmo volume, raro e notável, nos pôs em estreita comunhão. Vimo-nos, depois, muitas e muitas vezes. Interessou-me profundamente a pequena história de família que ele me contou pormenorizadamente, com toda a franqueza com que um francês fala quando ele próprio é o tema da conversa. Surpreendeu-me, também, a vasta extensão de suas leituras e, acima de tudo, senti-me inflamado pelo intenso ardor e extrema vivacidade de sua imaginação. Procurando, em Paris, os objetos que eu então buscava, achei que a companhia de tal homem seria, para mim, um verdadeiro tesouro. E confessei-lhe, francamente, esse meu sentimento. Ficou, afinal, assentado que viverímos juntos durante a minha permanência na cidade – e, como a minha situação financeira fosse melhor que a dele, coube-me a despesa de alugar e mobiliar, num estilo que estivesse de acordo com o caráter um tanto fantástico e taciturno de nosso temperamento, um velho e grotesco casarão, arruinado pelo tempo, há muito desabitado, devido a superstições que não nos detivemos em averiguar. A casa, situada num recanto desolado e retirado de Faubourg Saint Germain, era tão velha que estremecia sob nossos passos, como se estivesse prestes a ruir.

Se a rotina da vida que ali levávamos fosse conhecida do mundo, teríamos sido considerados loucos – ou, talvez, loucos inofensivos. Nossa reclusão era total. Não recebíamos visita alguma. Na verdade, o lugar de nosso retiro foi mantido cuidadosamente em segredo, até para os meus antigos camaradas, e fazia já muito tempo que Dupin deixara de procurar os outros ou de ser procurado em Paris. Vivíamos só para nós.

Uma das esquisitices de meu amigo (pois de que outro modo poderia chamá-la?) era estar apaixonado pela noite. Mas, como acontecia com todas as outras suas extravagâncias, aceitei essa sua esquisitice, e me entregava, com perfeito *abandono*, aos seus mais singulares caprichos. A negra divindade nem sempre se achava em nossa companhia, mas podíamos fingir que ela estava presente. Mal raiava o dia, fechávamos os maciços postigos de nossa velha casa e acendíamos um par de velas intensamente perfumadas, que lançavam apenas fracos e pálidos raios. Graças a elas mergulhávamos em sonhos, lendo, escrevendo ou conversando, até que o relógio nos advertia da chegada das verdadeiras trevas. Então, saíamos pelas ruas, de braço dado, continuando a conversa do dia e vagando a esmo até muito longe e até horas tardias, procurando, entre as luzes e as sombras fantásticas da populosa cidade, as inumeráveis excitações mentais que a observação tranquila pode proporcionar.

Nessas ocasiões, não podia deixar de observar e admirar (embora já estivesse preparado para esperá-la da rica imaginação de meu amigo) uma peculiar capacidade analítica em Dupin. Parecia, também, experimentar viva satisfação em exercitar tal faculdade – embora não a aplicasse concretamente – e não hesitava em confessar o prazer que isso lhe causava. Dizia-me, com vanglória e um sorriso zombeteiro, que quase todos os homens, para ele, tinham janelas em seus peitos, e costumava confirmar tais afirmativas com provas diretas e surpreendentes do íntimo conhecimento que tinha de minha pessoa. Em tais momentos, suas maneiras eram glaciais e absortas. Seus olhos tornavam-se vagos, sem expressão, enquanto sua voz, que possuía, habitualmente, um timbre rico de tenor, se elevava até um tom que pareceria petulante, não fosse a ponderada e completa clareza de sua enunciação. Observando-o durante tais estados de ânimo, eu meditava sobre a velha filosofia da alma bipartida, divertindo-me em imaginar um duplo Dupin – o criador e o analítico.

Não se suponha, pelo que acabo de dizer, que estou particularizando algum mistério ou escrevendo algum romance. O que descrevi sobre esse francês não é senão o resultado de uma inteligência excitada, ou, talvez, enferma. Um exemplo dará melhor ideia do caráter de suas observações, durante a época a que me refiro.

Caminhávamos, certa noite, por uma rua longa e suja, nas imediações do Palais Royal. Mergulhados ambos em nossos pensamentos, nenhum de nós proferira uma única palavra pelo menos durante os últimos quinze minutos. Súbito, Dupin irrompeu com estas palavras:

– Na verdade, esse rapaz é muito pequeno e estaria melhor no *Théâtre des Variétés*.

– Não há a menor dúvida – respondi, sem prestar atenção ao que dizia e sem observar, a princípio (tão absorto estava em minhas meditações), a maneira extraordinária pela qual meu interlocutor penetrara em minhas meditações.

Decorrido um instante, voltei a mim e senti-me tomado de profundo assombro.

– Dupin – disse eu, gravemente –, isso está além de minha compreensão. Não vacilo em confessar que estou perplexo, mal podendo acreditar em meus sentidos. Como é possível que você soubesse em que eu estava pensando?

Aqui, fiz uma pausa, a fim de certificar-me, sem sombra de dúvida, de que ele realmente sabia no que eu estava pensando.

– Em Chantilly – disse ele. – Por que é que você interrompeu seus pensamentos? Você dizia a si mesmo que sua diminuta estatura não era apropriada para a tragédia.

Era precisamente isso que constituía o assunto de minhas reflexões. Chantilly era um ex-sapateiro da Rua Saint-Denis, que, apaixonado pelo teatro, tentara estudar o papel de Xerxes, na tragédia de Crébillon desse mesmo nome, mas cujos esforços haviam redundado em ridículo público.

– Diga-me, pelo amor de Deus – exclamei –, qual o método, se é que há algum método, pelo qual você conseguiu penetrar em minha alma, neste caso.

Na verdade, eu estava mais atônito do que teria desejado confessar.

– Foi o vendedor de frutas – respondeu o meu amigo – que fez com que você chegasse à conclusão de que o sapateiro remendão não tinha estatura suficiente para representar o papel de Xerxes *et id genus omne*.[3]

– O vendedor de frutas? Você me assombra! Não conheço vendedor de frutas algum.

– O homem em que você esbarrou ao entrar nesta rua, há uns quinze minutos, aproximadamente.

Lembrei-me, então, de que, na verdade, um vendedor de frutas, carregando à cabeça uma grande cesta de maçãs, quase me lançara por terra, inadvertidamente, quando passamos da Rua C... para aquela em que agora nos encontrávamos. Mas o que eu não podia entender era o que isso tinha a ver com Chantilly.

---

[3] Expressão latina que significa "e toda essa classe" ou "e toda essa raça". (*N. do E.*)

Nada havia de charlatanice em Dupin.

– Explicarei – disse ele –, e, para que você possa compreender tudo claramente, refaremos o curso de suas meditações, desde o momento em que falei com você até o nosso encontro com o vendedor de frutas em questão. Os elos principais da cadeia seguem a seguinte ordem: Chantilly, Órion, Dr. Nichols, Epicuro, estereotomia, as pedras da rua, o vendedor de frutas.

Poucas pessoas existem que não se hajam divertido, em algum momento de sua vida, em reconstruir os passos pelos quais chegaram a certas conclusões. Tal ocupação é, não raro, cheia de interesse, e aquele que a tenta pela primeira vez fica surpreso ante a aparente distância ilimitada e a incoerência existente entre o ponto de partida e o objetivo final. Qual, porém, não deve ter sido o meu assombro ao ouvir o que o francês acabava de dizer, e ao verificar que ele, de fato, falava a verdade. Ele prosseguiu:

– Se bem me lembro, falávamos de cavalos, pouco antes de deixarmos a Rua C... Foi a última coisa que discutimos. Ao entrarmos nesta rua, um vendedor de frutas, com um grande cesto à cabeça, passando rapidamente por nós, empurrou você sobre um monte de paralelepípedos, num lugar em que o calçamento está sendo reparado. Você pisou numa das pedras soltas, escorregou, magoou ligeiramente o tornozelo, revelou um pouco de desagrado ou mau humor, murmurou algumas palavras, voltou-se para olhar o monte de pedras e, depois, continuou o seu caminho em silêncio. Não prestei, particularmente, atenção ao que você fez, mas, nos últimos tempos, a observação se tornou, para mim, uma espécie de necessidade.

"Você conservou os olhos fixos no chão – olhando, com ar petulante, para os buracos e sulcos existentes na rua (de modo que vi que você pensava ainda nas pedras), até que chegamos a uma travessa chamada Lamartine, que fora pavimentada, à guisa de experiência, com as pedras sobrepostas e bem unidas. Seu rosto, então, se animou, e percebi que você murmurou a palavra "estereotomia", termo muito bem aplicado a essa espécie de pavimentação. Sabia que você não podia repetir para si mesmo a palavra "estereotomia" sem ser levado a pensar em átomos e, por conseguinte, nas teorias de Epicuro; e como, quando discutimos, ainda recentemente, esse tema, eu me referi à maneira singular, embora notada, com que as vagas suposições desse nobre grego haviam sido confirmadas pela recente cosmogonia nebular, compreendi que você não poderia deixar de erguer os olhos para a grande *nebula* de Órion, coisa que, com toda a segurança, esperei que você fizesse. E você olhou para o alto – e eu tive, então, a certeza de que seguira acertadamente os seus pensamentos. Mas, naquela amarga *tirade* sobre Chantilly, publicada ontem no *Musée*, o escritor satírico, fazendo certas alusões maldosas à mudança de nome do sapateiro ao usar o coturno, citou um verso latino sobre o qual temos conversado muitas vezes. Refiro-me ao verso

Perdidit antiquum litera prima sonum.[4]

"Eu lhe dissera que isso se referia a Órion, que, a princípio, se escrevia Úrion. E como tivemos algumas discussões um tanto apaixonadas sobre essa minha interpretação, tive a certeza de que você não a havia esquecido. Era claro, portanto, que você não deixaria de relacionar as suas ideias: Órion e Chantilly. Que você as relacionou, vi-o claramente pela expressão do sorriso que lhe passou pelos lábios. Pensou na imolação do pobre sapateiro. Até então, estivera andando com o corpo curvado; mas, a partir daquele instante, você endireitou o corpo. Tive, então, a certeza de que você pensava na minúscula figura de Chantilly. Nessa altura, interrompi suas meditações para observar que, na verdade, ele era um sujeito muito pequeno... esse tal Chantilly... e que estaria melhor no *Théâtre des Variétés*."

---

[4] A antiga palavra perdeu sua primeira letra. (*N. do E.*)

Pouco depois dessa conversa, folheávamos uma edição vespertina da *Gazette des Tribunaux*, quando a seguinte notícia nos chamou a atenção:

CRIMES EXTRAORDINÁRIOS

Esta madrugada, cerca das três horas, os moradores do *quartier* Saint-Roch foram despertados por uma série de gritos espantosos, que pareciam vir do quarto andar de uma casa da Rua Morgue, ocupado, segundo se diz, por uma tal madame L'Espanaye e por sua filha, mademoiselle Camille L'Espanaye. Após alguma demora, ocasionada por tentativas infrutíferas no sentido de se entrar na casa sem o emprego de violência, a porta de entrada foi arrombada por meio de uma alavanca, e oito ou dez vizinhos lá penetraram, acompanhados de dois *gendarmes*. A essa altura, os gritos já haviam cessado; mas, quando o grupo de pessoas já se achava no primeiro lance de escadas, duas ou mais vozes ásperas, em violenta discussão, foram ouvidas, parecendo provir da parte superior da casa. Ao chegarem ao segundo patamar, tais gritos também haviam cessado, e tudo permanecia na mais perfeita calma. O grupo dividiu-se, passando a examinar apressadamente todos os aposentos. Quando alguns de seus componentes chegaram a um grande quarto da parte traseira da casa, no quarto andar (e cuja porta, estando fechada por dentro, precisando ser arrombada), depararam com um espetáculo que encheu a todos não só de horror como de assombro.

O aposento achava-se na mais completa desordem, os móveis quebrados e lançados por todos os cantos. Não restava, intacta, senão a armação de uma cama, cujo enxergão havia sido arrancado e atirado no meio do assoalho. Sobre uma cadeira, havia uma navalha manchada de sangue. Junto à lareira, havia duas ou três longas e grossas tranças de cabelo humano grisalho, também empapados de sangue, e que pareciam ter sido arrancados desde a raiz. Sobre o chão, foram encontrados quatro napoleões, um brinco de topázio, três grandes colheres de prata, três colherinhas de *metal d'Alger*, e duas bolsas, contendo quase 4 mil francos em ouro. As gavetas de um *bureau*, que se achava a um canto, estavam abertas e, ao que parecia, haviam sido saqueadas, embora ainda restassem nelas muitos objetos. Um pequeno cofre de ferro foi descoberto debaixo da *cama* (e não sob a sua armação). Estava aberto, conservando ainda a chave na fechadura. Não continha senão algumas velhas cartas, bem como outros papéis de pouca importância.

De madame L'Espanaye, não havia sinal algum; mas uma quantidade incomum de fuligem podia ser observada junto à lareira. Isso fez com que se examinasse a chaminé e (coisa horrível de contar-se!) o cadáver da filha, dependurado de cabeça para baixo, foi retirado de seu interior, para onde fora empurrado, pela estreita abertura, até uma altura considerável. O corpo ainda estava quente. Ao ser examinado, foram notadas muitas escoriações causadas, sem dúvida, pela violência com que fora lá introduzido e retirado. Sobre o rosto, havia muitos e profundos arranhões e, no pescoço, manchas escuras e acentuadas marcas de unhas, como se a vítima houvesse sido estrangulada.

Depois de meticulosa investigação por toda a casa, sem que nada mais fosse descoberto, o grupo de pessoas penetrou num pequeno quintal cimentado, no fundo do edifício, onde jazia o corpo da velha senhora, com a garganta tão inteiramente cortada que, ao tentar-se levantar o cadáver, a cabeça se desprendeu. Tanto o corpo como a cabeça estavam horrivelmente mutilados, sendo que esta última mal conservava qualquer aparência humana.

Até agora, não existe o menor indício que permita esclarecer este horrível mistério.

O jornal do dia seguinte trazia alguns novos pormenores:

A TRAGÉDIA DA RUA MORGUE

Muitas pessoas foram interrogadas a respeito desse extraordinário e horrível *affaire* [a palavra *affaire* não tem ainda, na França, a pouca importância que se lhe dá entre nós], mas não se chegou a nada que lance luz sobre o caso. Damos abaixo todas as declarações que foram prestadas:

PAULINE DUBOURG, lavadeira, declara haver conhecido, por um espaço de três anos, ambas as vítimas, tendo lavado para elas durante todo esse tempo. Tanto a mãe como a filha pareciam viver em boa harmonia, tratando-se, reciprocamente, de maneira muito afetuosa. Pagavam-lhe com a máxima pontualidade. Nada sabia dizer quanto à sua maneira ou os seus meios de vida. Supunha que madame L. era cartomante, assegurando, desse modo, a sua subsistência. Dizia-se que guardava dinheiro. Jamais encontrara pessoa alguma na casa, quando ia buscar ou entregar a roupa. Estava certa de que não tinham empregada. Parecia não haver móveis em parte alguma da casa, salvo no quarto andar.

PIERRE MOREAU, tabaqueiro, declarou que costumava vender pequenas quantidade de tabaco e de rapé a madame L'Espanaye, por quase quatro anos. Nascera nas vizinhanças, onde sempre residira. Mãe e filha ocupavam, havia mais de seis anos, a casa onde foram encontrados os cadáveres. A casa fora ocupada, anteriormente, por um joalheiro, que, por sua vez, alugava os aposentos superiores a várias pessoas. A casa pertencia a madame L., que ficara aborrecida com os abusos de seu inquilino e mudara-se para lá, recusando-se a alugar qualquer parte do prédio. Parecia um tanto caduca, devido à idade. A testemunha vira a sua filha umas cinco ou seis vezes, durante os últimos seis anos. Viviam ambas quase que em completa reclusão; dizia-se que tinham dinheiro. Ouvira dos vizinhos que madame L. lia a *buena-dicha* por meio de cartas, mas não acreditava nisso. Jamais vira qualquer pessoa entrar na casa, salvo a velha, a filha, duas ou três vezes um carregador, e umas oito ou dez vezes um médico.

Muitas outras pessoas, residentes nas vizinhanças, fizeram depoimentos semelhantes. Não se falou de ninguém que frequentasse a casa. Tampouco se sabe se madame L. e a filha tinham parentes vivos. As persianas das janelas da frente raramente eram abertas. As do fundo eram conservadas sempre fechadas, com exceção de um grande cômodo no quarto andar. A casa era bastante boa, não muito velha.

ISIDORE MUSET, *gendarme*, declarou que foi chamado à casa cerca das três horas da madrugada, tendo encontrado à entrada vinte ou trinta pessoas aproximadamente, as quais procuravam penetrar no prédio. A porta foi forçada, por fim, com uma baioneta, e não com uma alavanca. Não foi difícil abri-la, por se tratar de uma porta de duas folhas, e não estar trancada nem em cima nem embaixo. Os gritos continuaram até que a porta foi arrombada e, depois, cessaram subitamente. Pareciam gritos de uma pessoa (ou de pessoas) tomada de grande angústia. Eram fortes e prolongados, e não gritos breves e rápidos. A testemunha abriu caminho escada acima. Ao chegar ao primeiro patamar, ouviu duas vozes empenhadas em violenta discussão: umas dela, áspera; a outra, uma voz mais estridente, bastante estranha. Pôde distinguir algumas palavras da primeira, que era a de um francês. Tinha certeza de que não se tratava de voz de mulher. Conseguiu distinguir as palavras *sacré* [sagrado] e *diable* [diabo]. A voz estridente era a de um estrangeiro, mas não tinha certeza se se tratava de voz de homem ou de mulher. Não pôde entender o que dizia, mas supõe que o idioma devia ser o espanhol. Declarou que o estado do quarto e dos cadáveres era como o que foi ontem descrito.

HENRI DUVAL, vizinho e prateiro de profissão, declarou que foi um dos primeiros a entrar na casa. Corroborou, em geral, o depoimento de Musèt. Logo depois de forçada a entrada, tornaram a fechar a porta, a fim de conservar fora a multidão que, apesar do adiantado da hora, se formou rapidamente. A voz estridente, pensa a testemunha, era de um italiano. Estava certo de que não pertencia a um francês. Não tinha certeza se se tratava ou não de voz de homem. Poderia ser de mulher. Não conhecia a língua italiana. Não lhe fora possível distinguir as palavras, mas estava convencido, pela entonação, de que a pessoa que falava era italiana. Conhecia madame L. e a filha. Conversava com ambas frequentemente. Estava convencido de que a voz estridente não era de nenhuma das vítimas.

ODENHEIMER, *restaurateur*. Esta testemunha se apresentou voluntariamente para depor. Não falando o francês, foi ouvida com a ajuda de um intérprete. É natural de Amsterdã. Passava pela frente da casa, no momento em que foram lançados os gritos. Estes continuaram durante vários minutos – talvez uns dez. Eram altos e prolongados, e causavam horror e angústia. Foi um dos que entraram na casa. Confirmou as declarações anteriores, com exceção de uma: estava convencido de que a voz estridente era de homem, de um francês. Não pôde distinguir claramente as palavras proferidas. Eram altas e rápidas, articuladas em tom desigual e, ao que parecia, pronunciadas, ao mesmo tempo, com medo e ira. Era uma voz áspera... não tanto estridente como áspera. Não se poderia dizer que fosse uma voz estridente. A voz grave disse, várias vezes, *sacré, diable* e, uma única vez, *Mon Dieu*.

JULES MIGNAUD, banqueiro, da firma *Mignaud et Fils*, da Rua Deloraine. É o mais velho dos Mignaud. Madame L'Espanaye possuía alguns bens. Abrira uma conta em sua casa bancária na primavera do ano... (oito anos antes). Depositava, frequentemente, pequenas quantias. Não retirou quantia alguma até três dias antes de sua morte, quando retirou, pessoalmente, a soma de 4 mil francos. Essa quantia foi paga em ouro, sendo um funcionário encarregado de levá-la à casa da depositante.

ADOLPHE LE BON, empregado de *Mignaud et Fils*, declarou que, no dia em questão, cerca do meio-dia, acompanhou madame L'Espanaye à sua residência com os 4 mil francos, colocados em dois saquinhos. Ao abrir-se a porta, apareceu mademoiselle L. e apanhou de suas mãos um dos saquinhos, enquanto a mãe fazia o mesmo com o outro. Cumprimentou-as e retirou-se. Naquele momento, não viu ninguém na rua. Era uma rua retirada, bastante deserta.

WILLIAM BIRD, alfaiate, declarou que foi um dos que entraram na casa. É inglês. Vive em Paris há dois anos. Foi um dos primeiros a subir as escadas. Ouviu vozes que discutiam. A voz áspera era de um francês. Pode ouvir várias palavras, mas não se lembrava de todas. Ouviu claramente *sacré* e *Mon Dieu*. Houve um barulho, no momento, como se várias pessoas estivessem brigando. Barulho de luta corporal, de coisas que rangiam. A voz aguda era muito alta – mais alta que a áspera. Tinha certeza de que não era voz de nenhum inglês. Parecia ser de alemão. Poderia ser voz de mulher. Não entende alemão.

Quatro das testemunhas acima citadas, novamente interrogadas, declararam que a porta do quarto em que foi encontrado o corpo de mademoiselle L. estava fechada por dentro quando o grupo lá chegou. Tudo se encontrava em perfeito silêncio; não havia gemidos nem ruídos de qualquer espécie. Forçada a porta, não se encontrou ninguém. As janelas, tanto do quarto da frente como de trás, estavam firmemente fechadas por dentro. A porta existente entre os dois quartos estava fechada, mas apenas com o trinco. A porta do quarto da frente, que dava para o corredor, estava também fechada, com a chave do lado de dentro. Um pequeno quarto, situado na parte da frente da casa, no quarto andar, ao fim do corredor, estava aberto, com a porta escancarada. Este quarto estava atulhado de camas velhas, caixotes e outros objetos, que foram cuidadosamente removidos e examinados. Não houve canto algum da casa que não fosse inspecionado com a máxima meticulosidade. As chaminés foram vasculhadas em todos os sentidos. A casa tem quatro andares e é dotada de sótãos (*mansardes*). Um alçapão existente no teto estava firmemente pregado, e parecia não ter sido aberto havia já vários anos. Quanto ao tempo decorrido, desde que foram ouvidas as vozes em disputa até o momento em que foi arrombada a porta do quarto, diferem os depoimentos das testemunhas. Umas o calcularam em três minutos; outras, em cinco. A porta foi aberta com dificuldade.

ALFONZO CARCIO, agente funerário, declarou que reside na Rua Morgue. É natural da Espanha. Foi um dos que entraram na casa. Não subiu as escadas. É nervoso e receou os efeitos que a agitação poderia ter sobre sua pessoa. Ouviu vozes de pessoas que discutiam. A voz áspera era de um francês. Não pôde distinguir o que diziam. A voz estridente era de um inglês, estava certo disso. Não entende a língua inglesa, mas se baseava na entonação.

ALBERTO MONTANI, confeiteiro, declarou que foi um dos primeiros a subir as escadas. Ouviu as vozes em questão. A voz áspera era de um francês. Percebeu diversas palavras. Pareceu-lhe que esse indivíduo exprobrava o procedimento de alguém. Não conseguiu entender as palavras proferidas pela voz estridente, que era rápida e desigual. Julga tratar-se da voz de um russo. Confirma as declarações gerais. É italiano. Jamais conversou com uma pessoa natural da Rússia.

Várias testemunhas, chamadas novamente a depor, declararam que as chaminés de todos os aposentos do quarto andar eram demasiado estreitas para permitir a passagem de uma criatura humana. Por "varreduras", entendiam-se os movimentos das longas escovas cilíndricas idênticas às empregadas pelos limpa-chaminés. Essas escovas foram passadas, de alto a baixo, pelo interior de todos os canos de chaminé existentes na casa. Não havia passagem alguma pela qual alguém pudesse haver descido enquanto o grupo subia as escadas. O corpo de mademoiselle L'Espanaye estava tão firmemente introduzido na chaminé, que só pôde ser retirado com o auxílio de quatro ou cinco pessoas.

PAUL DUMAS, médico, declarou que foi chamado, ao romper do dia, para examinar os cadáveres. Ambos jaziam sobre o enxergão da cama, no quarto em que mademoiselle L.

fora encontrada. O corpo da jovem senhora apresentava muitas equimoses e escoriações. O fato de haver sido introduzido na chaminé explicava suficientemente tais ferimentos. A garganta também estava muito contundida. Havia muitos e profundos arranhões logo abaixo do queixo, bem como uma série de manchas lívidas, causadas, evidentemente, pela pressão de dedos. O rosto achava-se terrivelmente descolorido, e os olhos, fora das órbitas. A língua havia sido mordida e, em parte, seccionada. Sobre o estômago, descobriu-se grande equimose, produzida, ao que parecia, pela pressão de um joelho. Na opinião de monsieur Dumas, mademoiselle L'Espanaye havia sido estrangulada por alguma pessoa ou pessoas desconhecidas. O corpo de sua mãe estava horrivelmente mutilado. Todos os ossos da perna direita e do braço apresentavam diversas fraturas. A tíbia esquerda, bem como todas as costelas do mesmo lado, estavam muito partidas. Todo o corpo se achava terrivelmente escoriado e descorado. Impossível dizer de que maneira os ferimentos haviam sido infligidos. Um pesado cacete, uma larga barra de ferro, uma cadeira, ou qualquer outra arma pesada e rombuda poderiam ter produzido tais resultados, se manejados por um homem de grande força física. Mulher alguma poderia ter causado tais ferimentos, qualquer que fosse a arma empregada. A cabeça da vítima, conforme puderam verificar as testemunhas, estava inteiramente separada do corpo e muito desfigurada. A garganta havia sido seccionada, evidentemente, com algum instrumento muito afiado – talvez uma navalha.

ALEXANDRE ETIENNE, cirurgião, também foi chamado, juntamente com monsieur Dumas, para examinar os corpos. Confirmou o depoimento e as opiniões de monsieur Dumas.

"Nenhum outro pormenor importante foi conseguido, embora diversas outras pessoas fossem ouvidas. Um crime tão misterioso e tão surpreendente em todos os seus pormenores jamais foi cometido antes em Paris, se é que se trata realmente de um crime. A polícia não dispõe de indício algum, coisa incomum em casos desta natureza. Não existe, pois, ao que parece, a menor pista."

Em sua edição vespertina, o jornal afirmava que reinava ainda grande excitação no *quartier* Saint-Roch; que as circunstâncias relacionadas com o caso haviam sido cuidadosamente reexaminadas, além de ouvir-se novamente as testemunhas, sem que se chegasse a algum resultado. Uma nota de última hora, porém, anunciava que Adolphe Le Bon havia sido detido e encarcerado, embora nada pudesse incriminá-lo, além dos fatos já expostos.

Dupin parecia particularmente interessado no desenrolar do caso; pelo menos foi o que julguei pelas suas maneiras, pois não fez comentários. Foi somente depois da notícia de que Le Bon havia sido preso que ele pediu minha opinião a respeito do duplo crime.

Não pude senão concordar com toda Paris, que o considerava um mistério insolúvel. Não via maneira alguma pela qual fosse possível descobrir-se o assassino.

— Mediante interrogatórios tão superficiais — disse Dupin — não é possível descobrir-se um meio de encontrá-lo. A polícia parisiense, tão elogiada pela sua *perspicácia*, é astuta — mas nada mais. Não há método algum em suas diligências, além daquele que é sugerido no momento. Faz uma grande exibição de medidas, mas, não raro, estas se adaptam tão mal aos seus objetivos, que fazem com que nos lembremos de monsieur Jourdain, pedindo o seu *robe-de-chambre, pour mieux entendre la musique*.[5] Os resultados obtidos não deixam, às vezes, de ser sur-

---

[5] Pedido o seu robe, para escutar melhor a música. (*N. do E.*)

preendentes, mas, na maior parte das vezes, são conseguidos devido a simples diligência e atividade. Quando tais qualidades de nada servem, seus planos fracassam. Vidocq, por exemplo, era um excelente adivinhador, além de ser um homem persistente. Mas, não dispondo de uma inteligência educada, errava continuamente, devido à própria intensidade de suas investigações. Sua visão era prejudicada, por olhar muito de perto o objeto. Podia ver, talvez, dois ou três pontos com extraordinária clareza, mas, ao fazê-lo, perdia, necessariamente, a visão total do assunto. Aí está o defeito de se ser demasiado profundo. A verdade nem sempre se encontra no fundo do poço. Na realidade, creio que aquilo que mais importa conhecer é, invariavelmente, superficial. A profundidade se encontra nos vales em que a procuramos, e não no cume das montanhas onde ela se acha. As maneiras e as fontes dessa espécie de erro têm um bom exemplo na contemplação dos corpos celestes. Dirigir a uma estrela um rápido olhar, examiná-la obliquamente, voltando para ela as partes exteriores da retina (mais suscetíveis às ligeiras impressões da luz que as interiores), é contemplar a estrela de maneira diferente, é apreciar melhor o seu brilho, brilho que diminui à medida que voltamos nossa visão *em cheio* para ela. Um número muito maior de raios incide sobre os olhos neste último caso, mas, no primeiro, se obtém uma receptividade mais apurada. Por meio de uma profundidade indevida, perturbamos e debilitamos os nossos pensamentos – e é impossível fazer-se com que a própria Vênus se desvaneça no firmamento, se a fitarmos de maneira muito demorada, muito concentrada ou muito direta.

"Quanto a estes assassínios, façamos alguns exames por nossa própria conta, antes de formar uma opinião a respeito. Uma investigação nos proporcionará uma boa distração (achei esse termo, no caso, mal aplicado, mas nada disse) e, além disso, Le Bon me prestou, certa vez, um serviço pelo qual lhe sou grato. Iremos examinar o local do crime com os nossos próprios olhos. Conheço G..., o delegado de polícia, e não teremos dificuldades em obter a necessária permissão.

A permissão foi obtida, e dirigimo-nos incontinente à Rua Morgue. É esta uma das miseráveis vielas existentes entre a Rua Richelieu e a Rua Saint-Roch. A tarde já estava quase no fim quando lá chegamos, pois esse *quartier* ficava muito distante daquele em que morávamos. Não tivemos dificuldade em encontrar a casa, em virtude de haver ainda muitas pessoas a olhar, da calçada oposta, para as janelas fechadas, com uma curiosidade sem objetivo. Era uma casa parisiense comum, com uma entrada principal, tendo, num dos lados, um compartimento com vidraça corrediça, que parecia ser uma *loge de concierge*.[6] Antes de entrar, subimos a rua, dobramos por uma viela e, por fim, chegamos à porta de trás da casa. Enquanto isso, Dupin examinava toda a vizinhança, bem como a casa, com meticulosa atenção, cujo objetivo não me era possível compreender.

Voltando sobre nossos passos, chegamos de novo à frente da casa, batemos à porta e, após apresentarmos as credenciais, os agentes que estavam de guarda permitiram a nossa entrada. Subimos as escadas até chegarmos ao aposento onde o corpo de mademoiselle L'Espanaye fora encontrado, e onde se achavam ainda os dois cadáveres. Como de costume, o aposento permanecia na mesma desordem que ali reinava por ocasião do crime. Nada mais vi além do que fora publicado pela *Gazette des Tribunaux*. Dupin examinava tudo minuciosamente, sem excluir os corpos das vítimas. Dirigimo-nos, depois, para os outros aposentos e, finalmente, para o quintal. Um *gendarme* nos acompanhou nessa visita. O exame do local nos manteve ocupados até o cair da noite, quando, então, nos retiramos. A caminho de casa, meu companheiro entrou por um momento na redação de um dos jornais diários.

---

[6] Portaria. (*N. do E.*)

Já disse que eram muitos os caprichos de meu amigo, e eu sabia como contorná-los. Até o dia seguinte, ao meio-dia, evitou falar sobre o crime. Só então me perguntou, subitamente, se eu observara algo de *particular* no local da tragédia.

Em sua maneira de acentuar a palavra *particular* havia algo que me fez estremecer, sem que soubesse por quê.

– Não, nada de *particular* – respondi. – Pelo menos, nada que já não houvéssemos lido no jornal.

– Receio que a *Gazette* – respondeu-me – não tenha penetrado no insólito horror do que aconteceu. Mas deixemos de lado as opiniões ociosas desse jornal. Parece-me que esse mistério é considerado insolúvel devido exatamente à razão que deveria fazer com que se fosse considerado de fácil solução. Refiro-me ao caráter *outré*[7] das circunstâncias que o cercam. A polícia está confusa ante a aparente ausência de motivo, quer quanto ao que se refere ao próprio crime, quer quanto à atrocidade do assassino. Está perplexa, também, ante a aparente impossibilidade de relacionar as vozes ouvidas durante a discussão com o fato de não se haver descoberto ninguém nos aposentos superiores, exceto o cadáver de mademoiselle L'Espanaye, não havendo possibilidade de ninguém ter saído da casa sem que se fosse pressentido pelas pessoas que subiram as escadas. A enorme desordem do aposento; o corpo introduzido, de cabeça para baixo, na chaminé; a terrível mutilação do cadáver da senhora idosa – todas essas considerações, aliadas às que acabo de me referir, bem como a outras que não é necessário mencionar, foram suficientes para paralisar as faculdades de raciocínio dos policiais, fazendo com que fracassasse por completo a *perspicácia* da qual se vangloriam. Cometeram o grande erro, embora comum, de confundir o incomum com o abstruso. Mas é por esses desvios do plano das coisas ordinárias que a razão encontra o seu caminho na investigação da verdade, caso isso seja

---

[7] Indignado. (*N. do E.*)

possível. Em investigações como estas na qual estamos empenhados, não se deve perguntar tanto "o que aconteceu", mas sim procurar saber "se o que aconteceu jamais aconteceu antes". De fato, a facilidade com que chegarei, ou já cheguei, à solução desse mistério, está na razão direta de sua aparente insolubilidade aos olhos da polícia.

Fitei o meu interlocutor, tomado de mudo assombro.

– Estou esperando neste momento – continuou ele, olhando para a porta do nosso aposento – uma pessoa que, embora talvez não seja o autor dessa carnificina, deve ter estado, de certo modo, implicado nela. É provável que seja inocente, quanto à parte pior dos crimes cometidos. Espero estar certo nesta minha suposição, pois nela se baseia a minha esperança de decifrar todo esse enigma. Espero a chegada desse homem aqui nesta sala, a qualquer momento. É certo que pode não vir, mas é provável que venha. Se vier, é preciso detê-lo. Aqui estão umas pistolas, e nós sabemos usá-las, quando as circunstâncias o exigem.

Sem saber bem o que fazia, nem o que ouvia, tomei as pistolas, enquanto Dupin continuava a falar como se estivesse entregue a um solilóquio. Já me referi ao seu ar absorto, em tais ocasiões. Suas palavras eram dirigidas à minha pessoa, mas sua voz, embora não fosse muito alta, tinha aquela entonação comumente empregada quando alguém se dirige a uma pessoa que se acha muito distante. Seus olhos, de expressão vaga, fitavam apenas a parede.

– As provas demonstraram claramente – prosseguiu – que as vozes que discutiam, e que foram ouvidas pelos que subiram as escadas, não eram das próprias vítimas. Isso desfaz qualquer suposição de que a velha tenha primeiro assassinado a filha e, depois, dado cabo da própria vida. Falo deste ponto unicamente por respeito ao método, pois a força física de madame L'Espanaye teria sido inteiramente insuficiente para que pudesse introduzir o corpo da filha na chaminé, tal como foi encontrado. Por outro lado, a natureza dos ferimentos desta última exclui por completo a ideia de suicídio. Por conseguinte, o crime foi cometido por terceiros – e foram as vozes dessas pessoas as que foram ouvidas, empenhadas em discussão. Permita-me chamar sua atenção não para o que se declarou a respeito de tais vozes, mas para o que existe de *particular* em tais declarações. Não observou nada de particular a respeito?

Eu disse ter observado que, enquanto todas as testemunhas concordavam em supor que a voz grave pertencia a um francês, havia grande desacordo com respeito à voz estridente ou, como uma das testemunhas a classificou, a voz áspera.

– Isso é a evidência pura – disse Dupin –, mas não o que há de particularidade nessa evidência. Você não observou nada de característico; contudo, *havia* algo a ser observado. As testemunhas, como você observou, concordaram a respeito da voz grave. Quanto a esse ponto, não houve discordância. Mas, quanto ao que se refere à voz estridente, a particularidade reside, não no fato de terem discordado, mas no fato de que, quando um italiano, um inglês, um espanhol, um holandês e um francês tentaram descrevê-la, cada qual se referiu a ela como a *de um estrangeiro*. Cada qual estava certo de que não se tratava da voz de seu compatriota. Cada qual a compara não à voz de um indivíduo pertencente a uma nação cuja língua conhece, mas exatamente o contrário. O francês julga que se trata da voz de um espanhol, afirmando que "poderia ter distinguido algumas palavras, *se conhecesse o idioma espanhol*". O holandês afirma que a voz era a de um francês, mas lemos que, "*não conhecendo o francês, esta testemunha foi interrogada por meio de um intérprete*". O inglês julga tratar-se da voz de um alemão, mas "*não entende o alemão*". O espanhol "tem certeza" de que a voz era a de um inglês, "a julgar pela entonação", "*pois não conhecia a língua inglesa*". O italiano acredita tratar-se da voz de um russo, mas "*nunca conversou com nenhum russo*". Um segundo francês, porém, discorda do primeiro, tendo certeza de que a voz era a de um italiano; mas, *não conhecendo este idioma*, "estava convencido disso pela entonação", como o espanhol. Ora, quão estranha não deveria ser, pois, aquela voz, a respeito da qual *puderam* ser feitas tais declarações! Aquela voz cuja *entonação* nem mesmo cidadãos das cinco grandes divisões da Europa podiam reconhecer como tendo algo de familiar! Você dirá que poderia ter sido a voz de um asiático... ou de um africano. Nem asiáticos nem africanos abundam em Paris; mas, sem negar a inferência, chamo apenas a sua atenção para três pontos. A voz é considerada por uma testemunha como "áspera, mas não estridente". É representada por duas outras como "rápida e *desigual*". Não houve palavras – nem sons que se assemelhassem a palavras – que fossem mencionadas por qualquer testemunha como inteligíveis.

"Não sei", prosseguiu Dupin, "qual a impressão que eu possa haver causado, até agora, sobre o seu entendimento; mas não hesito em dizer que as deduções legítimas baseadas mesmo nessa parte do testemunho – isto é, a parte que se refere a vozes graves e estridentes – são por si sós suficientes para despertar uma suspeita que bem nos pode dirigir a um progresso total na investigação desse mistério. Digo 'deduções legítimas', mas o que pretendo dizer não é, desse modo, plenamente expresso. Quero apenas dizer que essas deduções são as *únicas* adequadas ao caso em apreço, e que minha suspeita se origina *inevitavelmente* delas, como única conclusão. Qual é, porém, essa suspeita, não o direi por ora. Desejo apenas que você compreenda que, quanto a mim, foi o bastante forte para dar uma forma definida... uma determinada tendência às minhas investigações naquele aposento.

"Transportemo-nos agora, em imaginação, ao referido aposento. Que é que primeiro devemos procurar lá? Os meios de fuga empregados pelos assassinos. Não é necessário dizer que nenhum de nós acredita em acontecimentos sobrenaturais. Madame e mademoiselle L'Espanaye não foram, evidentemente, assassinadas por espíritos. O crime foi cometido por seres materiais, que escaparam mediante procedimentos materiais. De que modo? Felizmente, não há senão um modo de se raciocinar sobre isso – e esse modo *deve* conduzir-nos a uma solução precisa. Examinemos, um por um, os possíveis meios de evasão. É claro que os assassinos estavam no quarto em que mademoiselle L'Espanaye foi encontrada, ou, pelo menos, no aposento contíguo, no momento em que as pessoas que acorreram ao local subiram as escadas. Por conseguinte, é partindo somente desses dois aposentos que devemos procurar os indícios da evasão. A polícia pôs a descoberto as portas, o teto e a alvenaria das paredes. Nenhuma saída *secreta* poderia ter escapado à sua vigilância. Mas, não confiando em *seus* olhos, eu os examinei pessoalmente. Na verdade, *não* havia saída secreta. As duas portas que davam para o corredor estavam muito bem fechadas por dentro. Vejamos as chaminés. Estas, embora de largura normal até uma altura de 2 ou 3 metros acima das lareiras, não permitiriam a passagem, em toda a sua extensão, de um gato corpulento. A impossibilidade de saída, pelos meios já referidos, é, por conseguinte, absoluta. Assim sendo, não nos restam senão as janelas. Pelas da frente, ninguém poderia ter fugido sem chamar a atenção da multidão que se encontrava na rua. Os assassinos *devem* ter passado, pois, pelas janelas do quarto dos fundos. Levados, então, por essas deduções, a uma conclusão tão inequívoca, não nos cabe, como analistas, rejeitá-la, devido às impossibilidades aparentes. Não nos resta senão provar que tais "impossibilidades" aparentes não o são na realidade.

"Há, no quarto, duas janelas. Uma delas não se acha obstruída por móveis, sendo completamente visível. A parte inferior da outra acha-se oculta pela cabeceira da pesada cama, estreitamente encostada a ela. Verificou-se que a primeira estava firmemente fechada por dentro. Resistiu aos mais violentos esforços daqueles que tentaram levantá-la. À esquerda de seu caixilho, fora feito um grande orifício por meio de uma verruma, sendo nele introduzido, quase até à cabeça, um prego muito grosso. Ao examinar a outra janela, viu-se um outro prego semelhante, introduzido da mesma maneira – e fracassou, igualmente, um vigoroso esforço no sentido de se erguer o caixilho. A polícia convenceu-se então inteiramente de que a fuga não se verificara por ali. Por essa razão, julgou supérfluo retirar os pregos e abrir as janelas.

"Meu exame foi um tanto mais minucioso, e isso, como acabo de explicar, porque eu sabia que era *preciso* provar que todas as impossibilidades aparentes não eram tais na realidade.

"Continuei pensando assim... *a posteriori*. Os assassinos *haviam* fugido por uma daquelas janelas. Assim sendo, não poderiam ter tornado a fechar as janelas por dentro, como foram encontradas, consideração que, devido à sua evidência, paralisou as investigações da polícia nesse sentido. Não obstante, as janelas de guilhotina *estavam* fechadas. *Deviam* poder, pois, fechar-se por si mesmas. Não havia saída quanto a essa conclusão. Aproximei-me da janela que não estava impedida, retirei o prego com certa dificuldade e tentei levantá-la. Resistiu a todos os meus esforços, como eu havia previsto. Sabia, agora, que deveria existir uma mola oculta – e essa corroboração da minha ideia me convenceu de que minhas premissas, pelo menos, eram corretas, embora parecessem ainda misteriosas relativamente aos pregos. Um exame cuidadoso fez com que eu logo descobrisse a mola oculta. Apertei-a e, satisfeito com a minha descoberta, abstive-me de abrir a janela.

"Recoloquei o prego no lugar e examinei-o com atenção. Uma pessoa que houvesse passado por aquela janela poderia tê-la fechado, pois a mola funcionaria automaticamente – mas o prego não poderia ser recolocado em seu lugar. Tal conclusão era clara, restringindo de novo o campo de minhas investigações. Os assassinos *deviam* ter escapado pela outra janela. Supondo-se, pois, que as molas existentes nas janelas fossem iguais, como era provável, *deveria* ser encontrada uma diferença entre os pregos, ou, pelo menos, em sua colocação. Subindo sobre a armação da cama, olhei minuciosamente, por cima de sua cabeceira, a segunda janela. Passando a mão por trás da madeira, descobri e apertei a mola, que era, como eu havia suposto, idêntica à primeira. Examinei, então, o prego. Era tão grosso quanto o outro e, ao que parecia, se achava colocado da mesma maneira, afundado quase até à cabeça.

"Talvez você pense que fiquei perplexo, mas, se assim o julga, é porque não compreendeu a natureza de minhas deduções. Para empregar uma frase esportiva, não me encontrei sequer uma vez 'em falta'. Não perdera o rastro por um instante sequer. Não havia falha alguma em qualquer elo da cadeia. Seguira o segredo até à sua última consequência – e a última consequência era o *prego*. Tinha, sob todos os aspectos, a aparência do que existia na outra janela; mas aquilo de nada servia (por mais decisivo que parecesse) comparado à consideração de que, naquele ponto, terminava a minha pista. '*Deve* haver algo errado a respeito do prego', disse com os meus botões. Toquei-o com a mão, e a cabeça, juntamente com quase 6 milímetros de seu comprimento, me ficou nos dedos. O resto do prego se achava cravado no orifício em que se havia partido. A ruptura era antiga (como se podia ver pela ferrugem existente nas bordas) e, ao que parecia, fora causada por uma martelada, que afundou uma parte da cabeça do prego na madeira da janela. Recoloquei cuidadosamente essa parte da cabeça no lugar de onde a tirara, e era perfeita a semelhança com um prego intacto. Não se percebia a ruptura. Por meio de uma pressão na mola, levantei a janela alguns centímetros; a cabeça do prego subiu com ela, firmemente incrustada em seu orifício. Fechei a janela e ficou de novo perfeita a aparência de um prego inteiro.

"Até aí, estava resolvido o enigma. O assassino fugira pela janela que dava para a cama. Descendo por si mesma após a saída do criminoso (ou sendo talvez fechada deliberadamente), ficara presa pela mola, e fora a retenção dessa mola que enganara a polícia, fazendo com que esta a atribuísse ao prego e considerasse desnecessário, assim, o prosseguimento da investigação.

"O problema seguinte consistia em saber de que modo o assassino conseguira descer. Quanto a este ponto, senti-me satisfeito com o nosso passeio em torno da casa. A 1,5m, aproximadamente, de distância da janela em questão, passa o cano de um para-raios. Por esse cano, teria sido possível a qualquer pessoa atingir a janela, para não dizer entrar por ela. Observei, porém, que os postigos do quarto andar eram da espécie que os carpinteiros parisienses chamam de *ferrades*, de um tipo raramente empregado em nossos dias, mas que é visto, com frequência, nas velhas mansões de Lyon e Bordeaux. Têm a forma de uma porta comum (uma porta simples, e não de duas bandeiras), exceto que a parte inferior é de madeira trançada, em forma de gelosia, permitindo, desse modo, excelente apoio para as mãos. No caso presente, esses postigos têm aproximadamente 1 metro de largura. Quando os vimos, da parte de trás da casa, ambos estavam meio abertos – isto é, formavam um ângulo reto com a parede. É provável que a polícia, como eu, haja examinado a parte traseira do edifício, mas, se o fez, ao olhar essas *ferrades* no sentido de sua largura (como deve ter feito), não percebeu a sua verdadeira largura, ou, de qualquer modo, deixou de considerá-la devidamente. Na verdade, tendo-se convencido de que a fuga não poderia ter sido efetuada por aquele lado, os policiais, naturalmente, realizaram aí um exame bastante ligeiro. Para mim, no entanto, era claro que o postigo pertencente à janela situada junto à cabeceira da cama, se aberto inteiramente de encontro à parede, chegaria até uns 60 centímetros do cano do para-raios. Era também evidente que, mediante o exercício de um grau de energia e coragem pouco comum, uma pessoa poderia, subindo pelo cano, entrar pela janela. Chegando à distância de 75 centímetros (supondo-se, agora, que o postigo estava inteiramente aberto), um ladrão poderia agarrar-se com firmeza às grades. Então, largando o cano do para-raios, após firmar os pés de encontro à parede, poderia, num impulso ousado, fazer com que o postigo se fechasse e, se imaginarmos que a janela se encontrava aberta na ocasião, penetrar de golpe no aposento.

"Quero que você tenha em mente que me referi a um grau *pouco comum* de energia, como requisito necessário a uma empresa tão arriscada e difícil. É minha intenção mostrar-lhe, em primeiro lugar, de que modo isso poderia ter sido feito e, em segundo lugar, de *maneira particular*, chamar sua atenção para o caráter *extraordinário*, quase sobrenatural, da agilidade necessária para a execução de tal façanha.

"Você me dirá, sem dúvida, valendo-se da linguagem da lei, que, para 'defender a minha causa', eu deveria antes, em lugar de insistir sobre o fato, ignorar a energia requerida para a sua execução. Isso talvez seja assim na prática forense, mas não no terreno da razão. Meu objetivo final é apenas a verdade. Meu propósito imediato é levá-lo a comparar a energia *pouco comum* a que acabo de me referir com a *peculiaríssima* voz aguda (ou áspera) e *desigual*, a respeito de cuja nacionalidade não se encontrou duas pessoas que estivessem de acordo, e em cuja pronúncia não foi possível descobrir-se uma única sílaba."

Ao ouvir tais palavras, começou a formar-se em meu espírito uma vaga ideia do que Dupin queria dizer. Parecia-me estar à beira da compreensão, sem que, no entanto, pudesse compreender – como acontece, às vezes, com certas pessoas que estão quase a lembrar-se de alguma coisa, sem que, no fim, consigam fazê-lo. Meu amigo prosseguiu:

– Você terá percebido – disse ele – que inverti a questão, referindo-me ao modo de entrar, e não ao de sair. Era meu intento demonstrar que ambas as coisas foram efetuadas da mesma maneira, e no mesmo lugar. Voltemos, agora, ao interior do quarto. Examinemos todos os seus aspectos. As gavetas do *bureau*, segundo se disse, foram saqueadas, mas diversas peças de vestuário ainda lá se encontravam. Essa conclusão é absurda.

Mera suposição – suposição muito tola – e nada mais. Como é que se sabe que as peças encontradas nas gavetas não eram as únicas que elas antes continham? Madame L'Espanaye e a filha viviam uma vida muito reclusa, não viam ninguém, raramente saíam – e, por conseguinte, pouca necessidade tinham de mudar constantemente de roupas. As que lá foram encontradas eram, pelo menos, de qualidade tão boa como as demais usadas pelas referidas senhoras. Se um ladrão houvesse roubado alguma coisa, por que razão não teria levado as melhores? Por que não teria levado todas? Numa palavra: por que teria deixado 4 mil francos em ouro, para sair carregado com uma trouxa de roupas íntimas? O ouro foi deixado intacto. Quase toda a soma a que monsieur Mignaud, o banqueiro, se referiu, foi descoberta, em seus saquinhos, sobre o assoalho. Desejo, pois, que você afaste de seu pensamento a ideia insensata de um *motivo*, engendrada no cérebro da polícia pelo que se refere ao dinheiro entregue à porta da casa. Coincidências dez vezes mais notáveis do que esta (entrega de dinheiro e assassinato, cometido três dias depois de seu recebimento) acontecem a todo instante em nossas vidas sem que despertem a mínima atenção. As coincidências, em geral, constituem grandes obstáculos no caminho dessa classe de pensadores educados de tal modo que nada sabem da teoria das probabilidades – essa teoria a que as mais estupendas conquistas das pesquisas humanas devem as suas mais notáveis realizações. No presente caso, se o ouro houvesse desaparecido, o fato de haver sido entregue três dias antes teria constituído algo mais do que uma simples coincidência. Corroboraria a ideia de um motivo. Mas, dadas as circunstâncias reais do caso, se supusermos que o ouro foi o móvel do crime, devemos também supor que quem o cometeu foi tão vacilante e idiota a ponto de abandonar, ao mesmo tempo, o ouro e o motivo de sua ação.

"Tendo bem em mente os pontos para os quais chamei sua atenção – a voz peculiar, a agilidade pouco comum, e aquela surpreendente ausência de motivo num crime tão singularmente atroz como esse –, examinemos a própria carnificina. Encontramos uma mulher estrangulada e introduzida numa chaminé de cabeça para baixo. Os assassinos comuns não empregam essa maneira de matar. Tampouco dispõem dessa maneira o corpo da vítima. No modo violento de introduzir o corpo na chaminé, você certamente admitirá que há algo *excessivamente exagerado* – algo inteiramente em desacordo com nossas ideias comuns sobre as ações humanas, mesmo quando supomos que seus autores são criaturas depravadas. Por outro lado, pense quão grande não deveria ser a força necessária para introduzir o corpo, *para cima*, numa abertura tão estreita que o esforço conjunto de várias pessoas mal foi suficiente para puxá-lo *para baixo*!

"Voltemo-nos, agora, para outros indícios do emprego de tão extraordinário vigor. Na lareira, havia tranças grossas – muito grossas – de cabelos humanos grisalhos. Estes, tinham sido arrancados pelas raízes. Você bem sabe da grande força necessária para arrancar da cabeça, desse modo, mesmo vinte ou trinta fios de uma vez. Você viu tão bem quanto eu as mechas de cabelo em questão. Suas raízes (espetáculo horrível!) estavam presas a pedaços ensanguentados do próprio couro cabeludo, sinal seguro da força prodigiosa com que foi arrancado pelo menos meio milhão de fios de cabelos de uma vez. A garganta da senhora idosa não estava apenas cortada: a cabeça achava-se inteiramente seccionada do corpo. E o instrumento com que isso foi feito era uma simples navalha. Quero que você observe a ferocidade *brutal* de tal ato. Quanto às escoriações apresentadas pelo cadáver de madame L'Espanaye, não é preciso que eu fale. Monsieur Dumas e seu digno colaborador, monsieur Etienne, declararam terem sido produzidas por algum instrumento rombudo. Até aí, esses senhores estão perfeitamente certos. O referido instrumento foi, sem dúvida, o empedrado do quintal, sobre o qual a vítima caíra da janela em que a cabeceira da cama estava encostada. Essa ideia, embora possa parecer simples, não ocorreu à polícia pela mesma razão que a impediu de notar a largura dos postigos: devido à existência dos pregos, sua percepção permaneceu inteiramente fechada à ideia de que as janelas pudessem ter sido, de algum modo, abertas.

"Se agora, além de todas essas coisas, você refletiu bem sobre a desordem reinante no quarto, chegamos ao ponto de relacionar as ideias de extraordinária agilidade, de força sobre-humana, de ferocidade brutal, de carnificina sem motivo, de uma *grotesquerie* horrível e estranha, em seu caráter, à maneira de agir humana, com uma voz de sotaque estranho para os ouvidos de homens de muitas nações, destituída de qualquer silabação distinta ou inteligível. Que é que se deduz de tudo isso? Qual a impressão produzida em sua imaginação?"

Ante tal pergunta de Dupin, senti um calafrio percorrer-me o corpo.

– Esse crime foi cometido por um louco – respondi. – Algum lunático furioso que haja escapado de alguma *maison de santé*[8] das vizinhanças.

– Sob certos aspectos – prosseguiu ele – sua ideia não é descabida. Mas, mesmo em seus mais violentos paroxismos, as vozes dos loucos não se assemelham nunca à voz que foi ouvida pelos que subiam as escadas. Os loucos pertencem a alguma nação, e sua linguagem, embora incoerente em suas palavras, tem sempre a coerência da silabação. Por outro lado, o cabelo de um louco não se parece ao que tenho nas mãos. Desembaracei esta pequena mecha dos dedos rigidamente fechados de madame L'Espanaye. Diga-me o que você pode deduzir disso.

– Dupin! – exclamei, completamente abatido. – Esse cabelo é muito estranho! Não é cabelo *humano*!

– Eu não disse que o fosse – respondeu-me –, mas, antes de decidirmos este ponto, gostaria que você passasse os olhos

---

[8] Sanatório. (*N. do E.*)

pelo esboço que tracei neste papel. É um *fac-símile* do que foi descrito, numa parte das declarações, como "escoriações escuras e profundas marcas de unhas" sobre a garganta de mademoiselle L'Espanaye e, em outra parte (por monsieur Dumas e Etienne), como uma "série de marcas lívidas, sinais, evidentemente, de dedos".

"Você notará – prosseguiu meu amigo, estendendo o papel sobre a mesa que havia à nossa frente – que este desenho dá a ideia de uma pressão firme e poderosa. Não há aparência alguma de *escorregão*. Cada dedo – talvez até o momento da morte da vítima – manteve a terrível pressão do primeiro momento em que se cravou na carne. Experimente, agora, colocar todos os dedos, ao mesmo tempo, nas respectivas marcas, tal como você as vê."

Experimentei inutilmente.

– É possível que não estejamos fazendo esta experiência de maneira correta – disse ele. – Este papel está estendido sobre uma superfície plana, e a garganta humana é cilíndrica. Eis aqui um pedaço de lenha, cuja circunferência é, mais ou menos, a de uma garganta. Enrole o desenho em torno dele e experimente de novo.

Fiz como Dupin me sugeria, mas a dificuldade foi ainda mais evidente do que na primeira vez.

– Esta – disse eu – não é a marca de uma mão humana.

– Agora leia – respondeu-me Dupin – este trecho de Cuvier.

Era uma descrição anatômica e, em geral, semelhante, ao grande orangotango fulvo das ilhas das Índias Orientais. A estatura gigantesca, a força e a agilidade prodigiosa, a terrível ferocidade e as faculdades de imitação destes mamíferos são coisas que todos conhecem suficientemente. Compreendi, então, de repente, todo o horror daquele assassínio.

– A descrição dos dedos – comentei, ao terminar a leitura – está exatamente de acordo com este desenho. Vejo que nenhum outro animal, a não ser um orangotango, da espécie aqui mencionada, poderia ter deixado as marcas que você desenhou. Esta mecha de pelo acastanhado tem as mesmas características do pelo do animal descrito por Cuvier. Mas não me é possível compreender as circunstâncias desse espantoso mistério. Além disso, foram ouvidas *duas* vozes a discutir, e uma delas era, sem dúvida, a de um francês.

– Certo. E você se lembrará, com certeza, de uma expressão atribuída quase que unanimemente a essa voz pelas testemunhas: a expressão "*mon Dieu!*" Em tais circunstâncias, uma das testemunhas (Montani, o confeiteiro) a identificou como uma expressão de protesto ou admoestação. Baseei, por conseguinte, nessas duas palavras, minha esperança quanto a uma solução cabal desse enigma. Um francês está perfeitamente a par desse crime. É possível – mais do que provável, mesmo – que esteja inocente de qualquer participação nos acontecimentos sangrentos que se verificaram. Talvez o orangotango, que se achava sob a sua guarda, haja fugido. Talvez haja seguido o seu rastro até o quarto, mas, dada a agitação com que se deparou, não lhe tenha sido possível recapturar o animal. Este ainda anda solto. Não prosseguirei em minhas conjeturas – pois não tenho o direito de dar-lhes outro nome – já que as reflexões nas quais se baseiam mal têm fundamentos suficientes para que possam ser apreciáveis pela minha própria inteligência e, ainda, porque não me seria possível pretender torná-las inteligíveis para a compreensão de outra pessoa. Vamos chamá-las, pois, de conjeturas, considerando-as como tais. Se, como suponho, o francês em questão se acha inocente dessa atrocidade, o anúncio que deixei, ontem à noite, na redação do *Le Monde* (jornal dedicado a interesses marítimos e muito lido por marinheiros), o trará à nossa casa.

Entregou-me um jornal e li o seguinte:

CAPTURADO

No Bois de Boulogne, nas primeiras horas da manhã do dia... do corrente (*a manhã do crime*) um enorme orangotango fulvo, da espécie de Bornéu. O seu dono (que se sabe ser um marinheiro pertencente à tripulação de um navio maltês) poderá recuperar o animal, após identificá-lo satisfatoriamente e pagar alguns pequenos gastos causados pela sua captura e manutenção. Dirigir-se ao número............ rua..............., bairro Saint-Germain, terceiro andar.

— Como é que você pôde saber — perguntei — que o homem era marinheiro e pertencia à tripulação de um navio maltês?

— Eu *não* o sei — respondeu Dupin. — Não estou *certo* disso. Mas tenho aqui este pedacinho de fita que, a julgar pela sua forma e pelo aspecto ensebado, foi usado, evidentemente, para atar essas longas *queues*[9] de que os marinheiros tanto gostam. Além disso, este nó poucas pessoas sabem fazer, exceto marinheiros, e é característico dos malteses. Encontrei esta fita junto ao cano do para-raios. Não pode ter pertencido a nenhuma das duas vítimas. Se eu, afinal de contas, estiver errado sobre as deduções que tirei baseado nesta fita, isto é, que o seu dono é um marinheiro francês pertencente à tripulação de um navio maltês, não farei mal a ninguém dizendo o que digo no anúncio. Se eu estiver errado, ele suporá apenas que determinadas circunstâncias fizeram com que eu me enganasse, e não se dará ao trabalho de verificar. Mas, se eu estiver certo, teremos dado um grande passo. Embora inocente do crime, o francês naturalmente hesitará, ficando sem saber se deve ou não responder ao anúncio e reclamar o orangotango. Raciocinará da seguinte maneira: "Sou inocente; sou pobre; meu orangotango vale muito dinheiro... uma fortuna, mesmo, para um homem em minhas condições. Por que deveria eu perdê-lo devido a vãos receios de perigo? Aí está ele, ao meu alcance. Foi encontrado

---
[9]Cordas. (*N. do E.*)

no Bois de Boulogne, a muita distância do local da carnificina. Como é que se poderá supor que um animal cometeu semelhante ação? A polícia está desorientada; não conseguiu descobrir o menor indício. Mesmo que encontrasse o animal, seria impossível provar que tenho conhecimento do crime, ou envolver-me nele devido ao fato de eu o conhecer. Além do mais, *conhecem-me*. O anunciante me assinala como dono do animal. Não sei até que ponto chega esse conhecimento. Se deixasse de reclamar uma propriedade de tão grande valor, que se sabe que possuo, acabarei, pelo menos, por tornar o animal alvo de suspeitas. Não convém chamar a atenção sobre mim ou sobre ele. Responderei ao anúncio, recuperarei o meu orangotango e o conservarei preso até que esse caso seja esquecido."

Nesse momento, ouvimos passos na escada.

— Fique preparado — disse Dupin. — Apanhe as pistolas, mas não as use nem mostre até que eu lhe faça um sinal.

A porta principal da casa fora deixada aberta. O visitante entrou, sem bater, e subiu alguns degraus da escada. De repente, porém, pareceu hesitar. Ouvimo-lo, logo depois, descendo. Dupin dirigiu-se rapidamente para a porta, mas, nesse instante, ouvimos que ele subia de novo. Não retrocedeu pela segunda vez; pelo contrário, subiu a escada com decisão e bateu de leve à porta.

— Entre — disse Dupin, em tom alegre e cordial.

Um homem entrou. Era um marinheiro, evidentemente — um indivíduo alto, forte e musculoso, com uma expressão de arrogância não de todo desagradável. Seu rosto, bastante queimado pelo sol, estava quase que a metade oculto pelas suíças e o bigode. Tinha na mão um grosso cacete, mas, quanto ao resto, parecia desarmado. Saudou-nos desajeitadamente, pronunciou um "boa tarde" com sotaque francês, embora tenha sido um tanto de Neuchâtel, mas suficiente indicativo de sua origem parisiense.

— Sente-se, meu amigo — disse Dupin. — Suponho que vem reclamar o seu orangotango. Palavra que quase o invejo. É um belíssimo animal, de grande valor, sem dúvida. Que idade julga que ele tem?

O marinheiro lançou um longo suspiro, como alguém que se alivia de um pesado fardo e, depois, respondeu, com voz firme:

– Não sei dizer... Mas não deve ter mais do que uns quatro ou cinco anos. O senhor está com ele aqui?

– Oh, não! Não temos aqui condições para isso. Está num estábulo da Rua Dubourg, aqui perto. Poderá apanhá-lo amanhã cedo. O senhor, naturalmente, está preparado para provar que ele lhe pertence.

– Sem dúvida, meu senhor.

– Sentirei muito ter de separar-me dele – disse Dupin.

– Não quero que o senhor tenha trabalhando tanto a troco de nada – disse o homem. – Não pensaria em tal coisa. Estou disposto a recompensá-lo por ter achado o animal, contanto que seja uma quantia razoável.

– Bem – respondeu o meu amigo –, tudo isso é, sem dúvida, muito justo. Deixe-me ver... Quanto deverei pedir-lhe? Oh, já sei. Minha recompensa será esta: o senhor me dirá tudo o que sabe sobre os crimes da Rua Morgue.

Dupin disse estas últimas palavras com voz muito baixa – e com grande serenidade. De maneira igualmente tranquila, dirigiu-se à porta, fechou-a e pôs a chave no bolso. Tirou então uma pistola do paletó e, sem demonstrar agitação alguma, colocou-a sobre a mesa.

O rosto do marinheiro afogueou-se, como se ele, súbito, se sentisse sufocar. Pôs-se de pé num salto e apanhou o cacete; mas, logo depois, deixou-se cair sobre a cadeira, a tremer violentamente, mortalmente pálido. Não disse uma única palavra. No íntimo de meu coração, senti pena dele.

– Meu amigo – disse Dupin, em tom amável –, asseguro-lhe que não há motivo algum para que se alarme dessa maneira. Dou-lhe minha palavra de cavalheiro, e de francês, que não pretendemos fazer-lhe mal algum. Sei perfeitamente que é inocente das atrocidades cometidas na Rua Morgue. Não posso negar, porém, que, de certo modo, o meu amigo está envolvido no caso. Pelo que já disse, compreenderá que, com respeito a este assunto, possuo excelentes meios de informação... meios em que o senhor jamais teria pensado. A questão se acha, pois, no seguinte pé: o senhor nada fez que tivesse podido evitar; nada, certamente, que o torne culpado. O senhor não é sequer culpado de roubo, quando poderia ter furtado impunemente. O senhor nada tem a ocultar. Não há razão alguma para que oculte o que quer que seja. Por outro lado, é sua obrigação, segundo todos os princípios de honra, confessar tudo o que sabe. Um inocente acha-se preso, acusado de um crime cujo autor só o senhor pode indicar.

Enquanto Dupin proferia tais palavras, o marinheiro recobrou, pouco a pouco, sua presença de espírito. Mas toda a sua arrogância havia desaparecido.

– Que Deus me proteja! – disse ele, após breve pausa. – Vou contar-lhe tudo o que sei sobre esse caso... Mas não espero que o senhor acredite sequer na metade do que vou dizer. Seria um tolo se esperasse. No entanto, *sou* inocente e, embora isso me custe a vida, vou contar-lhe tudo.

O que disse foi, em sua essência, o seguinte: havia, recentemente, feito uma viagem ao arquipélago Índico. Um grupo, do qual ele fazia parte, desembarcou em Bornéu e passou para o interior numa excursão de lazer. Ele e um seu companheiro haviam capturado um orangotango. Tendo esse companheiro morrido, o animal ficou sendo propriedade exclusivamente sua. Depois de muito trabalho, causado pela indomável ferocidade do animal durante a viagem de volta, conseguiu, afinal, alojá-lo em sua própria casa em Paris, onde, para não atrair a curiosidade desagradável dos vizinhos, o manteve cuidadosamente preso, até que o animal se curasse de um ferimento no pé, produzido, a bordo, por uma lasca de madeira. Sua intenção era vendê-lo.

Uma noite, ou melhor, na manhã do crime, ao voltar para casa, depois de uma folgança em companhia de outros marinheiros, encontrou o animal em seu próprio quarto. Fugira do aposento contíguo, onde julgara que a fera estivesse seguramente presa. Com uma navalha na mão, todo lambuzado de sabão, estava sentado diante de um espelho, tentando barbear-se, operação em que provavelmente observara o seu dono através do buraco da fechadura. Aterrorizado, ao ver uma arma perigosa como aquela nas mãos de um animal tão feroz, e bem capaz de usá-la, o homem, durante alguns momentos, ficou sem saber o que fazer. Estava acostumado, porém, a acalmar o animal, mesmo nos momentos em que este se mostrava mais feroz, por meio de um chicote, ao qual recorreu também naquela ocasião. Ao ver o chicote, o orangotango, de um salto, atravessou a porta do quarto, desceu a escada e, embaixo, deparando com uma janela, que se achava, infelizmente, aberta, saiu para a rua.

O francês o seguiu, desesperado. O orangotango, sempre com a navalha na mão, parava de vez em quando, olhava para trás e gesticulava para o seu perseguidor, até que, por fim, quase investiu contra ele. Depois, fugiu de novo. A perseguição continuou, dessa maneira, durante muito tempo. As ruas estavam em completa tranquilidade, pois pouco faltava para as três horas da madrugada. Ao passar por uma viela situada atrás da Rua Morgue, a atenção do fugitivo foi atraída pelo brilho de uma luz procedente da janela aberta do aposento de madame L'Espanaye, no quarto andar da casa. O animal precipitou-se em direção à casa e, percebendo o cano do para-raios, subiu por ele com inconcebível agilidade, agarrou-se ao postigo, que estava inteiramente aberto de encontro à parede e, por meio dele, lançou-se diretamente sobre a cabeceira da cama. Tudo isso não durou mais do que um minuto. O orangotango, ao entrar no quarto, empurrou para trás o postigo, que ficou de novo aberto.

O marinheiro, então, sentiu-se, ao mesmo tempo, perplexo e alegre. Tinha, agora, grandes esperanças de recapturar o seu animal, pois este dificilmente poderia escapar da armadilha em que se metera, exceto por meio do cano do para-raios, onde sua passagem poderia ser interceptada quando descesse. Por outro lado, sentia-se grandemente inquieto pelo que o animal poderia fazer na casa. Esta última reflexão fez com que o homem continuasse a seguir o seu fugitivo. Não é difícil subir-se por um cano de para-raios, principalmente se se tratar de um marinheiro; mas, quando ele chegou à altura da janela, que ficava bem para a esquerda, viu que não podia alcançá-la. Tudo o que pôde fazer foi lançar um olhar para o interior do quarto. Ao fazê-lo, quase despencou de onde estava, tal o horror que o assaltou. Foi então que se ouviram os terríveis gritos que despertaram, no silêncio da noite, os vizinhos da Rua Morgue. Madame L'Espanaye e a filha, ambas de camisola, estavam ocupadas, ao que parecia, em colocar alguns papéis numa arca de ferro que, provida de rodas, fora empurrada para o meio do quarto. A arca estava aberta e o seu conteúdo colocado sobre o assoalho. As vítimas deviam estar sentadas de costas voltadas para a janela e, a julgar pelo tempo decorrido entre a entrada da fera e os gritos, parece provável que a presença do animal não tenha sido imediatamente notada. O bater do postigo foi atribuído, naturalmente, ao vento.

Enquanto o marinheiro observava o interior do quarto, o gigantesco animal agarrou madame L'Espanaye pelos cabelos (que estavam soltos, pois ela os estivera penteando) e pôs-se a brandir a navalha junto de seu rosto, imitando os movimentos de um barbeiro. A filha permanecia prostrada e imóvel. Desmaiara. Os gritos e a luta e os esforços desesperados da anciã (durante os quais os cabelos lhe foram arrancados da cabeça) tiveram o efeito de converter em ira os propósitos provavelmente pacíficos do orangotango. Com um movimento decidido de seu hercúleo braço, o animal quase lhe seccionou a cabeça do corpo. A vista do sangue inflamou a ira da fera, transformando-a em frenesi. Rangendo os dentes e a lançar faíscas pelos olhos, o orangotango atirou-se sobre o corpo da jovem e enfiou-lhe as terríveis garras na garganta, só a deixando depois que ela expirou. Seu olhar feroz e irrequieto pousou, nesse momento, sobre a cabeceira da cama, sobre a qual mal se distinguia o rosto de seu dono, petrificado de horror. A fúria da besta, que, sem dúvida, ainda se lembrava do temível chicote, se converteu instantaneamente em medo. Compreendendo que o que fizera merecia castigo, pareceu desejosa de ocultar a sua sangrenta ação, e pôs-se a dar saltos pelo quarto, tomada de angustiosa agitação, derrubando e quebrando os móveis com seus movimentos e arrancando o colchão da cama. Por fim, agarrou primeiro o corpo da moça e introduziu-o na chaminé, tal como foi encontrado; depois, o da anciã, atirando-o de cabeça pela janela.

Ao ver o macaco aproximar-se da janela com o seu fardo mutilado, o marinheiro, horrorizado, encolheu-se de encontro ao cano do para-raios e, mais deslizando do que agarrando-se a ele, fugiu imediatamente para casa, temendo as consequências da carnificina e abandonando de bom grado, em seu terror, qualquer preocupação pelo que pudesse acontecer ao orangotango. As palavras ouvidas, da escada, pelas testemunhas, eram as exclamações de horror e espanto proferidas pelo francês, misturadas aos diabólicos ruídos emitidos pelo animal.

Pouco tenho a acrescentar. O orangotango deve ter fugido pela janela e descido pelo cano do para-raios pouco antes de a porta haver sido arrombada. Deve ter fechado a janela depois de passar por ela. Foi, mais tarde, capturado pelo seu próprio dono, que o vendeu ao *Jardim des Plantes*, obtendo uma grande quantia. Le Bon foi posto imediatamente em liberdade, depois de termos narrado o que sabíamos (com alguns comentários por parte de Dupin) no *bureau* do delegado de polícia. Este funcionário, embora favoravelmente disposto para com o meu amigo, não pôde esconder inteiramente o seu desagrado pelo rumo que as coisas haviam tomado, permitindo-se dizer uma ou duas frases sarcásticas sobre a conveniência de cada qual tratar de seus próprios assuntos.

– Deixemo-lo falar – disse Dupin, que não julgara necessário responder. – Que fale à vontade. Isso lhe acalmará a consciência. Sinto-me satisfeito de tê-lo derrotado em seu próprio terreno. Não obstante, o fato de não haver acertado com a solução desse mistério não é coisa assim tão estranha como ele supõe, pois a verdade é que o nosso amigo delegado é um tanto astuto demais para que possa ser profundo. Sua sabedoria carece de *base*. Todo ele é cabeça, mas sem corpo, como as pinturas da deusa Laverne – ou, quando muito, é todo cabeça e ombros, como o bacalhau. Mas, apesar de tudo, é uma boa criatura. Aprecio-o, principalmente, por ele ser mestre em sua cantilena, à qual deve a sua reputação de homem sagaz. Refiro-me à sua maneira *"de nier ce qui est, et d'expliquer ce qui n'est pas"*.[10]

---

[10]De negar o que é e explicar o que não é. – ROUSSEAU, *Nouvelle Héloise*. (N. do T.)

8
O mistério de Marie Rogêt[1]

Continuação de "Os crimes da Rua Morgue"

Es giebt eine Reihe idealischer Begebenheiten, die der Wirklichkeit parallle läuft. Selten fallen sie zusammen. Menschen und Zufälle modifiziren gewöhnlich die idealische Begebenheit, so dass sie unvollkommen erscheint, und ihre Folgen gleichfalls unvollkommen sind. So bei der Reformation; statt des Protestantismus kam das Luthertum hervor.

---

[1]Quando da publicação, pela primeira vez, de "Marie Rogêt", as notas ao pé das páginas, agora acrescentadas, foram julgadas desnecessárias. Mas o transcurso de vários anos, desde que ocorreu a tragédia em que a narração se baseia, torna conveniente a sua inclusão, bem como algumas palavras de explicação sobre o plano geral do relato. Uma jovem, *Mary Cecilia Rogers*, foi assassinada nas vizinhanças de Nova York e, embora sua morte causasse intensa e prolongada excitação, o mistério que cercava o crime continuava sem solução na época em que esta história foi escrita e publicada (novembro de 1824). Nela, o autor, sob pretexto de narrar o destino de uma *grisette* parisiense, seguiu, nos pormenores, os fatos essenciais relativos ao assassínio verdadeiro de Mary Rogers, acrescentando apenas, paralelamente, certos detalhes semelhantes. Assim o argumento, baseado na ficção, é aplicável à verdade – e o fim em vista, o esclarecimento dessa verdade.

"O mistério de Marie Rogêt" foi escrito a grande distância do teatro do crime, sem que o autor dispusesse de outros meios de investigação senão os que os jornais lhe proporcionavam. Por essa razão, escapou-lhe muita coisa de que ele teria se valido se se achasse no local e houvesse visitado os lugares citados. Contudo, talvez não seja demais registrar que as confissões de *duas pessoas* (uma delas a de madame Deluc, da narrativa), feitas, em ocasiões diferentes, muito depois da publicação desta narrativa, confirmaram inteiramente não só a conclusão geral como, de maneira absoluta, *todos* os principais pormenores hipotéticos em que ela se baseava. (*N. do T.* – Esta e todas as notas deste conto são do tradutor.)

Há séries ideais de acontecimentos que correm paralelamente com as reais. Homens e circunstâncias modificam, em geral, o curso ideal dos acontecimentos, fazendo com que pareça imperfeito, e suas consequências são igualmente imperfeitas. Assim ocorreu com a Reforma: em lugar do protestantismo, veio o luteranismo. – NOVALIS,[2]
Moralische Ansichten

Poucas pessoas existem, mesmo entre os pensadores mais serenos, que alguma vez não tenham sido levadas a sentir, de maneira vaga, uma certa crença no sobrenatural, devido a *coincidências* de caráter tão extraordinário que a inteligência não pode aceitá-las *simplesmente* como tais. Esses sentimentos – pois as crenças vagas a que me refiro jamais possuem a plena força do *pensamento* – raramente podem ser reprimidos, a menos que se lhes atribua ao acaso, ou, como se diz tecnicamente, ao cálculo das probabilidades. Ora, esse cálculo é, em sua essência, puramente matemático. Assim, deparamos com a anomalia de uma ciência rigorosamente exata aplicada à sombra e à espiritualidade do que existe de mais intangível no mundo da especulação.

Os extraordinários pormenores que sou convidado a publicar constituem, como veremos, a respeito da sequência de épocas, o ramo principal de uma série de *coincidências* dificilmente compreensíveis, cuja parte secundária ou final os leitores reconhecerão no recente assassínio de Mary Cecilia Rogers, ocorrido em Nova York.

Quando, no relato intitulado *Os crimes da Rua Morgue*, procurei, há cerca de um ano, descrever alguns traços bastante peculiares do caráter moral de meu amigo Chevalier C. Auguste Dupin, não me ocorreu que pudesse jamais vir a tratar do mesmo assunto. A descrição desse seu caráter constituía o meu objetivo, conseguido inteiramente pela estranha série de circunstâncias em que se revelaram as suas peculiaridades pes-

---
[2] Pseudônimo de Von Hardenburg.

soais. Poderia ter aduzido outros exemplos, mas nada mais teria provado. Acontecimentos posteriores, porém, pela maneira surpreendente com que se desenvolveram, despertaram em minha memória alguns outros pormenores, que se revestirão de uma aparência de confissão conseguida à força. Tendo ouvido o que ouvi ultimamente, seria, portanto, estranho que eu permanecesse em silêncio a respeito do que pude ver e ouvir há tanto tempo.

Terminada a tragédia ocorrida com a morte de madame L'Espanaye e sua filha, Dupin afastou imediatamente do espírito o assunto, e mergulhou em seus antigos hábitos de sombrios devaneios. Propenso sempre à abstração, também eu me entreguei a idêntico estado de espírito – e, continuando a ocupar os nossos aposentos no Faubourg Saint-Germain, deixamos o futuro inteiramente entregue ao acaso e adormecemos tranquilamente no presente, transformando em devaneios o monótono mundo que nos cercava.

Esses sonhos, porém, não tardaram a ser interrompidos. Será fácil adivinhar que o papel desempenhado pelo meu amigo no drama da Rua Morgue não deixou de chamar a atenção da polícia parisiense. O nome de Dupin passou a ser familiar entre os seus agentes. Como o caráter das simples deduções mediante as quais ele desemaranhara o mistério não fora sequer explicado ao delegado de polícia – ou a qualquer outra pessoa, exceto eu – não é de causar surpresa que o fato tenha sido considerado como pouco menos do que miraculoso, ou que as qualidades analíticas de Dupin tenham sido atribuídas a uma maravilhosa intuição. Sua franqueza, sem dúvida, o teria levado a dissuadir qualquer curioso do erro de tal suposição; mas seu temperamento indolente o impedia de referir-se, de qualquer modo, a um assunto que, havia muito, já não o interessava. Aconteceu, assim, que Dupin se converteu no alvo para o qual se voltavam os olhares da polícia, e não eram poucos os casos em que esta se empenhou em obter a sua colaboração.

Um desses casos, dos mais notáveis, foi o assassínio de uma jovem chamada Marie Rogêt.

Esse crime ocorreu cerca de dois anos depois das atrocidades da Rua Morgue. Marie, cujo nome chamará logo a atenção devido à sua semelhança com o daquela infortunada vendedora de tabaco, era filha única da viúva Estelle Rogêt. Perdera o pai quando ainda era criança e, a partir da época de sua morte, até oito meses antes do assassínio a que esta narração se refere, mãe e filha viveram na Rua Pavée Saint-Andrée,[3] onde madame Rogêt, ajudada pela filha, mantinha uma pensão. As coisas continuaram assim até a época em que Marie completou 22 anos, ocasião em que sua grande beleza atraiu a atenção de um perfumista que ocupava uma das lojas do subsolo do Palais Royal, e cujos fregueses eram constituídos, principalmente, dos terríveis aventureiros que infestam aquelas imediações. Monsieur Le Blanc[4] não tardou a perceber as vantagens que lhe adviriam se pudesse ter a bela Marie em sua perfumaria – e suas propostas liberais foram aceitas ansiosamente pela jovem, embora encaradas com certa hesitação por madame Rogêt.

As esperanças do negociante se realizaram e seu estabelecimento adquiriu logo notoriedade, graças aos encantos da viva *grisette*. Transcorrido cerca de um ano, seus admiradores ficaram vivamente consternados com seu súbito desaparecimento da loja. Monsieur Le Blanc não soube explicar essa ausência, e madame Rogêt ficou transtornada de terror e angústia. Os jornais imediatamente aproveitaram o assunto, e a polícia estava prestes a empreender sérias investigações quando, uma bela manhã, após uma semana, Marie, em boa saúde, mas com ar um tanto triste, reapareceu, como sempre, em seu balcão da perfumaria. Todas as investigações, salvo as de caráter privado, foram, naturalmente, suspensas. Monsieur Le Blanc declarou,

---

[3] Nassau Street.
[4] Anderson.

como o havia feito antes, que nada sabia do ocorrido. Tanto Marie como a mãe responderam a todas as perguntas, tendo dito que haviam passado a última semana na casa de um parente, no campo. Assim, o assunto perdeu o interesse, caindo logo no esquecimento, pois a jovem, a fim de livrar-se da impertinente curiosidade de que era alvo, se despediu para sempre do perfumista, procurando abrigo na casa de sua mãe, na Rua Pavée Saint-Andrée.

Transcorridos cerca de cinco meses após seu regresso a casa, seus amigos tornaram a ficar alarmados com seu segundo e súbito desaparecimento. Passaram-se três dias e nada se soube dela. No quarto dia, seu cadáver foi encontrado boiando nas águas do Sena,[5] na margem oposta ao bairro em que se achava situada a Rua Saint-Andrée, num ponto não muito distante das tranquilas imediações do Barrière du Roule.[6]

A atrocidade de que se revestiu esse crime (pois ficou logo evidente que se tratava de um assassínio), a juventude e a beleza da vítima e, sobretudo, sua anterior notoriedade contribuíram para produzir viva excitação no espírito dos sensíveis parisienses. Não me lembro de qualquer outra ocorrência semelhante que causasse um efeito assim tão intenso e geral. Durante várias semanas, a discussão desse tema mobilizador fez com que fossem esquecidos mesmo os tópicos políticos importantes do momento. O delegado de polícia fez esforços fora do comum para elucidar o mistério, e todos os recursos da polícia parisiense foram postos, naturalmente, em ação.

Ao ser encontrado o cadáver, não se supôs que o assassino fosse capaz de burlar, durante mais do que um breve período, as investigações imediatamente postas em prática. Somente ao fim da primeira semana é que se julgou necessário oferecer uma recompensa pela captura do criminoso – e mesmo essa

---

[5] O Hudson.
[6] Weehawken.

recompensa se limitou a mil francos. Entrementes, as investigações prosseguiam com vigor, embora nem sempre de maneira judiciosa, sendo que diversos indivíduos foram interrogados em vão. Enquanto isso, devido à ausência contínua de qualquer indício relativo ao mistério, a excitação popular aumentava gradualmente. Ao fim do décimo dia, julgou-se conveniente dobrar a soma a princípio proposta; e, por fim, havendo transcorrido a segunda semana sem que se fizesse qualquer nova descoberta – e tendo o preconceito, que sempre existiu em Paris contra a polícia, dando motivo a vários e sérios *motins* – o delegado de polícia resolveu oferecer, por sua própria conta, a quantia de 20 mil francos a quem "apontasse o assassino", ou, se mais de uma pessoa estivesse implicada no crime, a quem "apontasse qualquer um dos assassinos". Na proclamação que estabelecia essa recompensa também era prometido completo perdão a qualquer cúmplice que delatasse o seu companheiro – e, em todos os lugares em que tal anúncio aparecia, via-se ainda um cartaz afixado por um comitê de cidadãos, oferecendo 10 mil francos pela captura do criminoso, além da soma estipulada pela polícia. O total da recompensa elevava-se, assim, a nada menos de 30 mil francos, quantia que se podia considerar extraordinária, tendo-se em conta a situação humilde da jovem e a frequência com que ocorrem, nas grandes cidades, atrocidades dessa natureza.

Já agora ninguém duvidava que o mistério desse crime seria prontamente elucidado. Mas embora fossem efetuadas, em um ou dois casos, prisões que prometiam o esclarecimento do crime, nada se conseguiu obter que pudesse incriminar as pessoas suspeitas, que eram logo postas em liberdade. Por mais estranho que possa parecer, transcorreu a terceira semana, desde a descoberta do cadáver, sem que fosse lançada luz alguma sobre o crime e sem que o menor rumor dos acontecimentos que tanto abalaram o espírito público chegasse aos ouvidos de Dupin ou aos meus. Empenhados em pesquisas que nos absorviam todo o tempo, fazia já quase um mês que nenhum de nós saía de casa ou recebia uma visita, lançando apenas o olhar, de vez em quando, aos principais artigos políticos publicados num dos jornais diários. A primeira notícia do crime nos foi trazida, pessoalmente, por G... Ele nos visitou às primeiras horas da tarde do dia 13 de julho de 18..., permanecendo em nossa companhia até altas horas da noite. Achava-se muito aborrecido por ver baldados todos os seus esforços no sentido de descobrir os assassinos. Sua reputação – segundo nos disse com um ar particularmente parisiense – estava em jogo. Mesmo a sua honra se achava comprometida. Os olhos do público achavam-se voltados para a sua pessoa, e não havia sacrifício algum que não estivesse disposto a fazer a fim de esclarecer aquele mistério. Concluiu seu discurso, até certo ponto divertido, com um cumprimento ao que achava justo chamar de *tact* de Dupin, fazendo a este uma proposta direta e, certamente, bastante liberal, cuja natureza não me sinto com o direito de revelar, mas que, de qualquer modo, não tem relação alguma com o verdadeiro objetivo desta narrativa.

Meu amigo rejeitou, o melhor que pôde, o cumprimento, mas aceitou incontinente a proposta, embora suas vantagens fossem inteiramente temporárias. Assentado esse ponto, o delegado passou a expor, sem mais delongas, suas opiniões pessoais, intercalando-as com longos comentários sobre as declarações constantes do processo, as quais não eram ainda de nosso conhecimento. Discorreu longamente e, sem dúvida, de maneira bastante eficiente. Em certo momento, ousei fazer uma observação ocasional sobre a noite, que avançava. Dupin, sentado em sua cadeira de braços habitual, era a encarnação da atenção respeitosa. Durante toda a entrevista, conservara postos os óculos escuros e, ao dirigir-lhe, ocasionalmente, um olhar de viés, por trás das lentes verdes, me convenci de que dormira profundamente, embora sem o menor ruído, durante as sete ou oito horas, pesadas, que precederam a saída do delegado de polícia.

Na manhã seguinte, obtive na delegacia um relatório completo das declarações feitas até aquele momento e, em várias redações de jornais, exemplares dos números em que, desde o aparecimento do cadáver de Marie Rogêt, haviam sido estampadas quaisquer informações decisivas a respeito desse triste caso. Podado de tudo aquilo que, positivamente, carecia de provas, o apanhado de informações se reduzia ao seguinte:

Marie Rogêt deixou a casa de sua mãe, situada na Rua Pavée Saint-Andrée, cerca das nove horas da manhã de domingo, em 22 de junho de 18... Ao sair, informou a monsieur Jacques Saint-Eustache,[7] e somente a ele, que pretendia passar o dia em casa de uma tia, que residia na Rua des Drômes. Essa via pública é uma rua estreita, mas populosa, não muito distante da margem do rio, e se acha situada a cerca de 3 quilômetros, em linha reta, da *pension* de madame Rogêt. Saint-Eustache era noivo de Marie, e vivia na mesma casa, onde também fazia as refeições. Deveria ir buscar a noiva ao anoitecer e acompanhá-la de volta a casa. Durante a tarde, porém, choveu muito e, supondo que ela passaria a noite na casa da tia (como já o havia feito em outras circunstâncias semelhantes), não lhe pareceu necessário cumprir a promessa. Ao cair da noite, madame Rogêt (que era uma senhora idosa e enferma, de 70 anos) manifestou o receio "de que jamais tornasse a ver Marie". Mas, no momento, pouca atenção se prestou a essa observação.

Na segunda-feira, verificou-se que a jovem não estivera na Rua des Drômes e, tendo passado o dia sem que se tivesse notícias suas, foi feita uma busca em vários pontos da cidade e suas imediações. Contudo, somente quatro dias após o seu desaparecimento é que se conseguiu saber algo a respeito dela. Nesse dia (quarta-feira, 25 de junho), um certo monsieur Beauvais,[8] que, em companhia de um amigo, estivera fazendo indagações

---
[7] Payne.
[8] Crommelin.

sobre Marie nas proximidades da Barrière du Roule, na margem do Sena oposta à Rua Pavée Saint-Andrée, foi informado de que um cadáver acabava de ser trazido para terra por alguns pescadores, que o encontraram a boiar sobre o rio. Ao ver o corpo, Beauvais, depois de alguma hesitação, o identificou como o da jovem da perfumaria. Seu amigo o reconheceu mais prontamente.

Tinha o rosto cheio de sangue escuro, o qual saía, em parte, da boca. Não se via espuma alguma, tal como acontece no caso das pessoas simplesmente afogadas. Tampouco havia qualquer descoloração no tecido celular. Em torno da garganta, havia algumas escoriações e sinais de dedos. Os braços estavam cruzados sobre o peito, rígidos. Tinha a mão direita fechada e a esquerda aberta parcialmente. No punho esquerdo havia duas escoriações circulares, ao que parecia produzidas por cordas, ou por uma única corda à qual fora dada mais de uma volta. Uma parte do pulso direito também se achava muito ferida, bem como as costas, em toda a sua extensão, mas, particularmente, à altura das omoplatas. Ao puxar o corpo para a margem, os pescadores o haviam amarrado com uma corda, mas nenhuma das escoriações parecia produzida devido a isso. A carne do pescoço estava muito inchada. Aparentemente, não havia cortes ou equimoses que pudessem parecer produzidas por golpes. Estreitamente apertado ao pescoço, de tal maneira que não era possível notar-se, havia um pedaço de cordão. Estava profundamente enterrado na carne e preso por um nó que se ocultava exatamente sob a orelha esquerda. Bastaria aquilo para causar-lhe a morte. O laudo médico se referia, com segurança, à virtuosidade da morta. Fora dominada, dizia, mediante força bruta. Ao ser encontrado, o cadáver estava em condições de ser facilmente identificado pelos amigos da vítima.

Suas vestes estavam muito rasgadas e em grande desalinho. O vestido apresentava um rasgão de cerca de 30 centímetros de largura, feito desde a barra até à cintura, mas o tecido não fora arrancado. Dava três voltas em torno da cintura e estava preso, na parte de trás, por uma espécie de nó fortemente atado. A anágua era de delicada musselina, e dela fora arrancada uma tira de cerca de 45 centímetros de largura – mas arrancada de forma muito regular, com grande cuidado. Essa tira cingia, frouxamente, o pescoço da morta, terminando num nó muito apertado. Sobre a faixa de musselina e o pedaço de cordão estava presa a fita de um gorro. O nó que os prendia não era como os que as mulheres costumam fazer, mas um nó corredio, como os que são feitos por marinheiros.

Reconhecido o cadáver, este não foi, como era costume, levado para a morgue (pois era desnecessária tal formalidade), mas sepultado rapidamente não muito longe do lugar em que foi retirado do rio. Graças aos esforços de Beauvais, não se deu, tanto quanto possível, publicidade ao assunto, e decorreram vários dias antes que se produzisse qualquer emoção popular. Finalmente, um semanário[9] trouxe à baila o assunto. O corpo foi exumado e submetido a novo exame, mas nada se pode averiguar além do que já fora constatado. As roupas, porém, foram apresentadas à mãe e amigos da morta, os quais as identificaram prontamente como as que a jovem vestia no dia em que saiu de casa.

Enquanto isso, a excitação, por parte do público, aumentava de hora em hora. As suspeitas recaíram principalmente sobre Saint-Eustache. A princípio, não soube explicar bem por onde andara durante o domingo em que Marie saíra de casa. Mas, por fim, apresentou a monsieur G... testemunhas que explicavam satisfatoriamente o que fizera durante cada hora do referido dia. Como o tempo passasse e nada se descobrisse, começaram a circular boatos contraditórios sobre o crime, e os jornalistas deram rédea solta à imaginação. Dentre as suposições, a que despertou maior atenção foi a de que Marie Rogêt

---

[9] O *New York Mercury*.

ainda vivia – a de que o cadáver encontrado no Sena era o de alguma outra infeliz. Parece-me conveniente apresentar ao leitor alguns trechos em que são feitas semelhantes insinuações. Os trechos em questão são traduções literais do *L'Etoile*,[10] jornal dirigido, de modo geral, com muita habilidade:

> Mademoiselle Rogêt saiu da casa de sua mãe no domingo, dia 22 de junho de 18..., com o propósito expresso de visitar a tia, ou outro parente qualquer, na Rua des Drômes. Desde esse momento, não ficou provado que alguém a tenha visto. Não há quaisquer sinais ou notícias dela. Não se apresentou ninguém, até agora, que declarasse tê-la visto aquele dia, depois que saiu de casa. Ora, embora não tenhamos provas de que Marie Rogêt estava viva depois das nove horas da manhã de domingo, dia 22 de junho, sabemos que, até àquela hora, ainda vivia. Na quarta-feira, ao meio-dia, foi encontrado boiando no Sena, perto da Barrière du Roule, o corpo de uma mulher. Isso ocorreu, mesmo supondo-se que Marie foi lançada ao rio três horas depois de haver saído de casa, somente três dias depois de sua saída. Exatamente três dias. Mas é loucura imaginar-se que o assassínio – se é que ela foi assassinada – fosse cometido com tanta rapidez que permitisse que o corpo fosse jogado ao rio antes da meia-noite. Os que cometem crimes assim tão horríveis escolhem as trevas, e não a luz. Assim, concluímos que, se o corpo encontrado no rio fosse o de Marie Rogêt, não poderia ter permanecido na água mais do que dois dias e meio, ou três, no máximo. Demonstra a experiência que os corpos das pessoas afogadas, ou lançadas à água logo após morte violenta, necessitam de seis a dez dias para que a decomposição os faça subir à

---

[10] O *Brother Jonathan*, de Nova York, editado por H. Hastings Weld, Esq.

tona. Mesmo que um tiro de canhão faça com que um cadáver venha à superfície antes de, pelo menos, cinco ou seis dias de imersão, tornará a submergir se for abandonado a si mesmo. Assim sendo, perguntamos: que é que havia, no caso presente, para que a natureza se desviasse de seu curso normal? Se o corpo, no estado em que se achava, houvesse permanecido na margem do rio até à noite de terça-feira, seria encontrado algum sinal dos assassinos. É também muito duvidoso que o cadáver pudesse subir tão logo à tona, mesmo que houvesse sido lançado às águas dois dias depois do crime. Além disso, é muito pouco provável que criminosos que cometessem um crime como esse tenham atirado o corpo ao rio sem um peso qualquer que o fizesse afundar, quando tal precaução poderia ser facilmente tomada.

O jornalista passa a afirmar, aqui, que o corpo devia ter permanecido na água "não apenas durante três dias, mas, pelo menos, cinco vezes três dias", pois se achava em tal estado de decomposição que Beauvais teve grande dificuldade em reconhecê-lo. Este último ponto, no entanto, era inteiramente inverídico. Continuo a tradução:

Quais são, pois, os fatos em que monsieur Beauvais se baseia para afirmar que não tem dúvida de que o corpo era o de Marie Rogêt? Segundo declara, rasgou a manga do vestido e encontrou sinais que o satisfizeram quanto à identidade da vítima. O público, em geral, supôs que tais sinais consistiam de certas cicatrizes. Mas Beauvais esfregou-lhe o braço e nele encontrou *pelo*, coisa tão imprecisa, como facilmente se pode imaginar, e tão inconcludente como encontrar-se um braço dentro de uma manga. Monsieur Beauvais não voltou para casa aquele dia, mas, quarta-feira, às sete horas da noite, mandou um bilhete a madame Rogêt, informando-a de que continuavam as investigações a respeito de sua filha. Se admitirmos que madame Rogêt, devido à sua avançada idade e ao seu sofrimento, não podia sair de casa – o que seria admitir-se muito – deveria haver alguém, certamente, que achasse que valia a pena estar presente às investigações, se julgasse que o corpo de fato era o de Marie. Mas ninguém fez isso. Na Rua Pavée Saint-Andrée, não se disse nem ouviu nada sobre o assunto que chegasse sequer ao conhecimento dos que residiam no mesmo prédio. Monsieur Saint-Eustache, noivo e futuro marido de Marie, que vivia em casa da mãe dela, declarou nada ter ouvido sobre a descoberta do cadáver de sua noiva senão na manhã seguinte, quando monsieur Beauvais, entrando em seu quarto, lhe falou a respeito do ocorrido. Não deixa de causar estranheza que uma notícia tão importante como essa fosse recebida com tanta frieza.

O jornal procurava, desse modo, criar uma impressão de apatia por parte dos parentes de Marie, o que não aconteceria, certamente, se os parentes acreditassem que o corpo encontrado fosse o dela. Suas insinuações se resumiam nisto: que Marie, com a conivência de amigos – se ausentara da cidade por motivos que diziam respeito a acusações feitas contra a sua castidade, e que esses amigos – ao ser encontrado, no Sena, um cadáver que se assemelhava um tanto à jovem – haviam aproveitado a oportunidade para impressionar o público com a notícia de sua morte. Mas *L'Etoile* agiu de novo precipitadamente. Ficou claramente provado que não houve tal falta de interesse; que a anciã, madame Rogêt, estava de tal modo nervosa e debilitada, que lhe teria sido impossível ocupar-se de alguma coisa; que Saint – Eustache, longe de receber a notícia friamente, ficou aturdido de dor, revelando tal desespero, que monsieur

Beauvais encarregou um seu amigo e parente de vigiá-lo, impedindo-o de presenciar a autópsia que se seguiu à exumação do cadáver. Por outro lado, embora *L'Etoile* afirmasse que o novo sepultamento fora feito a expensas da polícia, que a família rejeitara o vantajoso oferecimento de uma sepultura particular e, ainda, que nenhum membro da família comparecera à cerimônia; embora, repito, *L'Etoile* afirmasse tudo isso para confirmar a impressão que desejava causar, a verdade é que *tudo isso* foi plenamente refutado. Num de seus números posteriores, esse mesmo jornal procurou fazer com que as suspeitas recaíssem sobre o próprio Beauvais. Dizia o redator:

> O caso acaba de assumir novo aspecto. Fomos informados de que, certa ocasião, enquanto madame B... se achava em casa de madame Rogêt, monsieur Beauvais, que estava de saída, lhe disse que deveria chegar um *gendarme*, e que ela, madame B... não deveria dizer coisa alguma ao *gendarme* até que ele voltasse, deixando o assunto em suas mãos. No presente estado de coisas, dir-se-ia que monsieur Beauvais tem todo este assunto guardado em seu cérebro. Nenhum passo pode ser dado sem a participação de monsieur Beauvais, pois, qualquer que seja a direção para a qual se volte, depara-se sempre com ele. Por alguma razão, determinou que ninguém, exceto ele, interfira no processo, afastando os parentes masculinos da vítima, segundo eles próprios declararam, de maneira bastante singular. Parece que teve grande relutância em permitir que os parentes vissem o corpo.

O seguinte fato pareceu aumentar as suspeitas lançadas sobre Beauvais: poucos dias antes do desaparecimento da jovem, alguém que esteve em seu escritório, durante sua ausência, viu *uma rosa* colocada no buraco da fechadura e a palavra *Marie* escrita sobre uma lousa próxima.

A impressão geral, tanto quanto se podia deduzir pelas notícias dos jornais, parecia ser a de que Marie fora vítima de *um bando* de malfeitores, sendo levada para o outro lado do rio, maltratada e assassinada. Não obstante, um jornal de grande influência, *Le Commerciel*,[11] combatia vivamente essa crença popular. Cito de suas colunas um ou dois trechos:

> Estamos persuadidos de que as investigações, até agora, têm seguido uma pista falsa, tanto mais que foram dirigidas para a Barrière du Roule. É impossível que uma pessoa conhecida por milhares de outras, como essa jovem, tenha percorrido três quarteirões sem que ninguém a visse. Qualquer pessoa que a tivesse visto recordaria tal encontro, pois a jovem era simpática a todos os que a conheciam. Na hora em que ela saiu de casa, as ruas estavam cheias de gente. É impossível que tenha chegado à Barrière du Roule, ou à Rua des Drômes, sem que fosse reconhecida por uma dúzia de pessoas. No entanto, não se apresentou ninguém que dissesse tê-la visto fora da porta da casa de sua mãe, e não há prova alguma de que tenha saído, salvo o testemunho referente à *intenção expressa* por ela mesma. Um pedaço de seu vestido estava rasgado, cingido em torno dela e atado por um nó – e, desse modo, o cadáver pôde ser carregado como uma trouxa. Se o crime tivesse sido praticado na Barrière du Roule, não haveria necessidade de tais medidas. O fato de o corpo haver sido encontrado perto da Barrière não prova que tenha sido esse o lugar onde o jogaram ao rio. Um pedaço da anágua da desventurada jovem, de 60 centímetros de comprimento e 45 de largura, foi arrancado, atado em torno de seu pescoço e

---

[11] *Journal of Commerce*, de Nova York.

preso sobre a nuca, provavelmente para impedir que gritasse. Isso foi feito por indivíduos que nem sequer possuíam um lenço de bolso.

Um ou dois dias antes de o delegado nos visitar, porém, uma informação muito importante chegou ao conhecimento da polícia. Essa informação parecia destruir, pelo menos em sua parte principal, a argumentação do *Le Commerciel*. Dois meninos, filhos de uma certa madame Deluc, vagando pelo bosque, perto da Barrière du Roule, entraram, por acaso, num matagal cerrado, onde havia três ou quatro pedras grandes, formando uma espécie de assento, com encosto e escabelo. Sobre a pedra superior havia uma anágua; na segunda, uma *écharpe* de seda. Foram encontrados, ainda, uma sombrinha, um par de luvas e um lenço de bolso, no qual se via, bordado, o nome "Marie Rogêt". Nos espinheiros, em torno, foram achados pedaços de vestido. A terra achava-se pisada, os arbustos partidos, revelando sinais de luta. Entre o matagal e o rio, algumas estacas de cerca haviam sido derrubadas, e o terreno revelava sinais de que alguma coisa pesada fora arrastada pelo chão.

Um semanário, *Le Soleil*,[12] fez os seguintes comentários sobre esse achado – comentários que não eram senão um eco dos sentimentos de toda a imprensa parisiense:

> Evidentemente, todos esses objetos estiveram ali pelo menos durante três ou quatro semanas, pois se achavam mofados devido à ação da chuva e colados entre si pelo mofo. A relva crescera em torno, cobrindo-os em parte. A seda da sombrinha ainda estava forte, mas as varetas estavam fechadas e a parte superior do tecido, onde estivera dobrada e enrolada, se achava mofada e podre, rasgando-a ao ser aberta. Os pedaços de roupa

---

[12] *Saturday Evening Post*, de Philadelphia, editado por C. I. Peterson, Esq.

rasgados pelos espinhos tinham 7 centímetros de largura por 15 de comprimento. Uma parte pertencia à barra do casaco e estava remendada; a outra era um pedaço da saia, mas não da barra. Pareciam tiras arrancadas e achavam-se presas aos espinheiros, a um pé do chão, aproximadamente. Não pode haver dúvida, pois, de que se descobriu o local desse espantoso crime.

Logo depois de feita essa descoberta, surgiram novos indícios. Madame Deluc declarou ser dona de uma estalagem à beira da estrada, não muito distante da margem do rio, do lado oposto à Barrière du Roule. É um lugar afastado – bastante retirado mesmo. É lugar habitual de reunião, aos domingos, de indivíduos suspeitos, que atravessam o rio em botes. Cerca das três horas da tarde, no domingo em questão, uma jovem chegou à estalagem em companhia de um jovem moreno. Permaneceram lá durante algum tempo. Ao partir, tomaram o caminho que conduz a um bosque espesso existente nas vizinhanças. Chamou a atenção de madame Deluc o vestido que a jovem usava, devido à semelhança com o de uma sua parente, já morta. Também lhe chamou a atenção a *écharpe*. Logo depois da partida do casal, chegou um bando de patifes, turbulentos, que comeu e bebeu sem pagar, seguiu na mesma direção dos jovens e passou pela estalagem ao anoitecer, tornando a atravessar o rio, como se estivesse com pressa.

Foi pouco depois do escurecer, nessa mesma noite, que madame Deluc e seu filho mais velho ouviram gritos de mulher nas imediações da estalagem. Eram gritos fortes, mas duraram pouco tempo. Madame Deluc reconheceu não só a *écharpe* encontrada no matagal, como também o vestido da vítima. Um motorista de ônibus, Valence,[13] declarou, ainda, ter visto Marie Rogêt atravessar o Sena num barco, no referido domingo, em

---

[13] Adam.

companhia de um jovem moreno. Ele, Valence, conhecia Marie, e não poderia enganar-se sobre sua identidade. Os objetos encontrados no matagal foram todos reconhecidos pelos parentes de Marie.

Todos os depoimentos e informações que colhi dos jornais, por sugestão de Dupin, compreendiam apenas um ponto novo, mas, ao que parecia, de extraordinária importância. Imediatamente após a descoberta das roupas de Marie, foi encontrado, nas vizinhanças do local em que agora se supunha ter ocorrido o crime, o corpo inanimado, ou quase inanimado, de Saint-Eustache, noivo de Marie. Ao seu lado, havia um frasco, vazio, com o rótulo *Láudano*. A respiração do homem revelava envenenamento. Morreu sem falar. Em seu poder foi encontrada uma carta, em que declarava, em poucas palavras, o seu amor por Marie, bem como a intenção de suicidar-se.

— Creio não ser necessário dizer-lhe — comentou Dupin, depois de folhear minhas notas — que este caso é muito mais complicado do que o da Rua Morgue, do qual difere num ponto muito importante. Este é um exemplo de crime cruel, mais *comum*. Nele, não há nada que seja particularmente exagerado ou excessivo. Você terá notado que, por essa razão, o mistério foi considerado de fácil solução, quando, na verdade, por esse mesmo motivo, deveria ser considerado de solução difícil. Assim, a princípio julgou-se desnecessário oferecer uma recompensa. Os esbirros de G... puderam compreender imediatamente como e por que uma tal atrocidade *poderia ter sido* cometida. Podiam pintar em sua imaginação um modo — muitos modos — e um motivo — muitos motivos — para a prática de tal crime, e, como não era impossível que um desses tão numerosos meios e motivos *pudesse* ter sido o verdadeiro, aceitaram como certo que um deles *deveria* ser tal. Mas a facilidade com que essas ideias diferentes eram concebidas, e a própria plausibilidade de que se revestia cada uma delas, deveria ter sido encarada antes como indício das dificuldades do que das facilidades que a elucidação do caso apresentaria. Já observei que, saindo-se fora do plano ordinário das coisas, a razão encontra o seu caminho – se é que o faz – na busca da verdade, e que a pergunta adequada, em tais casos, não é tanto "Que aconteceu?", mas sim "Isso que aconteceu nunca ocorreu antes?" Nas investigações efetuadas em casa de madame L'Espanaye,[14] os agentes de G... ficaram desanimados e perplexos diante de uma *singularidade* que, para uma inteligência bem constituída, teria sido o presságio mais seguro de êxito, ao passo que essa mesma inteligência bem poderia ter mergulhado no desespero ante o caráter ordinário de tudo o que se refere ao caso da jovem da perfumaria, o qual, não obstante, não sugeriu senão fáceis triunfos aos funcionários da polícia.

"No caso de madame L'Espanaye e sua filha, não havia, desde o começo de nossas investigações, a menor dúvida de que um assassínio fora cometido. A ideia de suicídio fora logo excluída. Aqui, também, está afastada, desde o começo, qualquer suposição de suicídio. O corpo encontrado na Barrière du Roule foi achado em circunstâncias tais que não nos deixam qualquer dúvida quanto a esse importante ponto. Mas insinuou-se que o corpo encontrado não é o de Marie Rogêt, cujo assassino ou assassinos – para cuja captura se oferece uma recompensa – não foram ainda descobertos, e que constituem a única razão de nossas relações com o delegado. Tanto você como eu conhecemos bem esse senhor. Não devemos confiar muito nele. Se, tomando como ponto de referência nossas investigações sobre o corpo encontrado e seguindo a pista de um criminoso, descobrimos que o corpo não é o de Marie; ou se, partindo da própria Marie, ainda viva, a encontrarmos, embora assassinada, perderemos, de qualquer modo, o nosso trabalho, pois é com monsieur G... que temos de entender-nos. Por conseguinte, se não pela nossa própria causa, ao menos pela da

---

[14]Ver "Os crimes da Rua Morgue".

justiça, é indispensável que nossos primeiros passos sejam no sentido de determinar a identidade do cadáver, vendo se pertence, de fato, à desaparecida Marie Rogêt.

"As argumentações do *L'Etoile* encontraram eco entre o público – e não há dúvida de que o próprio jornal está convencido de sua importância, segundo se deduz da maneira pela qual começa um de seus comentários sobre o assunto: 'Vários vespertinos se referem ao *decisivo* artigo do *L'Etoile* em sua edição de segunda-feira.' Para mim, esse artigo não me parece *decisivo* senão quanto ao que se refere ao interesse de seu redator. Devemos ter em mente que, em geral, nossos jornais procuram antes impressionar os leitores – causar sensação – do que trabalhar pela causa da verdade. Este último objetivo só é seguido quando acontece de coincidir com o primeiro. O jornal que simplesmente concorda com a opinião geral (por mais bem fundada que essa opinião possa ser) não consegue com isso prestígio entre a multidão. A massa do povo só considera profundo aquilo que sugere *vivas contradições* diante da ideia geral. Tanto no raciocínio como na literatura, o *epigrama* é o gênero mais imediato e universalmente apreciado. Em ambos os casos, constitui o gênero mais inferior do mérito.

"O que quero dizer é que o caráter entre epigramático e melodramático da ideia (de que Marie Rogêt ainda vive) foi o que levou *L'Etoile* a insinuar tal suposição, assegurando-lhe uma recepção favorável por parte do público, e não qualquer plausibilidade que possa ter tal ideia. Examinemos os pontos principais da argumentação desse jornal, procurando evitar as incoerências com que foram originalmente expostos.

"O principal objetivo do redator é demonstrar, tendo em conta o breve intervalo decorrido entre o desaparecimento de Marie e o encontro do cadáver a boiar no rio, que esse corpo não pode ser o da referida jovem. Para o argumentador, o objetivo principal, desde o início, é reduzir esse intervalo à menor duração possível. Na irrefletida busca de tal objetivo, lança-se, desde o começo, a uma pura suposição. 'É insensato imaginar – diz ele – que o assassínio, se é que ela foi assassinada, tenha podido consumar-se com a rapidez suficiente para permitir que os assassinos atirassem o corpo ao rio antes da meia-noite.' Imediatamente, e da forma mais natural, perguntamos: *Por quê?* Por que razão é insensato supor-se que o crime tenha sido cometido *cinco minutos* depois de a jovem ter deixado a casa de sua mãe? Por que razão é insensato supor-se que o crime tenha sido cometido a uma hora qualquer do dia? Os crimes são cometidos a qualquer hora. Mas, mesmo que o crime tivesse sido praticado a qualquer momento, entre nove horas da manhã de domingo e quinze para a meia-noite, ainda assim haveria tempo suficiente para que "o corpo fosse lançado ao rio antes da meia-noite". Essa suposição, pois, se reduz a isto: o crime não foi perpetrado, de modo algum, no domingo, e, se permitirmos que *L'Etoile* suponha tal coisa, então podemos permitir-lhe todas as liberdades possíveis. Pode-se bem imaginar que o parágrafo começado assim: 'É insensato supor-se que o assassínio etc.', embora impresso dessa forma no *L'Etoile*, foi realmente concebido pelo aludido redator do seguinte modo: 'É insensato supor-se que o assassínio, se é que foi cometido, tenha podido consumar-se com a rapidez suficiente para permitir que os assassinos lançassem o corpo ao rio antes da meia-noite; é insensato, repetimos, supor-se tudo isso, bem como supor-se, por outro lado (como estamos dispostos a supor), que o corpo *não* foi lançado no rio senão *depois* da meia-noite', frase bastante inconsequente em si mesma, mas não tão completamente absurda como a que foi estampada.

"Se meu propósito fosse apenas – prosseguiu Dupin – refutar esse trecho do argumento de *L'Etoile*, eu bem poderia deixar a coisa como está. Mas nós nada temos a ver com *L'Etoile*, mas sim com a verdade. A frase em questão não tem senão um sentido, tal como está redigida – e esse sentido eu já esclareci completamente. Mas é necessário que penetremos atrás das meras palavras, em busca de uma ideia que essas palavras procuraram, evidentemente, transmitir, mas que não o conseguiram fazer. Era intenção do jornalista dizer que, qualquer que fosse a hora do dia ou da noite de domingo em que o crime fosse cometido, era improvável que os assassinos tivessem se arriscado a transportar o corpo para o rio antes da meia-noite. E aqui está, realmente, a suposição que não me agrada. Pressupõe-se que o crime foi cometido em certo lugar e em determinadas circunstâncias, e que, necessariamente, o corpo teria de ser *levado* para o rio. Ora, o crime bem poderia ter sido praticado na margem do rio, ou no próprio rio – e, assim, o lançamento do corpo à água poderia ter sido feito a qualquer momento do dia ou da noite, da maneira mais óbvia e imediata. Você certamente compreenderá que não estou insinuando nada como coisa provável, ou que coincida com a minha própria opinião. Até este momento, não me referi aos *fatos* relativos ao caso. Desejo apenas preveni-lo contra o tom da insinuação feita por *L'Etoile*, chamando sua atenção, desde logo, para o caráter de preconceito que ele revela.

"Tendo prescrito, desse modo, um limite que estivesse de acordo com suas próprias ideias preconcebidas – e havendo pressuposto que, se se tratasse do cadáver de Marie, ele não teria podido permanecer na água senão durante um espaço muito breve de tempo – o jornal prossegue:

> Demonstra a experiência que os corpos das pessoas afogadas, ou lançadas à água logo após morte violenta, necessitam de seis a dez dias para que a decomposição os faça subir à tona. Mesmo que um tiro de canhão faça com que um cadáver venha à superfície antes de, pelo menos, cinco ou seis dias de imersão, tornará a submergir, se for abandonado a si mesmo.

"Tais afirmações foram aceitas, tacitamente, por todos os jornais de Paris, com exceção do *Le Moniteur*.[15] Este jornal insiste em combater a parte do parágrafo que se refere aos corpos dos afogados, citando cinco ou seis casos em que os corpos de pessoas evidentemente afogadas foram encontrados boiando, depois de um espaço de tempo menor do que aquele a que *L'Etoile* se referia. Mas há algo excessivamente antifilosófico na tentativa, por parte do *Le Moniteur*, de rebater a afirmação geral de *L'Etoile* mediante a citação de casos particulares contrários a esta afirmação. Mesmo que fosse possível citar cinquenta casos, em lugar de cinco, de corpos encontrados a boiar depois de dois ou três dias, esses cinquenta exemplos, ainda assim, poderiam ser considerados como exceções à regra estabelecida por *L'Etoile*, até que a própria regra acabasse por ser refutada. Admitindo a regra (e isso *Le Moniteur* não nega, insistindo apenas em suas exceções), a argumentação de *L'Etoile* conserva toda a sua força, visto que não pretende deduzir mais do que uma questão de *probabilidade*, isto é, de que o corpo tenha podido subir à tona em menos de três dias – e essa probabilidade continuará a favor de *L'Etoile*, até que os exemplos tão infantilmente apresentados atinjam um número suficiente para estabelecer uma regra contrária.

"Você compreenderá imediatamente que toda essa argumentação se dirige, desse modo, contra a própria regra e, com esse objetivo, devemos examinar o que existe nela de *racional*. Ora, o corpo humano, em geral, não é nem muito mais leve nem muito mais pesado do que a água do Sena; isto é, o peso específico do corpo humano, em sua condição natural, é mais ou menos igual ao volume da água doce que desloca. Os corpos das pessoas gordas e robustas, de ossos pequenos, e, em geral, os das mulheres, são mais leves do que os dos homens magros e ossudos – e o peso específico da água do rio sofre alguma in-

---

[15]*Commercial Advertiser*, de Nova York, editado pelo Cel. Stone.

fluência do fluxo do mar. Mas, deixando-se de lado a questão das marés, pode-se dizer que *pouquíssimos* corpos humanos afundam, mesmo em água doce, *por si próprios*. Quase todas as pessoas, ao caírem num rio, têm capacidade para flutuar, se permitirem que se estabeleça o devido equilíbrio entre o peso específico da água e o seu próprio peso – isto é, se permitirem que seu corpo permaneça imerso, salvo as mínimas partes possíveis. A melhor posição para quem não sabe nadar é a vertical, da pessoa que caminha em terra, com a cabeça inteiramente lançada para trás e submersa, só permanecendo à tona a boca e as narinas. Nessas condições, verificaremos que boiamos sem dificuldades e sem esforço. No entanto, é evidente que o peso do corpo e o volume da água deslocada se acham rigorosamente equilibrados, e que a coisa mais insignificante bastará para que o peso de um ou de outro predomine. Um braço, por exemplo, erguido da água e, por conseguinte, privado de seu apoio, constitui peso adicional suficiente para submergir por completo a cabeça, ao passo que a ajuda acidental do menor pedaço de madeira nos permitirá elevar a cabeça o bastante para que possamos olhar em torno. Ora, nos esforços de quem não está acostumado a nadar, os braços são, invariavelmente, lançados para o alto, ao mesmo tempo em que o indivíduo tenta manter a cabeça, como sempre, em sua posição perpendicular. O resultado disso é a imersão da boca e das narinas, bem como, durante os esforços que faz para respirar debaixo d'água, a introdução de água nos pulmões. O estômago também se enche muito, e todo o corpo se torna mais pesado, devido à diferença entre o peso do ar que antes distendia essas cavidades e o do líquido que agora as ocupa. Essa diferença é suficiente para fazer com que o corpo afunde, como regra geral; mas é insuficiente para produzir tal resultado no caso de indivíduos dotados de ossos pequenos e de uma quantidade anormal de matéria flácida ou gordurosa. Tais indivíduos flutuam mesmo depois de afogados.

"O corpo, que supomos achar-se no fundo do rio, continuará lá até que, por qualquer circunstância, seu peso específico se torne de novo menor do que aquele da água que ele desloca. Esse efeito é produzido pela decomposição, ou por alguma outra causa. A decomposição produz gases que distendem os tecidos celulares e todas as cavidades, dando ao corpo aquele horrível aspecto de *inchação*. Quando essa distensão chega a um ponto em que o volume do corpo aumentou sensivelmente, sem um aumento correspondente de *massa* ou peso, seu peso específico se torna menor do que o da água deslocada, e o corpo surge à tona. Mas a decomposição é modificada por inumeráveis circunstâncias; é apressada ou retardada por inumeráveis agentes, como, por exemplo, pelo calor ou frio da estação, pela impregnação mineral ou pela pureza da água, por sua maior ou menor profundidade, por sua correnteza ou estagnação, pela natureza e estado natural do corpo, segundo a vítima estivesse livre de doenças ou acometida por alguma enfermidade antes de sua morte. Desse modo, é evidente que não podemos estabelecer, de maneira precisa, o tempo necessário para que um corpo venha à tona devido à decomposição. Em tais circunstâncias, isso se verificaria dentro de uma hora; em outras, poderia não ocorrer. Há certas infusões químicas que permitem preservar *para sempre* da decomposição o corpo humano. O bicloreto de mercúrio é uma delas. Mas, à parte a decomposição, pode existir, e geralmente existe, uma produção de gás no estômago, devido à fermentação acética de matéria vegetal (ou, no interior de outras cavidades, devido a outras causas), suficiente para produzir uma distensão que eleve o corpo à superfície. O efeito produzido por um disparo de canhão é o de simples vibração. Pode livrar o corpo da lama ou limo a que se ache preso, permitindo-lhe, dessa maneira, subir à tona quando outros agentes já o tenham preparado para tal – ou, então, poderá vencer a resistência de certas partes apodrecidas do sistema celular, fazendo com que as cavidades se distendam sob a influência do gás.

"Tendo assim, diante de nós, toda a filosofia do assunto, podemos facilmente confrontá-la com as asserções do *L'Etoile*:

> Demonstra a experiência – diz o jornal – que os corpos das pessoas afogadas, ou lançadas à água logo após morte violenta, necessitam de seis a dez dias para que a decomposição os faça subir à tona. Mesmo que um tiro de canhão faça com que um cadáver venha à superfície antes de, pelo menos, cinco ou seis dias de imersão, tornará a submergir, se for abandonado a si mesmo.

"Todo esse parágrafo deverá parecer-nos, agora, uma série de inconsequências e incoerências. A experiência *não demonstra* que os 'corpos dos afogados' *precisam* de seis a dez dias para chegar a um estado de decomposição que os faça subir à tona. Tanto a ciência como a experiência demonstram que o momento de sua ascensão à superfície é, e deve necessariamente ser, indeterminado. Se, além disso, um corpo subiu à tona devido a um disparo de canhão, *não* submergirá de novo se deixado entregue a si mesmo, até que a decomposição tenha chegado a um ponto que permita a saída do gás gerado em seu interior. Mas desejo chamar sua atenção para a distinção que é feita entre 'corpos de pessoas que morreram afogadas' e 'corpos lançados à água imediatamente após morte violenta'. Embora o comentarista admita a distinção, inclui a todos, não obstante, na mesma categoria. Mostrei de que modo o corpo de um afogado se torna especificamente mais pesado do que o volume de água que desloca, e que ele absolutamente não submergirá, a não ser que lute, procurando elevar os braços acima da água e que abra a boca, para respirar, debaixo da superfície, o que faz com que a água ocupe, em seus pulmões, o lugar destinado anteriormente ao ar. Mas tal luta e tal respiração embaixo d'água não ocorreriam no caso de um "corpo ser lançado à água imediatamente após morte violenta". Assim, neste último exemplo, *o corpo, como regra geral, não submergiria* – fato este que, evidentemente, *L'Etoile* ignora. Ao chegar a decomposição num estado bastante adiantado – quando a carne se desprende, em grande parte, dos ossos –, então, mas *só* então, o corpo desaparece sob a água.

"Ora, que é que devemos pensar, por conseguinte, da argumentação, segundo a qual o corpo encontrado não poderia ser o de Marie Rogêt, uma vez que, decorridos apenas três dias, o cadáver estava boiando? Se Marie, sendo mulher, morreu afogada, seu corpo bem poderia não ter submergido; ou, se submergiu, bem poderia ter reaparecido dentro de 24 horas – ou menos. Mas ninguém supõe que ela tenha morrido afogada – e, tendo morrido antes de ser lançada à água, bem poderia ter sido encontrada boiando em qualquer momento subsequente.

"Mas, diz *L'Etoile*:

> Se o corpo houvesse permanecido no estado em que se encontrava, em terra, até terça-feira à noite, seria encontrado em terra algum indício dos criminosos.

"Aqui, é difícil perceber-se, à primeira vista, a intenção do jornalista. Deseja antecipar o que, segundo imagina, constituiria uma objeção à sua teoria, isto é, a de que o corpo permaneceu em terra durante dois dias, sofrendo rápida decomposição – *mais* rápida do que se estivesse submerso em água. Supõe ele que, se esse houvesse sido o caso, *poderia* ter aparecido à tona na quarta-feira, e pensa que *somente* em tais condições poderia ter aparecido. Por conseguinte, apressa-se em demonstrar que *não* permaneceu em terra, pois, nesse caso, 'seria encontrado algum indício dos criminosos'. Creio que esta dedução o fará sorrir. Você não conseguirá ver de que maneira a mera *perma-*

nência do corpo em terra poderia fazer com que se *multiplicassem* as *pegadas* dos assassinos. Eu tampouco o posso.

"Continua o jornal:

> Além disso, é inteiramente improvável que os criminosos que cometeram o crime, tal como se supõe que tenha sido cometido, tivessem lançado o corpo à água sem que lhe atassem um peso, quando essa precaução poderia ser facilmente tomada.

"Observe, aqui, a risível confusão de ideias! Ninguém – nem mesmo *L'Etoile* – nega que tenha sido cometido um crime *com relação ao corpo encontrado*. Os sinais de violência são por demais evidentes. O objetivo do jornalista é apenas demonstrar que esse não é o corpo de Marie. Deseja provar que *Marie* não foi assassinada, mas não que o corpo não seja de uma mulher que foi assassinada. Não obstante, sua observação prova unicamente este último ponto. Encontramo-nos diante de um corpo ao qual não se atou nenhum peso. Os assassinos, ao lançá-lo ao rio, não teriam deixado de fazê-lo. Por conseguinte, não foi lançado à água pelos assassinos. Isto é tudo que ficou provado, se é que alguma coisa o foi. A questão de identidade não foi sequer mencionada, e *L'Etoile* se sentiu em grande dificuldade para contradizer o que fora admitido apenas um momento antes. 'Estamos perfeitamente convencidos' – diz – 'que o corpo encontrado é o de uma mulher assassinada.'

"Tampouco é este o único ponto, mesmo nessa divisão de seu tema, em que o nosso argumentador raciocina, sem o querer, contra si mesmo. Seu objetivo evidente é, conforme já disse, reduzir tanto quanto possível o intervalo entre o desaparecimento de Marie e o encontro do cadáver. Não obstante, vemo-lo a insistir que ninguém viu a jovem, a partir do momento em que deixou a casa de sua mãe. 'Não temos prova' – diz ele – 'de que Marie Rogêt estivesse no mundo dos vivos depois das nove horas do domingo, dia 22 de junho.' Como seu argumento é, evidentemente, uma *ex-parte*, deveria, ao menos, ter deixado este tópico de lado, pois tivesse alguém visto Marie, digamos, na segunda ou terça-feira, o intervalo em questão ficaria muito reduzido e, segundo o próprio raciocínio do jornalista, diminuiria muito a probabilidade de que o corpo encontrado fosse o da *grisette*. Seja como for, é divertido observar que *L'Etoile* insiste nesse ponto, crendo firmemente reforçar a sua argumentação geral.

"Torne a folhear, agora, a parte da argumentação que se refere à identificação do corpo por Beauvais. Quanto ao pelo no braço, *L'Etoile* foi, sem dúvida, inábil. Monsieur Beauvais, não sendo idiota, não poderia jamais ter insistido na identificação do cadáver devido apenas à existência de *pelo no braço*. Não existe braço *sem* pelo. De um modo geral, a expressão empregada pelo *L'Etoile* é uma simples deturpação das frases dessa testemunha. Beauvais deve ter-se referido a alguma *particularidade* apresentada por esse pelo. Alguma particularidade quanto à cor, quantidade, comprimento ou localização.

"'Seu pé era pequeno' – diz o jornal – 'mas há milhares de pés pequenos. A liga e o sapato não constituem, tampouco, elementos de prova, pois ambas as coisas se vendem em grande número. O mesmo pode dizer-se das flores existentes em seu chapéu. Monsieur Beauvais insiste firmemente em que o fecho da liga encontrada fora mudado de lugar. Isso não significa nada, pois muitas mulheres preferem comprar ligas e levá-las para casa, a fim de ajustá-las à perna, em vez de experimentá-las na própria loja.' Aqui, é difícil supor-se que o jornalista tenha dito isso a sério. Houvesse monsieur Beauvais, ao procurar o corpo de Marie, descoberto um corpo que correspondesse, na estatura e na aparência, ao da jovem desaparecida, teria acreditado (sem fazer qualquer referência à questão das roupas) que chegara ao fim de suas pesquisas. Se, além da estatura e do aspecto geral, houvesse encontrado no braço da vítima uma penugem que já tivesse observado em Marie, quando viva, sua convicção de que se tratava dela poderia ter-se fortalecido em proporção com a particularidade ou o caráter pouco comum da referida penugem. Se os pés de Marie eram pequenos e os do cadáver também o eram, a probabilidade de que o corpo fosse o de Marie deveria aumentar em razão não apenas aritmética, mas geométrica, ou acumulativa. Acrescentem-se a isso os sapatos que se viu que ela usava no dia de seu desaparecimento e, embora tais sapatos possam ser vendidos em grande número, a probabilidade aumenta de modo a converter-se quase em certeza. Aquilo que, por si só, não seria um elemento de identificação, se transforma agora, devido à sua posição corroborativa, em prova bastante segura. Se, além disso, houver ainda flores no chapéu correspondente ao que a jovem desaparecida usava, não precisaremos de mais nada. Se houvesse apenas *uma* flor, isso nos bastava de sobejo. Que dizer-se, então, de duas, três... ou mais? Cada uma delas constitui múltipla evidência – não uma prova *aduzida* a outra prova, mas *multiplicada* por centenas ou milhares delas. Descubramos agora, na morta, ligas iguais às que a jovem viva usava – e é quase tolice prosseguir. Mas essas ligas são encontradas apertadas por um fecho, justamente da maneira como teriam sido apertadas por Marie pouco antes de sair de casa. Diante disso, é loucura ou hipocrisia alimentar qualquer dúvida. O que *L'Etoile* diz, sobre a redução da circunferência das ligas – coisa considerada como comum – não revela senão a sua pertinácia no erro. A elasticidade de uma liga de fecho é suficiente para demonstrar o caráter *incomum* da diminuição de seu tamanho. O que é feito para ajustar, só muito raramente requer novo ajuste. Deve ter sido por simples acidente, no mais estrito sentido da palavra, que as ligas de Marie precisaram ser apertadas, tal como foi descrito. Só isso deveria ter bastado para estabelecer amplamente a sua identidade. Mas o importante não é que o cadáver encontrado tenha as ligas da jovem desaparecida, ou seus sapatos, ou seu chapéu, ou as flores deste, ou seus pés, ou certo sinal característico nos braços, ou sua aparência e aspecto geral: o importante é que tinha todas essas coisas, *coletivamente*. Se ficasse provado que o redator do *L'Etoile* tinha realmente, diante de tais circunstâncias, alimentado alguma dúvida, não haveria necessidade, nesse caso, de uma investigação *de lunatico inquirendo*. Julgou ele sagaz repetir o palavreado das pessoas versadas em direito, as quais, em geral, se contentam em repetir os preceitos retangulares dos tribunais. Eu observaria, aqui, que muito do que é rejeitado como prova por um tribunal constitui a melhor prova para a inteligência. O tribunal, guiado pelos princípios gerais da evidência, não se mostra disposto a desviar-se de certos exemplos. Essa firme adesão a uma questão de princípio, recusando-se rigorosamente em não levar em conta nenhuma exceção contrária a tal princípio, é meio seguro de obter-se o *máximo* de verdade capaz de ser obtida num longo período de tempo. Por conseguinte, essa prática é, *em conjunto*, filosófica – mas nem por isso é menos certo que, em determinados casos, produz grandes erros individuais.[16]

"Quanto às insinuações feitas contra Beauvais, podem ser destruídas de um sopro. Você certamente já aquilatou o verdadeiro caráter desse bom cavalheiro. É um homem *prestativo*, de espírito novelesco e pouco arguto. Toda pessoa assim será prontamente impelida a agir, num caso de grande emoção, de um modo que o tornará suspeito aos olhos dos excessivamente perspicazes e desconfiados. Monsieur Beauvais (segundo se de-

---

[16] "Uma teoria baseada nas qualidades de um objeto impedirá que ela se desenvolva de acordo com os seus objetivos e aquele que arranja os tópicos segundo suas causas deixará de considerá-los de acordo com os seus resultados. Assim, a jurisprudência de cada nação demonstrará que, quando o direito se converte numa ciência e num sistema, deixa de ser justiça. Os erros a que a devoção cega a *princípios* de classificação tem conduzido o direito comum poderão ser vistos observando-se quão frequentemente a legislatura tem sido obrigada a intervir a fim de restaurar a equidade de que se afastou devido a um sistema." – *Landor*.

duz das notas que você coligiu) teve algumas entrevistas pessoais com o redator de *L'Etoile*, a quem ofendeu, ao atrever-se a emitir a opinião de que o cadáver, apesar das teorias do referido jornalista, era, positivamente, de Marie. 'Insiste' – diz o jornal – 'em afirmar que o cadáver é de Marie, mas não consegue apresentar circunstância alguma, além das que já foram por nós comentadas, que faça com que os outros também acreditem nisso.' Ora, sem insistir no fato de que uma prova convincente, na qual 'os outros acreditassem', não poderia *jamais* ser apresentada, pode-se observar que um homem bem poderia estar convencido, num caso dessa natureza, da necessidade de seu testemunho, sendo incapaz, não obstante, de formular uma única razão que pudesse convencer a uma segunda pessoa. Nada é mais vago do que as impressões relativas à identidade de um indivíduo. Todos conhecem o seu vizinho, mas raramente alguém está preparado para apresentar *uma razão* pela qual o reconhece. O redator de *L'Etoile* não tinha, pois, razão de sentir-se ofendido ante a crença não ponderada de monsieur Beauvais.

"As circunstâncias suspeitosas que o cercam estão muito mais de acordo com a minha hipótese, de que se trata de um indivíduo de caráter romântico e turbulento, do que com a insinuação do jornalista quanto à sua culpabilidade. Uma vez adotada a interpretação mais caridosa, não teremos dificuldade em compreender a rosa vista no buraco da fechadura, a palavra 'Marie' escrita na lousa, o 'afastamento dos parentes masculinos', a 'relutância em permitir que eles vissem o cadáver', a recomendação cautelosa feita a madame B... de que ela não deveria falar com nenhum *gendarme* até que ele (Beauvais) voltasse – e, finalmente, sua aparente determinação de 'que ninguém deveria, salvo ele próprio, intrometer-se nas investigações'. A mim, parece-me inquestionável que Beauvais cortejava Marie, que ela recebia suas atenções com coqueteria, e que ele desejava desfrutar da sua intimidade e confiança. Nada mais direi sobre esse ponto – e, como a evidência rejeita inteiramente as afirmativas do *L'Etoile*, quanto à *apatia* por parte de sua mãe e outros parentes de Marie – apatia incompatível com a crença de que o cadáver fosse o da jovem da perfumaria –, procedamos agora como se o problema da *identidade* houvesse sido resolvido de maneira que nos parecesse plenamente satisfatória."

– E o que você pensa – perguntei – das opiniões de *Le Commerciel*?

– Que, pelo seu espírito, são muito mais dignas de atenção do que qualquer outra das que foram expostas sobre o assunto. As deduções das premissas são filosóficas e argutas; mas as premissas, pelo menos em dois casos, se baseiam numa observação imperfeita. *Le Commerciel* deseja insinuar que Marie foi agarrada por um bando de malfeitores não muito longe da casa de sua mãe. "É impossível" – diz – "que uma pessoa conhecida por milhares de outras, como essa jovem, pudesse percorrer três quarteirões sem que ninguém a visse." Essa é a opinião de um homem que reside em Paris há muito tempo – um homem público – e cujas idas e vindas pela cidade se limitaram quase sempre às imediações das repartições públicas. Sabe que raramente consegue percorrer alguns quarteirões, nas imediações do lugar em que trabalha, sem que alguém o reconheça e se dirija a ele. Sabendo até que ponto é reconhecido e reconhece as pessoas na rua, compara sua notoriedade à da jovem da perfumaria, não vê grande diferença entre as duas e chega prontamente à conclusão de que ela, em suas caminhadas, poderia ser reconhecida com a mesma facilidade com que ele o é. Isso só poderia ser assim se o caminho de Marie fosse sempre, metódica e invariavelmente, o mesmo, limitando-se apenas a determinadas ruas, como acontece com ele, que passa, em suas idas e vindas, a horas certas, por uma limitada periferia, na qual abundam indivíduos que são levados a observá-lo devido aos interesses afins existentes entre a sua ocupação e a de tais pessoas. Mas as caminhadas de Marie eram, como bem se pode supor, um tanto errantes. Neste caso particular, pode-se ter como bastante provável que ela seguisse um caminho diverso do que aqueles a que estava habituada. O paralelo que julgamos existir no espírito de *Le Commerciel* se justificaria apenas no caso de os dois atravessarem toda a cidade. Nesse caso, concedendo-se que fossem ambos igualmente conhecidos, seriam iguais as probabilidades de que *encontrassem* igual número de pessoas conhecidas. De minha parte, afirmaria não só ser possível, mas mais do que provável, que Marie tivesse seguido, em dado momento, por qualquer dos muitos caminhos existentes entre sua própria residência e a da tia sem encontrar uma única pessoa conhecida, ou que a conhecesse. Ao examinar essa questão com todo o cuidado e clareza, devemos ter em mente a grande desproporção existente entre os conhecidos pessoais mesmo das pessoas mais notórias de Paris e toda a população da própria Paris.

"Mas, qualquer que seja a força que possa parecer existir na insinuação do *Le Commerciel*, diminuirá muito se levarmos em consideração *a hora* em que a jovem saiu de casa. 'Saiu numa hora em que as ruas estavam cheias de gente' – diz *Le Commerciel*. Mas não foi assim. Saiu às nove horas da manhã. Ora, às nove horas da manhã, durante os dias da semana, com exceção do *domingo*, as ruas se acham, portanto, repletas de gente. Mas, nos domingos, às nove horas, a população se encontra, em geral, dentro de casa, *preparando-se para ir à igreja*. Nenhuma pessoa observadora poderá ter deixado de notar o aspecto particularmente deserto da cidade aos domingos, entre oito e dez horas da manhã. Entre dez e onze, as ruas estão movimentadas, mas não na hora tão matinal como a que foi mencionada.

"Há um outro ponto em que parece haver deficiência de *observação* por parte do *Le Commerciel*. 'Um pedaço' – diz o jornal – 'da anágua da infortunada jovem, de 60 centímetros de comprimento por 30 de largura, foi arrancado e atado em torno do pescoço e preso sobre a nuca, provavelmente para impedir-lhe os gritos. Isso foi feito por indivíduos que não possuíam lenços de bolso'. Se essa ideia é ou não bem fundada, veremos adiante; mas, por 'indivíduos que não possuíam lenços de bolso', o redator se referia à classe mais baixa de malfeitores. Estes, porém, são justamente indivíduos que, segundo se sabe, têm sempre lenços, mesmo quando não possuem camisas. Você certamente já teve ocasião de observar como se tornou absolutamente indispensável nos últimos anos, entre os piores malfeitores, o uso de lenços."

– E que pensar – perguntei – dos comentários do *Le Soleil*?

– Que é uma verdadeira lástima que seu redator não tenha nascido papagaio, pois seria um dos mais ilustres de sua raça. Não faz senão repetir o que os outros já disseram, colhendo informações, neste ou naquele jornal, com louvável diligência. 'Todos os objetos lá permaneceram, evidentemente' – diz ele – 'durante três ou quatro semanas. *Não pode haver dúvida*, pois, de que se descobriu o local em que foi praticado o espantoso crime'. Os fatos aqui repetidos por *Le Soleil* estão muito longe, portanto, de afastar minhas dúvidas sobre este assunto, que será por nós examinado adiante, de maneira mais detida, com relação a outro aspecto da questão.

"Por ora, devemos ocupar-nos de outras investigações. Você, certamente, não deixou de notar a grande negligência com que foi efetuado o exame do cadáver. A questão da identidade, sem dúvida, foi prontamente determinada, ou deveria ter sido, mas há outros pontos que precisam ser esclarecidos. O cadáver foi, de algum modo, *despojado*? A vítima trazia consigo alguma joia, ao sair de casa? Em caso afirmativo, tais objetos foram encontrados, ao ser descoberto o corpo? Essas são perguntas importantes, deixadas inteiramente de lado – e há outras igualmente relevantes, às quais não se deu atenção. Devemos procurar respondê-las, investigando-as pessoalmente. O caso de Saint-Eustache deve ser reexaminado. Não tenho suspeita alguma contra esse indivíduo; mas procedamos metodicamente. Esclareceremos, com toda a certeza, a validez das declarações relativas aos lugares em que ele esteve no domingo. Tais declarações podem converter-se, facilmente, numa questão de mistificação. Caso não haja, aqui, nada que nos pareça duvidoso, excluiremos Saint-Eustache de nossas investigações. Embora seu suicídio sirva para corroborar nossas suspeitas, caso se descobrisse algum embuste nos testemunhos, constitui, se não houver tal embuste, uma circunstância imprevisível, ou, de qualquer maneira, uma circunstância que não precisa fazer com que nos afastemos da linha da análise ordinária.

"No plano que agora proponho, poremos de lado os pontos interiores dessa tragédia e concentraremos nossa atenção em suas formas aparentes. Em investigações como esta, comete-se com frequência o erro de limitar as pesquisas aos fatos imediatos, com completo desinteresse pelos acontecimentos colaterais ou circunstanciais. Constitui lamentável falha dos tribunais limitar as provas e as discussões apenas ao que é aparentemente relevante. No entanto, a experiência tem demonstrado, e a verdadeira filosofia sempre demonstrará, que uma parte muito importante da verdade, talvez mesmo a maior, surge de coisas aparentemente sem importância. É devido ao espírito desse princípio, se não pela sua letra, que a ciência moderna resolveu *prever o imprevisto*. Mas talvez você não me compreenda. A história do conhecimento humano tem revelado, de modo contínuo, que as mais numerosas e valiosas descobertas devem-se a fatos colaterais, fortuitos ou acidentais, de tal maneira que, finalmente, se julgou necessário, quanto ao que diz respeito ao progresso futuro, fazer-se as maiores concessões possíveis a invenções que surgirão do acaso e que estarão inteiramente fora do âmbito do que se esperaria ordinariamente. Deixou de ser filosófico o sistema de se basear naquilo que foi uma visão daquilo que deve ser. Tem-se de admitir o *acidente* como constituindo uma parte fundamental. Fazemos do acaso uma questão absoluta de cálculo. Submetemos o inesperado e o não imaginado às fórmulas matemáticas das escolas.

"Repito que é um fato positivo a *maior parte* de todas as verdades terem surgido de circunstâncias indiretas e fortuitas – e não é senão de acordo com o espírito de tal fato que eu desviaria as investigações, no presente caso, do terreno até agora palmilhado sem êxito, voltando-as para as circunstâncias atuais que o cercam. Enquanto você se certifica da validez dos testemunhos, examinarei os jornais de maneira mais minuciosa do que você o fez. Até agora, reconhecemos apenas o campo de investigação; mas será estranho, portanto, que um exame cabal dos jornais, como o que proponho, não nos forneça alguns pormenores que estabeleçam uma *direção* para as nossas pesquisas."

De acordo com a sugestão de Dupin, examinei escrupulosamente a questão dos testemunhos. O resultado foi uma firme convicção de sua validez e a consequente inocência de Saint-Eustache. Enquanto isso, meu amigo se entregava a um exame sumamente minucioso, e que me parecia inteiramente sem objetivo, dos arquivos de vários jornais. Decorrida uma semana, colocou ante os meus olhos os seguintes recortes:

> Há cerca de três anos e meio, verificou-se uma agitação bastante semelhante à presente, devido ao desaparecimento dessa mesma Marie Rogêt da perfumaria de monsieur Le Blanc, situada no Palais Royal. Ao fim de uma semana, porém, reapareceu ela em seu *comptoir* [balcão] habitual, tão bem como sempre, salvo uma ligeira palidez, que não lhe era muito comum. Tanto monsieur Le Blanc como a mãe da jovem declararam que ela estivera simplesmente em visita a alguns amigos, no campo, e o caso foi rapidamente esquecido. Presumimos que a sua ausência atual se deva a um capricho semelhante e que, decorrida uma semana ou, talvez, um mês, a tenhamos de novo entre nós. – *Evening Paper*, segunda-feira, 23 de junho.[17]

---

[17] *Express*, de Nova York.

Um vespertino de ontem se refere a um misterioso desaparecimento anterior de mademoiselle Rogêt. Sabe-se muito bem que, durante a semana em que permaneceu ausente da perfumaria de Le Blanc, esteve em companhia de um jovem oficial naval, notório pela vida libertina que levava. Supõe-se que, providencialmente, uma desavença entre ambos fez com que a jovem voltasse para casa. Temos o nome do referido Dom Juan, que se encontra atualmente servindo em Paris, mas, por razões óbvias, não o publicamos – *Le Mercurie*, terça-feira, 24 de junho, pela manhã.[18]

Crime sumamente atroz foi perpetrado, anteontem, nas vizinhanças desta cidade. Um cavalheiro, acompanhado da esposa e da filha, contratou, ao anoitecer, os serviços de seis jovens que remavam ociosamente um barco, de um lado para outro, pelo Sena, a fim de que os transportassem para a outra margem do rio. Ao alcançar o lado oposto, os três passageiros deixaram o barco e haviam caminhado já um bom pedaço quando a jovem verificou que esquecera sua sombrinha. Do lugar em que estavam já não se via a embarcação. Voltou à procura da sombrinha, ocasião em que foi agarrada pelo bando, levada para o rio, amordaçada e tratada brutalmente, após o que a conduziram a um ponto não muito distante daquele em que tomara o barco em companhia dos pais. Os malfeitores acham-se ainda em liberdade, mas a polícia está em seu encalço e não duvida de que logo algum deles será detido. – *Morning Paper*, 25 de junho.[19]

---

[18] *Herald*, de Nova York.
[19] *Courier and Inquirer*, de Nova York.

Recebemos um ou dois comunicados atribuindo a Mennais[20] o horrível crime recentemente praticado; mas esse cavalheiro demonstrou cabalmente a sua inocência e, como os argumentos de nossos vários missivistas parecem ser mais apaixonados que profundos, não julgamos conveniente publicá-los. – *Morning Paper*, 28 de junho.[21]

Parecendo provir de diversas fontes, recebemos várias cartas enérgicas, as quais procuram provar que, sem dúvida, a infortunada Marie Rogêt foi vítima de um dos numerosos bandos de malfeitores que infestam, aos domingos, as imediações da cidade. Nossa opinião é decididamente a favor dessa suposição. Procuraremos, oportunamente, expor tais argumentos aos leitores. – *Evening Paper*, 31 de junho.[22]

Segunda-feira, um dos barqueiros encarregados do serviço do fisco viu um barco vazio a descer o Sena. As velas estavam recolhidas ao fundo da embarcação. O referido barqueiro rebocou-o até junto do escritório de navegação. Na manhã seguinte, o barco foi de lá retirado sem o conhecimento dos funcionários superiores. O leme encontra-se no referido escritório de navegação. – *La Diligence*, quinta-feira, 26 de junho.[23]

Após ler esses vários trechos, pareceram-me não só estranhos ao assunto em questão, como, ainda, não me foi possível

---

[20]Mennais foi um dos primeiros a ser detido como suspeito. Foi, porém, posto em liberdade por não existir prova alguma contra ele.
[21]*Courier and Inquirer*, de Nova York.
[22]*Evening Post*, de Nova York.
[23]*Standard*, de Nova York.

encontrar neles qualquer relação com o crime de Marie Rogêt. Esperei que Dupin me desse alguma explicação.

— Não é minha intenção — disse-me ele — *insistir* quanto ao primeiro e segundo desses trechos. Copiei-os, principalmente, para mostrar a você a extrema negligência da polícia, a qual, tanto quanto pude compreender pelo que declarou o delegado de polícia, não se deu ao trabalho de ouvir, de qualquer modo, o aludido oficial naval. No entanto, seria pura insensatez dizer-se que não há relação alguma entre o primeiro e o segundo desaparecimento de Marie. Admitamos que o primeiro desaparecimento tenha produzido uma desavença entre os dois amantes, fazendo com que a jovem voltasse para casa. Estamos, agora, preparados para examinar uma segunda *fuga* (se soubermos que houve nova fuga) como indício de novas tentativas por parte do traidor, mais do que como resultado de novas tentativas por parte de um segundo indivíduo. Podemos considerar essa segunda fuga mais como um "acordo" referente a um antigo *amour* do que como o começo de um novo romance. As probabilidades são de dez para um de que o homem que fugiu com Marie lhe tenha proposto uma nova fuga — e não que tal proposta lhe tenha sido feita por um outro indivíduo. E, aqui, permita-me chamar sua atenção para o fato de que o tempo decorrido entre o primeiro rapto verificado e o segundo que se supõe tenha ocorrido excede apenas em poucos meses a duração ordinária dos cruzeiros que nossos barcos de guerra costumam realizar. Acaso não teria o amante, interrompida a sua primeira patifaria pela necessidade de fazer-se ao mar, aproveitado o primeiro momento de sua volta para renovar os seus baixos intuitos ainda não realizados — ou, pelo menos, não realizados inteiramente *por ele*? Nada sabemos quanto a isso.

"Você talvez diga que, no segundo caso, *não* se verificou o rapto, supomos. Certamente, não. Mas acaso podemos dizer que não houve uma tentativa frustrada? Com exceção de Saint-Eustache e, talvez, de Beauvais, nada sabemos acerca de quaisquer outros pretendentes decentes de Marie. Nada se disse a respeito de qualquer outro. Quem, pois, é o amante secreto, de quem os parentes (*pelo menos a maioria deles*) nada sabem, mas com o qual Marie se encontra na manhã de domingo, e o que lhe merece tão grande confiança que ela não hesita em permanecer em sua companhia, até ao anoitecer, entre os bosques solitários da Barrière du Roule? Quem é esse amante secreto, pergunto, de quem a *maioria* dos parentes de Marie sequer ouviu falar? E que significa a singular profecia de madame Rogêt, na manhã em que Marie saiu: 'Receio não tornar a vê-la'?

"Mas, se não podemos imaginar que madame Rogêt tivesse conhecimento do plano de fuga da filha, acaso não podemos supor que esta o houvesse concebido? Ao sair de casa, deu a entender que ia visitar a tia na Rua des Drômes, pedindo a Saint-Eustache que fosse buscá-la ao anoitecer. À primeira vista, tal fato parece contradizer claramente a minha insinuação. Mas reflitamos: que Marie *encontrou* algum amigo e seguiu em sua companhia até o outro lado do rio, chegando à Barrière du Roule somente às três horas da tarde, é coisa já sabida. Mas, ao permitir que esse amigo a acompanhasse dessa maneira (*qualquer que fosse o motivo – e quer este fosse ou não do conhecimento de sua mãe*), deve ter pensado no que disse ao sair de casa, bem como na surpresa que o seu namorado, Saint-Eustache, experimentaria ao perceber, quando a fosse buscar, que ela não estivera lá. Deve ter pensado, também, na estranheza que sua prolongada ausência causaria, depois de retornar à pensão com a notícia de que não a encontrara na casa da tia. Deve ter pensado em tudo isso, digo eu. Deve ter imaginado o vexame de Saint-Eustache e a surpresa de todos os seus amigos. Não deve ter pensado em voltar e enfrentar tais suspeitas – mas tais suspeitas se transformam em coisas sem importância para ela, se pensarmos que ela *não* pretendia voltar.

"Podemos imaginar que raciocinou deste modo: "Devo encontrar uma pessoa para fugir com ela, ou para outros fins que só eu conheço. É necessário que não haja oportunidade de que ninguém perturbe os nossos planos; é preciso que tenhamos tempo suficiente para pôr-nos a salvo de qualquer busca. Farei com que pensem que vou passar o dia na casa de minha tia, na Rua des Drômes... Direi a Saint-Eustache que me vá buscar ao anoitecer. Desse modo, minha ausência de casa, durante o maior espaço de tempo possível, estará justificada, e não causará suspeita nem preocupação. Agindo assim, ganharei mais tempo do que de outra maneira. Se digo a Saint-Eustache que me vá buscar ao anoitecer, ele, certamente, não me procurará antes. Se não lhe disser que me vá buscar, disporei de menos tempo para escapar, já que me esperarão em casa mais cedo e, muitas horas antes, minha ausência causará preocupação. Ora, se fosse minha intenção voltar – se pretendesse dar apenas uma volta com o indivíduo em questão – não pediria a Saint-Eustache que me fosse buscar, pois, se ele o fizesse, se *certificaria* de que eu o enganava – fato este que ele bem poderia ignorar, se eu saísse de casa sem manifestar minha intenção, se voltasse antes do anoitecer e se, ao regressar, lhe dissesse que estivera em visita à minha tia, na Rua des Drômes. Mas, como minha intenção é não voltar *jamais* ou, pelo menos, permanecer ausente durante algumas semanas – ou, ainda, até que tenha conseguido ocultar certas coisas –, minha única preocupação deverá ser a de ganhar tempo.'

"Você observou, em suas notas, que a opinião geral, relativa a este triste caso, é e foi desde o princípio a de que a jovem se tornou vítima de um bando de malfeitores. Ora, a opinião popular, em certas condições, não deve ser posta de lado. Quando surge por si mesma – quando se manifesta de maneira estritamente espontânea –, devemos encará-la como coisa semelhante à *intuição* do homem de gênio. Em 99 por cento dos casos, aceitaria a sua decisão. Mas é importante que não encontremos sinais de *sugestão*. A opinião deve ser, rigorosamente, do *próprio público* e, não raro, é extremamente difícil estabelecer e manter tal distinção. No presente caso, parece-me que essa 'opinião pública', com respeito a um bando de malfeitores, foi inspirada pelo acontecimento à parte, descrito no terceiro dos meus recortes. Toda Paris está emocionada pela descoberta do cadáver de Marie, jovem conhecida e bela. O corpo é encontrado, apresentando sinais de violência, a boiar no rio. Mas sabe-se que, na mesma época em que se supõe que a jovem tenha sido assassinada, um crime de natureza semelhante, embora menos perverso, foi cometido, por um bando de jovens delinquentes, contra outra jovem. Acaso é de estranhar que o primeiro crime conhecido tenha influenciado o juízo popular com respeito ao segundo, cujos pormenores não foram ainda desvendados? Esse juízo esperava uma direção, e o atentado cometido parecia proporcioná-lo de maneira oportuna! Marie, também, foi encontrada no rio – no mesmo rio em que aconteceu o outro crime conhecido. A relação entre os dois acontecimentos tinha em si algo de tão palpável que o estranho seria que o povo deixasse de percebê-lo e de apegar-se a tal ideia. Mas, na verdade, um dos crimes, conhecido tal como foi praticado, é indício de que o outro, cometido quase que na mesma ocasião, *não* foi perpetrado da mesma maneira. Teria sido, portanto, um milagre, se um bando de vagabundos tivesse cometido, em determinado local, um crime inaudito, e que outro bando semelhante, em local idêntico, na mesma cidade, nas mesmas circunstâncias e do mesmo modo, se entregasse a um delito precisamente igual, exatamente na mesma ocasião! Não obstante, em que outra coisa, senão nessa maravilhosa série de coincidências, poderia a opinião pública, acidentalmente *sugestionada*, levar-nos a acreditar?

"Antes de prosseguir, consideremos a suposta cena do assassínio, em meio do matagal, na Barrière du Roule. Esse matagal, embora denso, ficava bem junto da estrada pública. No meio dele, havia três ou quatro pedras grandes, formando uma espécie de assento, com encosto e escabelo. Na pedra superior foi encontrada uma anágua; na segunda, uma *écharpe* de seda.

Foram encontrados, ainda, uma sombrinha, um par de luvas e um lenço. Este, tinha bordado o nome "Marie Rogêt". Nos arbustos, em torno, viam-se pedaços do vestido. O solo estava pisado, os ramos partidos, revelando sinais de luta violenta.

"Apesar de todo o sensacionalismo com que a imprensa noticiou a descoberta desse matagal e da unanimidade com que se supôs que aquele fosse o local do crime, temos de admitir que há boa razão para se duvidar disso. Que esse tenha sido o *local* do crime, é coisa em que posso ou não acreditar – embora haja excelente motivo para dúvida. Se o *verdadeiro* local se encontrasse, como o indica *Le Commerciel*, nas imediações da Rua Pavée Saint-Andrée, os autores do crime, supondo-se que residam em Paris, teriam receado, naturalmente, que a opinião pública se dirigisse, de maneira direta, para a verdadeira pista. Em certos espíritos teria surgido, imediatamente, a ideia da necessidade de algum esforço no sentido de desviar tal atenção. Como o matagal da Barrière du Roule já havia despertado suspeitas, a ideia de colocar os objetos no sítio em que foram encontrados pode muito bem ter ocorrido aos criminosos. Não existe prova alguma, ainda que pese a opinião do *Le Soleil*, de que os referidos objetos tenham permanecido mais do que alguns dias no matagal – ao passo que é muito pouco provável que lá tenham permanecido, sem despertar atenção, durante os vinte dias decorridos entre o domingo fatal e a tarde em que os meninos os encontraram. 'Estavam todos embolorados pela ação da chuva', diz *Le Soleil*, adotando a opinião dos jornais que se manifestaram antes, 'e grudados entre si devido ao *mofo*. A relva crescera em torno, cobrindo-os em parte. A seda da sombrinha conservara-se forte, mas as varetas estavam fechadas e a parte superior, à qual o tecido se achava ligado, sofrera os efeitos da umidade, rasgando-se quando a sombrinha fora aberta.' Quanto ao fato de a relva haver 'crescido em torno, cobrindo-os em parte', é evidente que isso só pode ser verificado pelas palavras e, por conseguinte, pela lembrança dos dois meninos, pois estes removeram os objetos e os levaram para casa, antes que tais objetos fossem vistos por qualquer outra pessoa. Mas a relva, sobretudo quando o tempo é quente e úmido (como aquele em que o crime foi cometido), pode crescer até 5 ou 7 centímetros num único dia. Uma sombrinha caída sobre um relvado recém-aparado poderia, numa única semana, ficar inteiramente oculta devido o crescimento da relva. Quanto ao mofo, sobre o qual o redator do *Le Soleil* insiste tanto, a ponto de empregar a palavra várias vezes, podia-se perguntar: será que ele realmente desconhece sua natureza? Será necessário dizer-lhe que existe uma, dentre as muitas classes de *fungus*, cuja característica mais comum é a de crescer e morrer dentro de 24 horas?

"Vemos, pois, num relance, que o que se aduziu triunfantemente à ideia de que os objetos se encontravam no matagal 'pelo menos durante três ou quatro semanas' é completamente nulo como elemento de prova. Por outro lado, é muitíssimo difícil de se acreditar que tais objetos tenham permanecido no referido matagal durante mais de uma semana – durante um período maior do que o que vai de um domingo a outro. Os que conhecem um pouco os arredores de Paris sabem da enorme dificuldade que se tem para encontrar um lugar *isolado*, a menos que seja muito distante de seus subúrbios. Algum lugar assim como um recanto inexplorado ou, mesmo, pouco frequentado, entre os bosques e jardins, é coisa que não se pode imaginar um momento sequer. Qualquer verdadeiro amante da natureza, condenado por seus deveres à poeira e ao calor dessa grande metrópole, que procure saciar sua sede de solidão, mesmo durante os dias da semana, entre as belezas naturais e campestres que nos cercam, deparará, a cada passo – fazendo com que o seu crescente encantamento se dissipe –, com o vozerio ou a intrusão de grupos de malandros ou bêbedos ruidosos. Procurará estar a sós entre as mais densas vegetações. Em vão! É aí que pululam as criaturas mais sórdidas: são esses os templos mais profanados por tal gente. Com o coração cheio de desencanto, tornará de novo à contaminada Paris, como se voltasse a um poço de corrupção menos incongruente e, por conseguinte, menos odioso. Se os arredores da cidade se acham assim tão infestados durante os dias de trabalho, como não estarão aos domingos! É principalmente então que, livre das exigências do trabalho, ou privado das oportunidades habituais para o crime, o malandro da cidade procura os arredores da capital, não por amor à natureza campestre, que, no íntimo de seu coração, despreza, mas como um meio de fuga às repressões e convenções sociais. Não deseja o ar puro e o verde das árvores, mas a *liberdade* completa do campo. Então, na taberna de beira de estrada, ou à sombra dos bosques, entrega-se, sem que o vejam outros olhos senão os de seus companheiros, a todos os excessos de uma falsa alegria, filha da liberdade e do álcool. Não digo nada que não seja claramente evidente a qualquer observador imparcial, quando repito que o fato de os referidos objetos não terem permanecido descobertos, durante um período maior do que o que medeia de um domingo a outro, em qualquer *matagal* das vizinhanças de Paris, deve ser considerado como um verdadeiro milagre.

"Mas não nos faltam outros motivos para suspeitar que tais objetos foram colocados no matagal em questão com o objetivo de desviar a atenção do verdadeiro local do crime. Permita-me, antes de mais nada, pedir-lhe que atente na *data* em que os objetos foram encontrados. Relacione essa data com o quinto trecho que extraí dos jornais. Verificará que a descoberta ocorreu quase imediatamente após as comunicações urgentes enviadas aos vespertinos. Essas comunicações, redigidas de maneira diversa e procedentes, ao que parecia, de fontes diferentes, tendiam todas ao mesmo fim, isto é, dirigir a atenção para um bando de indivíduos, como sendo estes os autores do crime, e, também, para as imediações da Barrière du Roule, como tendo sido o local em que o crime ocorreu. O fato de os meninos terem encontrado os objetos em consequência dos referidos comunicados, ou que a opinião pública se tenha deixado orientar por ela, não é, naturalmente, o que pode surpreender-nos, mas pode-se muito bem supor que, se os meninos não encontraram *antes* os referidos objetos é porque estes não se achavam ainda no bosque, tendo sido lá colocados, em data posterior, ou em data pouco anterior à dos comunicados, pelos próprios assassinos, autores das comunicações.

"Esse pequeno bosque é estranho – bastante estranho, mesmo. Sua densidade é pouco comum. Ao centro de seus limites naturais, achavam-se três pedras extraordinárias, *formando um banco com encosto e escabelo*. E esse bosque, tão artístico, se achava próximo, *a poucos metros de distância*, da casa de madame Deluc, cujos filhos tinham o costume de examinar cuidadosamente os arbustos, à procura de cascas de sassafrás. Seria, acaso, temerário apostar mil contra um como não se passava *um dia* sem que pelo menos um desses meninos se escondesse nesse umbroso recanto e se sentasse, como um rei, nesse trono natural? Os que hesitassem em fazer tal aposta, ou não foram jamais meninos, ou esqueceram como é a natureza infantil. Repito: é sumamente difícil de se compreender de que maneira tais objetos poderiam ter permanecido nesse bosque, durante mais de um ou dois dias, sem que fossem descobertos. Por outro lado, existem bons motivos para se suspeitar, apesar da ignorância dogmática do *Le Soleil*, que foram lá colocados em data relativamente tardia.

"Mas há ainda outras razões mais fortes do que todas as que acabo de expor, para que se acredite que foram lá depositados. Permita-me que chame agora a sua atenção para a maneira sumamente artificiosa como os objetos foram colocados. Na pedra *superior* estava a anágua; na *segunda*, a *écharpe* de seda; espalhados em torno, estavam a sombrinha, as luvas e o lenço em que se via o nome 'Marie Rogêt'. Eis aí um arranjo como o que seria feito por uma pessoa não muito sutil que desejasse dispor os objetos de uma maneira *natural*. Mas esse não é, de modo algum, um arranjo *realmente* natural. Eu teria preferido que *todas* essas coisas se achassem espalhadas pelo chão, e pisadas. Nos estreitos limites do bosquezinho, teria sido impossível que a anágua e a *écharpe* permanecessem em seu lugar, sobre as pedras, em meio de toda a agitação de pessoas em luta. 'Havia sinais de luta' – disse o jornal –, 'a terra estava pisada e os galhos partidos.' Mas, apesar disso, a anágua e a *écharpe* foram encontradas como se estivessem colocadas em prateleiras. 'Os pedaços do casaco rasgados pelos ramos tinham cerca de 7 centímetros de largura por 15 de comprimento. Uma parte era da barra e tinha sido remendada. *Pareciam tiras arrancadas.*' Aqui, inadvertidamente, *Le Soleil* empregou uma frase muito suspeita. Os pedaços, tal como o jornal os descreve, 'parecem tiras arrancadas'; mas arrancadas de propósito, por uma mão. É coisa muito rara que uma tira seja 'arrancada' de uma peça de vestuário como essa, unicamente devido a um *espinho*. Pela própria natureza de tais tecidos, um espinho ou um prego que se prenda a eles os rasga retangularmente – divide-os em duas tiras longitudinais, formando um ângulo reto desde o lugar em que o espinho penetra –, mas é quase impossível acreditar-se que um pedaço do tecido seja 'arrancado'. Nunca vi isso acontecer, como você também não deve ter visto. Para arrancar assim um pedaço de tecido é necessário que haja duas forças diferentes, agindo em sentido contrário. Se o tecido apresenta duas ourelas, como, por exemplo, um lenço, e se se desejar rasgar uma tira, então, e somente então, bastará se fazer força num único sentido. Mas, no presente caso, trata-se de um vestido, tendo apenas uma barra. Rasgar-se um pedaço do meio, que não apresenta lado algum, seria uma coisa que só por milagre vários espinhos poderiam fazer, mas nunca *um único* espinho. Mas, mesmo quando um tecido apresenta uma ourela, é preciso que haja, para isso, dois espinhos, agindo um num sentido e outro em sentido contrário. E isso supondo-se que não haja barra no tecido. Se houver, a questão está quase fora de cogitação. Portanto, numerosos e grandes obstáculos impedem que simples 'espinhos' arranquem tiras de um vestido. Não obstante, pretende-se que acreditemos que não apenas um pedaço, mas vários pedaços foram assim arrancados. E 'um desses pedaços *era da barra do casaco!*' O outro, *'uma parte da saia, mas não a barra'* – isto é, fora arrancado por completo, pelos espinhos, uma parte do meio e não da barra do vestido! Essas são coisas, digo eu, nas quais não é possível acreditar-se. Não obstante, se consideradas em conjunto, constituem, talvez, motivo de suspeita menos evidente do que o fato surpreendente de os objetos terem sido deixados no referido bosque pelos *criminosos*, que tiveram cautela suficiente para remover o cadáver do local. Você não me terá compreendido corretamente, porém, se supuser que é meu intento *negar* que esse tenha sido o local do assassínio. É possível que haja ocorrido alguma coisa de grave *nesse* local ou, possivelmente, algum acidente em casa de madame Deluc. Mas, na verdade, este é um ponto pouco importante. Não é nosso intuito descobrir o lugar do crime, mas sim os seus autores. Apesar de sua minuciosidade, meus argumentos têm unicamente por objetivo, primeiro, demonstrar-lhe a insensatez das afirmações apressadas e positivas do *Le Soleil* e, em segundo lugar, conduzi-lo, sobretudo, pelo caminho mais lógico, a um outro ponto: verificar se o assassínio foi ou não obra de um *bando* de malfeitores.

"Continuaremos a examinar o caso partindo dos revoltantes pormenores apresentados pelo médico-legista que examinou o cadáver. Basta apenas que se diga que suas conclusões, quanto ao que se refere ao número dos supostos malfeitores, foram alvo de ridículo, dada sua falta absoluta de fundamentos, por parte de todos os anatomistas reputados de Paris. Não que o caso *não pudesse* ser assim inferido, mas por não haver terreno para tal inferência. Mas não haveria motivo para outras inferências?

"Reflitamos sobre os 'sinais de luta', e permita-me perguntar-lhe o que se supôs que tais sinais demonstravam. A existência de um bando. Mas não parecem demonstrar, antes, a inexistência de um bando? Que luta poderia ter havido – que luta tão violenta e demorada, a ponto de deixar sinais por todos os lados – entre uma jovem fraca e indefesa e o *bando* de malandros imaginado? Bastaria que alguns braços vigorosos a agarrassem silenciosamente, e tudo estaria consumado. A vítima ficaria inteiramente à mercê de seus assaltantes. Você certamente compreenderá que nossas razões contra esse pequeno bosque, considerado como o local do crime, não se dirigem senão contra a ideia de que o crime tenha sido praticado *por mais de um indivíduo*. Se imaginarmos que não houve mais do que *um único* autor do crime, podemos conceber – só assim podemos conceber – que tenha havido uma luta tão violenta e obstinada a ponto de deixar sinais aparentes.

"Outra coisa, ainda. Já me referi às suspeitas decorrentes do fato de que os objetos em questão tivessem podido permanecer no bosque em que foram encontrados. Parece quase impossível que essas provas do crime fossem lá deixadas acidentalmente. Houve suficiente presença de espírito (segundo se supõe) para que o corpo fosse removido; não obstante, uma prova ainda mais concludente que o próprio cadáver (cujas feições poderiam ter sido rapidamente apagadas pela decomposição) é deixada exposta claramente no local do crime. Refiro-me ao *nome* da morta. Se isso aconteceu acidentalmente, tal acidente não foi devido a um *bando* de indivíduos. Podemos imaginar tal coisa, como acidental, se se tratar apenas de um indivíduo. Senão, vejamos. Um indivíduo cometeu o crime. Está a sós com o fantasma da morta. Sente-se horrorizado ante o corpo inerte que tem à sua frente. A fúria de que estava possuído já passou, e há muito lugar, em seu coração, para o horror do ato que praticou. Não sente nada da confiança que a presença de vários indivíduos inspira. Está *sozinho* com a morta. Põe-se a tremer, desorientado. Não obstante, é preciso que se desfaça do cadáver. Carrega-o para o rio e deixa atrás de si as outras provas do crime, pois é difícil, senão impossível, carregar tudo de uma só vez – e será fácil voltar para apanhar o que foi deixado no local. Mas, em sua penosa caminhada até o rio, seus temores redobram de intensidade. Ruídos de vida seguem-lhe os passos. Uma dúzia de vezes, ouve ou imagina ouvir os passos de alguém que o observa. As próprias luzes da cidade o deixam perplexo. Apesar de tudo, depois de muitas e angustiosas paradas, atinge a margem do rio e livra-se de seu espantoso fardo – talvez mediante o emprego de um barco. Mas, *agora*, qual o tesouro existente no mundo – qual o fio de ódio que ainda pudesse sentir – teria o poder de fazer com que voltasse sobre seus passos, através daquele caminho exaustivo e perigoso, até o pequeno bosque, cuja lembrança lhe faz gelar o sangue nas veias? *Não* volta, quaisquer que sejam as consequências que possam advir. *Não poderia* voltar, mesmo que quisesse. Seu único pensamento é fuga imediata. Volta as costas para *sempre* àqueles terríveis arbustos, e foge como se o diabo o perseguisse.

"Mas se se tratasse de um bando? A presença de muitos lhes teria inspirado confiança – e confiança, portanto, é coisa que sempre falta aos malandros refinados... É de supor-se que tais *bandos* sejam sempre compostos de refinados malfeitores. Seu número, repito, teria evitado o irrefletido pânico que, conforme imaginei, teria paralisado de terror a um único homem. Poderíamos supor que houvesse descuido em um, dois ou três indivíduos, mas tal descuido teria sido remediado por um quarto. Não teriam esquecido nada, pois seu número lhes teria permitido carregar *tudo* de uma só vez. Não teriam tido necessidade de *voltar*.

"Considere, agora, o fato de que da saia do cadáver encontrado havia sido 'arrancada, desde a barra até à cintura, uma tira de cerca de 30 centímetros de largura, a qual dava três voltas em torno da cintura e se achava amarrada, nas costas, por uma espécie de nó'. Isso foi feito com o propósito evidente de conseguir uma *alça* por meio da qual o corpo pudesse ser carregado.

Mas, se houvesse vários homens, teria algum deles pensado em lançar mão de tal expediente? Tratando-se de três ou quatro homens, os membros do cadáver teriam proporcionado não só meios suficientes para que o carregassem, mas, ainda, meios bastante cômodos. Esse nó foi coisa, pois, engendrada por um único indivíduo, e isso nos leva a considerar o fato de que 'entre o bosque e o rio as estacas da cerca foram arrancadas, sendo que o chão revelava sinais evidentes de que algum fardo pesado fora arrastado por ali!' Mas, se se tratasse de vários homens, teriam eles se dado ao trabalho inútil de derrubar uma cerca, tendo em vista arrastar através dela um corpo que poderiam muito bem ter erguido por cima da cerca num instante? Um *bando* de criminosos teria arrastado um cadáver de modo a deixar *sinais* sobre o chão?

"E aqui devemos referir-nos a uma observação do *Le Commerciel* – uma observação que já foi, de certo modo, comentada por mim. 'Um pedaço de uma das anáguas da infortunada jovem' – diz esse jornal – 'foi rasgado, cingido em torno do pescoço e atado à nuca, provavelmente para impedir-lhe os gritos. Isso foi feito por indivíduos que não possuíam sequer lenços de bolso.'

"Como já disse antes, um verdadeiro patife não anda jamais *sem* lenço. Mas não é para esse fato que chamo agora, especialmente, a sua atenção. Que não foi devido à falta de um lenço, destinado ao fim imaginado por *Le Commerciel*, que essa mordaça foi empregada, é coisa que o lenço encontrado no bosque torna evidente – e que o objetivo não era 'impedir-lhe os gritos' também é coisa que surge à vista, por haver sido empregada, de preferência, essa tira, em vez de um lenço, que se prestaria melhor a tal fim. Mas o sumário se refere à tira em questão como tendo sido encontrada 'em torno do pescoço, colocada frouxamente e atada por forte nó'. Estas palavras são bastante vagas, mas diferem materialmente das usadas por *Le Commerciel*. A tira tinha 45 centímetros de largura e, por conseguinte, embora de musselina, formaria, bem enrolada, uma espécie de corda bastante forte. E estava enrolada, quando a encontraram. Minha dedução é a seguinte: o criminoso solitário, tendo carregado o corpo até uma certa distância (partindo ou não do bosque), valendo-se da tira amarrada em torno da cintura da vítima, viu que o peso, dessa maneira, era demasiado para suas forças. Resolveu, então, *arrastar* o corpo – e os sinais encontrados mostram que ele foi arrastado. Para conseguir tal propósito, era necessário atar algo assim como uma corda a uma das extremidades e, de preferência, em torno do pescoço, pois a cabeça impediria que o cadáver se desprendesse. O assassino pensou, então, evidentemente, na tira que cingia a cintura da vítima. Teria feito isso, não fosse pelo fato de a tira se achar enrolada em torno do cadáver e presa por apertado nó, além de não ter sido 'arrancada' completamente do vestido. Era-lhe mais fácil arrancar uma nova tira da anágua. Arrancou-a, amarrou-a em torno do pescoço e, desse modo, *arrastou* sua vítima até o rio. O fato de essa 'tira', conseguida com esforço e demora – e que só imperfeitamente atendia à sua finalidade –, ter sido empregada demonstra que a necessidade de seu emprego surgiu de circunstâncias ocorridas num momento em que o lenço não estava mais ao alcance do criminoso – isto é, surgiu, como imaginamos, depois de ele haver deixado o bosque (se é que o crime ocorreu no bosque), quando já se encontrava a meio caminho entre o referido bosque e o rio.

"Mas as declarações de madame Deluc, dirá você, se referem especialmente à presença de um *bando* de indivíduos nas imediações do bosque na ocasião ou cerca da ocasião em que foi cometido o crime. De acordo. Acreditaria, mesmo, que havia uma *dúzia* de bandos como o que madame Deluc descreveu, e que se encontravam nas vizinhanças da Barrière du Roule na ocasião – ou mais ou menos na ocasião – em que ocorreu a tragédia. Mas o bando que atraiu sobre si a frisada animadversão de madame Deluc, embora sua declaração seja um tanto tardia e muito suspeitosa, foi o *único* bando a que essa honesta e escrupulosa senhora se referiu como tendo comido os seus bolos e engolido o seu conhaque, sem que se desse ao trabalho de efetuar qualquer pagamento. *Et hinc illæ iræ?*

"Mas quais os termos precisos das declarações de madame Deluc? Um bando de patifes aparece no lugar, comporta-se mal, ruidosamente, come e bebe sem pagar, seguindo depois na mesma direção do rapaz e da jovem. Ao *escurecer*, outra vez todos voltam à estalagem e tornam a atravessar o rio apressadamente.

"Ora, esse 'apressadamente' bem pode ter parecido mais *apressado* aos olhos de madame Deluc, posto que ficou a lamentar-se devido ao prejuízo que teve com os bolos e a cerveja, uma vez que poderia ainda alimentar uma vaga esperança de que talvez lhe pagassem. De outro modo, que razão teria ela para referir-se a tal *pressa*, já que era *quase noite*? Não é de causar surpresa que mesmo um bando de arruaceiros se *apressasse* em voltar para casa, quando teria de atravessar um largo rio em pequenos barcos, num momento em que era iminente uma tempestade e em que a noite se *aproximava*.

"Digo que a noite *se aproximava* porque *não era* ainda noite. Foi ao *anoitecer* que a pressa indecente daqueles 'patifes' ofendeu os graves olhos de madame Deluc. Mas sabemos que foi nessa mesma noite que madame Deluc e o seu filho mais velho 'ouviram gritos de mulher nas vizinhanças da estalagem'. E com que palavras madame Deluc designa a hora em que tais gritos foram ouvidos? 'Foi *logo depois do anoitecer*' – diz ela. Mas 'logo *depois* do anoitecer' está, pelo menos, *escuro* – ao passo que, 'ao anoitecer', há ainda alguma claridade. Fica, pois, positivamente claro que o bando deixou a Barrière du Roule *antes* de os gritos serem ouvidos por madame Deluc. Embora, nos numerosos informes constantes do processo, estas duas expressões sejam clara e invariavelmente empregadas tal como eu as empreguei em nossa conversa, ninguém, quer os jornalistas, quer os beleguins da polícia, notou aí qualquer incongruência.

"Aduzirei apenas um argumento contra a existência de um bando envolvido neste crime, mas esse argumento tem, pelo menos para mim, uma força quase irresistível. Diante da grande quantia oferecida e do pleno perdão prometido a quem delatar os seus cúmplices, não se pode imaginar, sequer por um momento, que algum membro de *um bando* miserável de malfeitores, ou de uma associação de homens de qualquer espécie, já não tivesse, há muito, traído os seus camaradas. Cada um dos membros de um bando, diante de uma coisa dessas, não se sente tão ansioso de obter a recompensa ou ansioso por escapar, mas sim *receoso de traição*. Trai logo e afoitamente, *a fim de que ele próprio não seja traído*. O fato de o segredo não haver sido divulgado é a melhor prova de que se trata, na verdade, de um segredo. Os horrores desse caso tenebroso só são do conhecimento de *um* ou dois seres humanos – e de Deus.

"Resumamos, agora, os fatos, pobres, é verdade, mas positivos, de nossa longa análise. Chegamos à suposição de que se trata de um acidente fatal, ocorrido sob o teto de madame Deluc, ou de um crime perpetrado, no bosque da Barrière du Roule, por um amante, ou, pelo menos, por um amigo íntimo e secreto da vítima. Esse amigo é de tez morena, o que, aliado ao 'nó corredio' e à fita do gorro, indica um marinheiro. Sua amizade com a vítima – jovem alegre, mas não corrupta – revela que se trata de um superior a um marinheiro comum. As comunicações bem escritas e urgentes enviadas aos jornais corroboram tal suposição. As circunstâncias da primeira fuga, conforme foram noticiadas por *Le Mercurie*, fazem com que relacionemos tal marinheiro com o 'oficial naval' já conhecido por haver feito com que a jovem e desventurada Marie incorresse em falta.

"E aqui cabe, perfeitamente, uma outra consideração: a que se refere à prolongada ausência do homem moreno. Observemos que se trata de um indivíduo de rosto moreno, tisnado, e que a cor de sua tez constitui o *único* ponto de referência de

Valence e madame Deluc. Mas por que se acha esse homem ausente? Foi, acaso, assassinado pelo bando? Se assim ocorreu, por que razão existem apenas *sinais* da jovem assassinada? O local de ambos os crimes seriam supostamente o mesmo. E onde está o outro cadáver? Os assassinos, provavelmente, teriam disposto ambos os corpos da mesma maneira. Mas pode-se dizer que esse homem está vivo, não se dando a conhecer unicamente por receio de que o acusem do crime. Esta última consideração poderia supostamente ter-lhe ocorrido recentemente, já que uma testemunha declarou tê-lo visto em companhia de Marie, mas não lhe teria ocorrido na ocasião em que o crime foi perpetrado. O primeiro impulso de um inocente teria sido o de denunciar o crime, ajudando a identificar os criminosos. Assim o aconselharia o seu próprio interesse. Fora visto em companhia da jovem. Atravessara o rio com ela num *ferry-boat* aberto. Mesmo a um idiota a denúncia dos assassinos teria parecido o único meio seguro de afastar suspeitas. Não podemos supor que, na noite daquele domingo fatal, ele estivesse inocente e ignorasse o crime cometido. Não obstante, só em tais circunstâncias seria possível imaginar-se que ele, se estivesse vivo, deixaria de denunciar os assassinos.

"Que meios dispomos para chegar à verdade? Encontraremos tais meios multiplicando-os e tornando-os mais claros à medida que prosseguirmos. Vamos peneirar desde o fundo esse caso da primeira fuga. Conheçamos toda a história do 'oficial naval', analisando os fatos atuais e os passos dele no momento preciso do crime. Comparemos cuidadosamente entre si as várias comunicações enviadas ao vespertino, e cujo objetivo era inculpar um *bando* de indivíduos. Feito isso, confrontemos tais informações, tanto com respeito ao estilo quanto à letra, com as que foram enviadas ao matutino, em época anterior, insistindo veementemente em apontar Mennais como culpado. Depois de feito tudo isso, comparemos essas várias comunicações com a letra do referido oficial. Procuremos verificar, mediante repetidos interrogatórios de madame Deluc e seus filhos, bem como do motorista de ônibus, Valence, alguma coisa mais a respeito do aspecto pessoal do 'homem de tez morena'. Os interrogatórios, feitos com habilidade, não deixarão de proporcionar, partindo dessas pessoas, informações sobre esse ponto particular (bem como sobre outros) – informações que essas próprias pessoas podem não saber que possuem. E procuremos localizar o *barco* retirado pelo barqueiro na manhã de segunda-feira, dia 23 de junho, e que, por descuido do funcionário responsável pelo serviço de barcas, desapareceu, *sem leme*, em ocasião pouco anterior à descoberta do cadáver. Com um pouco de cautela e perseverança, encontraremos, infalivelmente, tal barco, pois não só o barqueiro que o recolheu poderá identificá-lo, como, ainda, devido ao fato de *ter em seu poder o leme*. O leme de *um barco de vela* não teria sido abandonado, sem qualquer providência no sentido de reavê-lo, por alguém que tivesse o coração inteiramente tranquilo. E deixe que me detenha, aqui, a fim de insinuar uma questão. Não houve *anúncio* algum quanto ao recolhimento desse barco. Foi silenciosamente recolhido pelo encarregado da navegação – e silenciosamente removido. Mas seu proprietário ou empregado, de que modo poderia, já na terça-feira pela manhã, sem ser por meio de um anúncio, ser informado do lugar para onde fora levado o barco na segunda-feira, a menos que imaginemos alguma ligação com a *marinha* – alguma ligação pessoal permanente, que o pusesse a par das menores coisas, dos mais insignificantes acontecimentos locais?

"Ao referir-me à necessidade que o assassino solitário teve de arrastar o cadáver para o rio, já sugeri a probabilidade de ele ter-se valido de *um barco*. Ora, somos levados a crer que Marie Rogêt *foi* lançada de um barco. Foi isso, naturalmente, o que aconteceu. O criminoso não podia confiar o corpo às águas pouco profundas da margem do rio. As marcas encontradas nas costas e ombros da vítima fazem com que pensemos nas madeiras transversais existentes no fundo de um barco. O fato de o corpo haver sido lançado à água sem que se lhe atasse peso algum também corrobora essa ideia. Se houvesse sido lançado da terra, seria atado um peso. Só podemos justificar essa falta supondo que o criminoso não tomou tal precaução antes de arrastar o cadáver para o rio. No ato de lançar o corpo à água, notaria, sem dúvida, essa sua distração; mas, então, já não haveria remédio. Qualquer risco seria preferível a voltar àquele maldito lugar. Uma vez livre de sua medonha carga, o criminoso deve ter voltado apressadamente para a cidade. Lá, deve ter descido em algum ancoradouro deserto. Mas e o barco? Teria pensado em amarrá-lo? Estaria, decerto, muito apressado para fazê-lo. Ademais, ao amarrá-lo ao desembarcadouro, teria pensado que isso poderia constituir uma prova contra ele. Seu pensamento teria sido o de afastar de si, tão longe quanto possível, tudo o que tivesse qualquer ligação com o crime. Teria não apenas fugido do desembarcadouro, mas também evitado que o *barco* lá permanecesse. Lançou-o, sem dúvida, à deriva.

"Prossigamos em nossas suposições. Na manhã seguinte, o infeliz é tomado de inenarrável pavor ao saber que o barco foi localizado e detido num local por ele frequentado diariamente... num local que talvez os seus deveres o obriguem a frequentar. À noite, *sem ousar perguntar pelo leme*, remove o barco. Muito bem. *Onde* se encontra, agora, esse barco sem leme? Nosso primeiro objetivo será descobri-lo. Com o primeiro vislumbre que conseguirmos obter do barco, começará, para nós, a pista que nos conduzirá ao êxito. Esse barco nos guiará, com uma rapidez que a nós próprios causará surpresa, à pessoa que o usou na noite daquele sábado fatal. A confirmação aumentará com a própria confirmação, e o criminoso será descoberto."

Por razões que não especificaremos, mas que a muitos leitores parecerão evidentes, tomamos a liberdade de omitir, do manuscrito chegado às nossas mãos, a parte pormenorizada da investigação que se seguiu aos indícios aparentemente sem importância a que Dupin conseguiu chegar. Julgamos apenas oportuno declarar que o resultado desejado se verificou, e que o delegado de polícia, embora com relutância, cumpriu os termos de seu contrato com o cavalheiro. O artigo de Mr. Poe conclui assim:[24]

> Será facilmente compreendido que falo de simples coincidências e *nada mais*. Deve bastar o que já disse sobre este assunto. Não creio, de modo algum, no sobrenatural. Nenhum homem que pense poderá negar que a natureza e o Deus que a criou constituem um todo único. Que este, criando aquela, pode, à vontade, governá-la ou modificá-la é coisa também fora de dúvida. Digo "à vontade" porque se trata de uma questão de vontade e não de poder, como a lógica insensata tem suposto. Não que a divindade *não possa* modificar suas leis, mas sim que, imaginando uma possível necessidade de modificação, a insultamos. Em sua origem, essas leis foram criadas para abranger *todas* as contingências que *pudessem* achar-se no futuro. Para Deus, tudo é *presente*.
>
> Repito, pois, que falo destas coisas apenas como coincidências. Mais ainda: será visto, no que relato, motivo de sobra para estabelecer-se um paralelo, cuja extraordinária exatidão nos confunde, entre o destino da infortunada Mary Cecilia Rogers, até o ponto em que nos foi dado conhecê-lo, e o destino de uma tal Marie Rogêt, até determinada época de sua história. Digo que tudo isso se tornará patente. Mas não se suponha sequer um momento que, ao prosseguir na triste história de Marie desde o ponto em questão, e continuando até o desvendamento do mistério que a envolvia, tive o intuito secreto de sugerir uma extensão de tal paralelo ou de

---

[24] Nota dos editores da revista em que este artigo foi originalmente publicado.

insinuar que as medidas adotadas em Paris para a descoberta do assassino de uma *grisette*, ou quaisquer outras medidas baseadas num método de raciocínio semelhante, haveriam de produzir quaisquer resultados semelhantes.

Porque, quanto ao que diz respeito à última parte da suposição, haveria necessidade de se considerar que as mais insignificantes variações dos elementos dos dois casos poderiam dar margem a graves erros de cálculo, desviando por completo o curso de ambos os acontecimentos. Do mesmo modo que um erro em aritmética, considerado isoladamente, pode ser imperceptível, acabará, no fim, pela força acumulativa da multiplicação, por produzir um resultado que se afasta inteiramente da verdade. E, quanto ao que se refere à primeira parte, não devemos deixar de ter em mente que o próprio cálculo das probabilidades por mim invocado proíbe toda ideia de extensão de tal paralelo – e o proíbe de maneira rigorosa e cabal, tanto mais que esse paralelo já foi estendido e é exato. Esta é uma dessas proposições anômalas que, embora pareça pertencer a um domínio do pensamento que nada tem a ver com a matemática, é, não obstante, uma proposição que só pode ser devidamente apreciada pelos matemáticos. Nada, por exemplo, é mais difícil do que convencer um leitor comum de que o fato de haver saído dois seis seguidos num jogo de dados é coisa mais do que suficiente para se fazer uma grande aposta de que não sairá nenhum seis na terceira tentativa. Em geral, uma opinião como esta é imediatamente rejeitada. Não se pode compreender de que maneira duas jogadas já terminadas, e que já são coisa inteiramente do passado, possam ter influência sobre um lance que existe unicamente no futuro. A possibilidade de que não saia um seis parece ser precisamente a que existia em qualquer momento – isto é, estar sujeita apenas à influência dos outros vários lances que possam ser feitos. E esta é uma reflexão aparentemente tão óbvia, que quaisquer tentativas no sentido de contradizê-la são recebidas, quase sempre, antes com um sorriso de mofa do que com algo que se assemelhe a uma atenção respeitosa. O erro que isso encerra – um grande erro cheio de malícia – não pode ser por mim exposto dentro do espaço de que disponho no momento e, quanto ao que se refere às pessoas de espírito filosófico, não há necessidade de que seja exposto. Bastará que se diga que constitui uma dentre a infinita série de equívocos com que a razão tropeça em seu caminho, devido à sua propensão de procurar a verdade *nos pormenores*.

9
A carta roubada

Nil sapientiae odiosius acumine nimio.[1]

SÊNECA

Em Paris, justamente depois de escura e tormentosa noite, no outono do ano 18..., desfrutava eu do duplo luxo da meditação e de um cachimbo feito de espuma do mar, em companhia de meu amigo August Dupin, em sua pequena biblioteca, ou gabinete de leitura, situado no terceiro andar da Rua Dunôt, 33, Faubourg Saint-Germain. Durante uma hora, pelo menos, mantínhamos profundo silêncio; cada um de nós, aos olhos de algum observador casual, teria parecido intensa e exclusivamente ocupado com as volutas de fumaça que tornavam densa a atmosfera do aposento. Quanto a mim, no entanto, discutia mentalmente certos tópicos que haviam constituído o assunto da conversa entre nós na primeira parte da noite. Refiro-me ao caso da Rua Morgue e ao mistério que envolvia o assassínio de Marie Rogêt. Pareceu-me, pois, algo assim como uma coincidência, quando a porta de nosso apartamento se abriu e entrou o nosso velho conhecido, monsieur G..., delegado de polícia de Paris.

Recebemo-lo com cordialidade, pois havia nele tanto de desprezível como de divertido, e não o víamos havia já vários

---
[1] Nada é mais repulsivo à sabedoria que a astúcia excessiva. (*N. do T.*)

anos. Tínhamos estado sentados no escuro e, à entrada do visitante, Dupin se ergueu para acender a luz, mas sentou-se de novo sem o fazer, depois que G... nos disse que nos visitava para consultar-nos, ou melhor, para pedir a opinião de meu amigo, sobre alguns casos oficiais que lhe haviam causado grandes transtornos.

– Se se trata de um caso que requer reflexão – disse Dupin, desistindo de acender a mecha –, será melhor examinado no escuro.

– Essa é outra de suas estranhas ideias – comentou o delegado, que tinha o costume de chamar "estranhas" todas as coisas que estavam além de sua compreensão e que, desse modo, vivia em meio de uma legião inteira de "estranhezas".

– Exatamente – disse Dupin, enquanto oferecia um cachimbo ao visitante e empurrava para junto dele uma confortável poltrona.

– E agora qual é a dificuldade? – perguntei. – Espero que não seja nada que se refira a assassínios.

– Oh, não! Nada disso! Trata-se, na verdade, de um caso muito *simples*, e não tenho dúvida de que podemos resolvê-lo satisfatoriamente. Mas, depois, pensei que Dupin talvez gostasse de conhecer alguns de seus pormenores, que são bastante *estranhos*.

– Um caso simples e estranho – comentou Dupin.

– Sim, com efeito; mas, por outro lado, não é nem uma coisa nem outra. O fato é que todos nós ficamos muito intrigados, pois, embora *tão simples*, o caso escapa inteiramente à nossa compreensão.

– Talvez seja a sua própria simplicidade que os desorienta – disse o meu amigo.

– Ora, que tolice! – exclamou o delegado, rindo cordialmente.

– Talvez o mistério seja um pouco *simples demais* – disse Dupin.

– Oh, Deus do céu! Quem já ouviu tal coisa?
– Um pouco *evidente demais*.
O delegado de polícia prorrompeu em sonora gargalhada, divertindo-se a valer:
– Oh, Dupin, você ainda acaba por me matar de riso!
– E qual é, afinal de contas, o caso em apreço? – perguntei.
– Pois, eu lhes direi – respondeu o delegado, refestelando-se na poltrona, enquanto tirava longa e meditativa baforada do cachimbo. – Direi tudo em poucas palavras; mas, antes de começar, permitam-me recomendar que este caso exige o maior sigilo. Perderia, provavelmente, o lugar que hoje ocupo se soubessem que eu o confiei a alguém.
– Continue – disse eu.
– Ou não diga nada – acrescentou Dupin.
– Bem. Recebi informações pessoais, de fonte muito elevada, de que certo documento de máxima importância foi roubado dos aposentos reais. Sabe-se quem foi a pessoa que o roubou. Quanto a isso, não há a menor dúvida; viram-na apoderar-se dele. Sabe-se, também, que o documento continua em poder da referida pessoa.
– Como se sabe disso? – indagou Dupin.
– É coisa que se deduz claramente – respondeu o delegado – pela natureza de tal documento e pelo fato de não terem surgido certas consequências que surgiriam incontinente se o documento não estivesse ainda em poder do ladrão, isto é, se já houvesse sido utilizado com o fim que este último se propõe.
– Seja um pouco mais explícito – pedi.
– Bem, atrevo-me a dizer que esse documento dá a quem o possua um certo poder, num meio em que tal poder é imensamente valioso.
O delegado apreciava muito as tiradas diplomáticas.
– Ainda não entendo bem – disse Dupin.
– Não? Bem. A exibição desse documento a uma terceira pessoa, cujo nome não mencionarei, comprometeria a honra

de uma personalidade da mais alta posição, e tal fato concede à pessoa que possui o documento ascendência sobre essa personalidade ilustre, cuja honra e tranquilidade se acham, assim, ameaçadas.

– Mas essa ascendência – intervi – depende de que o ladrão saiba que a pessoa roubada o conhece. Quem se atreveria...

– O ladrão – disse G... – é o Ministro D..., que se atreve a tudo, tanto ao que é digno como ao que é indigno de um homem. O meio pelo qual o roubo foi cometido é não só engenhoso como ousado. O documento em questão... uma carta, para sermos francos, foi recebida pela personalidade roubada quando esta se encontrava a sós em seu *boudoir*. Quando a lia, foi subitamente interrompida pela entrada de outra personalidade de elevada posição, de quem desejava particularmente ocultar a carta. Após tentar à pressa, e em vão, metê-la numa gaveta, foi obrigada a colocá-la, aberta como estava, sobre uma mesa. O sobrescrito, porém, estava em cima e o conteúdo, por conseguinte, ficou resguardado. Nesse momento, entra o Ministro D... Seus olhos de lince percebem imediatamente a carta, e ele reconhece a letra do sobrescrito, observa a confusão da destinatária e penetra em seu segredo. Depois de tratar de alguns assuntos, na sua maneira apressada de sempre, tira do bolso uma carta parecida com a outra em questão, abre-a, finge lê-la e, depois, coloca-a bem ao lado da primeira. Torna a conversar, durante uns quinze minutos, sobre assuntos públicos. Por fim, ao retirar-se, tira de sobre a mesa a carta que não lhe pertencia. Sua verdadeira dona viu tudo, certamente, mas não ousou chamar-lhe a atenção em presença da terceira personagem que se achava ao seu lado. O ministro retirou-se, deixando a sua própria carta – uma carta sem importância – sobre a mesa.

– Aí você tem – disse-me Dupin – exatamente o que seria necessário para tornar completa tal ascendência: o ladrão sabe que a pessoa roubada o conhece.

— Sim – confirmou o delegado –, e o poder conseguido dessa maneira tem sido empregado, há vários meses, para fins políticos, até um ponto muito perigoso. A pessoa roubada está cada dia mais convencida de que é necessário reaver a sua carta. Mas isso, por certo, não pode ser feito abertamente. Por fim, levada ao desespero, encarregou-me dessa tarefa.

— Não lhe teria sido possível, creio eu – disse Dupin, em meio de uma perfeita espiral de fumaça –, escolher ou sequer imaginar um agente mais sagaz.

— Você me lisonjeia – respondeu o delegado –, mas é possível que haja pensado mais ou menos nisso.

— Está claro, como acaba de observar – disse eu –, que a carta se encontra ainda em poder do ministro, pois que é a posse da carta, e não qualquer emprego dela, que lhe confere poder. Se ele a usar, o poder se dissipa.

— Certo – concordou G... –, e foi baseado nessa convicção que principiei a agir. Meu primeiro cuidado foi realizar uma pesquisa completa no hotel em que mora o ministro. A principal dificuldade reside no fato de ser necessário fazer tal investigação sem que ele saiba. Além disso, preveniram-me do perigo, caso ele venha a suspeitar de nosso propósito.

— Mas – disse eu – o senhor está perfeitamente a par dessas investigações. A polícia parisiense já fez isso muitas vezes, anteriormente.

— É verdade. Por essa razão, não desesperei. Os hábitos do ministro me proporcionam, ademais, uma grande vantagem. Com frequência, passa a noite toda fora de casa. Seus criados não são numerosos. Dormem longe do apartamento de seu amo e, como quase todos são napolitanos, não é difícil fazer com que se embriaguem. Como sabe, tenho chaves que podem abrir qualquer aposento ou gabinete em Paris. Durante três meses, não houve uma noite sequer em que eu não me empenhasse, pessoalmente, em esquadrinhar o Hotel D.... Minha honra está em jogo e, para mencionar um grande segredo, a recompensa é enorme, de modo que não abandonarei as pesquisas enquanto não me convencer inteiramente de que o ladrão é mais astuto do que eu. Creio haver investigado todos os cantos e esconderijos em que o papel pudesse estar oculto.

– Mas não seria possível – lembrei – que, embora a carta possa estar em poder do ministro, como indiscutivelmente está, ele a tenha escondido em outro lugar que sua própria casa?

– É pouco provável – respondeu Dupin. – A situação atual, particularíssima, dos assuntos da corte e, principalmente, as intrigas em que, como se sabe, D... anda envolvido, fazem da eficácia imediata do documento – da possibilidade de ser apresentado a qualquer momento – um ponto quase tão importante quanto a sua posse.

– A possibilidade de ser apresentado? – perguntei.

– O que quer dizer ser destruído – disse Dupin.

– É certo – observei. – Não há dúvida de que o documento se encontra nos aposentos do ministro. Quanto a estar com sua própria pessoa, guardado em seus bolsos, é coisa que podemos considerar como fora da questão.

– Certamente – disse o delegado. – Por duas vezes, já fiz com que fosse revistado, sob minhas próprias vistas, por batedores de carteiras.

– Podia ter evitado todo esse trabalho – comentou Dupin. – D..., creio eu, não é inteiramente idiota e, assim, deve ter previsto, como coisa corriqueira, essas "revistas".

– Não é *inteiramente* tolo – disse G... –, mas é poeta, o que o coloca não muito distante de um tolo.

– Certo – assentiu Dupin, após longa e pensativa baforada de seu cachimbo –, embora eu também seja culpado de certos versos...

– Que tal se nos contasse, com pormenores, como se processou a sua busca? – sugeri.

– Pois bem. Examinamos, demoradamente, *todos os cantos*. Tenho longa experiência nessas coisas. Vasculhamos o edifício inteiro, quarto por quarto, dedicando as noites de toda uma semana a cada um deles. Examinamos, primeiro, os móveis de cada aposento. Abrimos todas as gavetas possíveis, e presumo que os senhores saibam que, para um agente de polícia devidamente treinado, não existem gavetas *secretas*. Seria um bobalhão aquele que permitisse que uma gaveta "secreta" escapasse à sua observação numa pesquisa como essa. A coisa é *demasiado* simples. Há um certo tamanho – um certo espaço – que se deve levar em conta em cada escrivaninha. Além disso, dispomos de regras precisas. Nem a quinquagésima parte de uma linha nos passaria despercebida. Depois das mesas de trabalho, examinamos as cadeiras. As almofadas foram submetidas ao teste das agulhas, que os senhores já me viram empregar. Removemos a parte superior das mesas.

– Para quê?

– Às vezes, a parte superior de uma mesa, ou de outro móvel semelhante, é removida pela pessoa que deseja ocultar um objeto; depois, a perna é escavada, o objeto depositado dentro da cavidade e a parte superior recolocada em seu lugar. Os pés e a parte superior das colunas das camas são utilizadas para o mesmo fim.

– Mas não se poderia descobrir a parte oca por meio de som? – perguntei.

– De modo algum, se o objeto lá colocado for envolto por algodão. Além disso, em nosso caso, somos obrigados a agir sem fazer barulho.

– Mas o senhor não poderia ter removido... não poderia ter examinado, peça por peça, *todos* os móveis em que teria sido possível ocultar algum coisa da maneira a que se referiu. Uma carta pode ser transformada em minúscula espiral, não muito diferente, em forma e em volume, a uma agulha grande de costura e, desse modo, pode ser introduzida na travessa de uma cadeira, por exemplo. Naturalmente, o senhor não desmontou todas as cadeiras, não é verdade?

– Claro que não. Mas fizemos melhor: examinamos as travessas de todas as cadeiras existentes no hotel e, também, as juntas de todas as espécies de móveis. Fizemo-lo com a ajuda de um poderoso microscópio. Se houvesse sinais de alterações recentes, não teríamos deixado de notar imediatamente. Um simples grão de pó de verruma, por exemplo, teria sido tão evidente como uma maçã. Qualquer alteração na cola – qualquer coisa pouco comum nas junturas – seria o bastante para chamar-nos a atenção.

– Presumo que examinaram os espelhos, entre as tábuas e os vidros, bem como as camas, as roupas de cama, as cortinas e os tapetes.

– Naturalmente! E depois de examinar desse modo, com a máxima minuciosidade, todos os móveis, passamos a examinar a própria casa. Dividimos toda a sua superfície em compartimentos, que eram por nós numerados, a fim de que nenhum pudesse ser esquecido. Depois, vasculhamos os aposentos palmo a palmo, inclusive as duas casas contíguas. E isso com a ajuda do microscópio, como antes.

– As duas casas contíguas?! – exclamei. – Devem ter tido muito trabalho!

– Tivemos. Mas a recompensa oferecida é, como já disse, muito grande.

– Incluíram também os *terrenos* dessas casas?

– Todos os terrenos são revestidos de tijolos. Deram-nos, relativamente, pouco trabalho. Examinamos o musgo existente entre os tijolos, e verificamos que não havia nenhuma alteração.

– Naturalmente, olharam também os papéis de D... E os livros da biblioteca?

– Sem dúvida. Abrimos todos os pacotes e embrulhos, e não só abrimos todos os volumes, mas os folheamos página por página, sem que nos contentássemos com uma simples sacudida, como é hábito entre alguns de nossos policiais. Medimos também a espessura de cada encadernação, submetendo cada uma delas ao mais escrupuloso exame microscópico. Se qualquer encadernação apresentasse sinais de que havia sofrido alteração recente, tal fato não nos passaria despercebido. Quanto a uns cinco ou seis volumes, recém-chegados das mãos do encadernador, foram por nós cuidadosamente examinados, em sentido longitudinal, por meio de agulha.

– Verificaram os assoalhos, embaixo dos tapetes?

– Sem dúvida. Tiramos todos os tapetes e examinamos as tábuas do assoalho com o microscópio.

– E o papel das paredes?

– Também.

– Deram uma busca no porão?

– Demos.

– Então – disse eu –, os senhores se enganaram, pois a carta *não está* na casa, como o senhor supõe.

– Temo que o senhor tenha razão quanto a isso – concordou o delegado. – E agora, Dupin, que é que você me aconselharia fazer?

– Uma nova e completa investigação na casa.

– Isso é inteiramente inútil – replicou G... – Não estou tão certo de que respiro como de que a carta não está no hotel.

– Não tenho melhor conselho para dar-lhe – disse Dupin. – O senhor, naturalmente, possui uma descrição precisa da carta, não é assim?

– Certamente!

E, tirando do bolso um memorando, o delegado de polícia pôs-se a ler, em voz alta, uma descrição minuciosa do aspecto interno e, principalmente, externo, do documento roubado. Logo depois de terminar a leitura, partiu, muito mais deprimido do que eu jamais o vira antes.

Decorrido cerca de um mês, fez-nos outra visita, e encontrou-nos entregues à mesma ocupação que na vez anterior. Apanhou um cachimbo e uma poltrona e passou a conversar sobre assuntos corriqueiros. Por fim, perguntei:

— Então, monsieur G..., que nos diz da carta roubada? Suponho que se convenceu, afinal, que não é coisa simples ser mais astuto que o ministro...

— Que o diabo carregue o ministro! — exclamou. — Sim, realizei, apesar de tudo, um novo exame, como Dupin sugeriu. Mas trabalho perdido, como eu sabia que seria.

— Qual foi a recompensa oferecida, a que se referiu? — indagou Dupin.

— Ora, uma recompensa muito grande... muito generosa... Mas não me agrada dizer quanto, precisamente. *Direi*, no entanto, que não me importaria de dar, de meu cheque, 50 mil francos a quem conseguisse obter essa carta. A verdade é que ela se torna, cada dia que passa, mais importante... e a recompensa foi, ultimamente, dobrada. Mas, mesmo que fosse triplicada, eu não poderia fazer mais do que já fiz.

— Pois sim — disse Dupin, arrastando as palavras, entre as baforadas de seu cachimbo de espuma —, realmente... Parece-me... no entanto... G... que não se esforçou ao máximo quanto a este assunto... Creio que poderia fazer um pouco mais, hein?

— Como? De que maneira?

— Ora (baforada), poderia (baforada) fazer uma consulta sobre este assunto, hein? (baforada). Lembra-se da história que se conta a respeito de Abernethy?

— Não. Que vá para o diabo Abernethy!

— Sim, que vá para o diabo e seja bem recebido! Mas, certa vez, um avarento rico concebeu a ideia de obter de graça uma consulta de Abernethy. Com tal fim, durante uma conversa entre um grupo de amigos, insinuou o seu caso ao médico, como se tratasse do caso de um indivíduo imaginário.

— "Suponhamos" — disse o avaro — "que seus sintomas sejam tais e tais. Nesse caso, que é que o doutor lhe aconselharia tomar?"

— "Tomar! Aconselharia, claro, que tomasse um conselho."

– Mas – disse o delegado, um tanto desconcertado –, estou inteiramente disposto a ouvir um conselho e a pagar por ele. Daria, *realmente*, 50 mil francos a quem quer que me ajudasse neste assunto.

– Nesse caso – respondeu Dupin, abrindo uma gaveta e retirando um talão de cheques –, pode preencher um cheque nessa quantia. Quando o houver assinado, eu lhe entregarei a carta.

Fiquei perplexo. O delegado parecia fulminado por um raio. Durante alguns minutos, permaneceu mudo e imóvel, olhando, incrédulo e boquiaberto, o meu amigo, com os olhos quase a saltar-lhe das órbitas. Depois, parecendo voltar, de certo modo, a si, apanhou uma caneta e, após várias pausas e olhares vagos, preencheu, finalmente, um cheque de 50 mil francos, entregando-o, por cima da mesa, a Dupin. Este o examinou cuidadosamente e o colocou na carteira; depois, abrindo uma escrivaninha, tirou dela uma carta e entregou-a ao delegado de polícia. O funcionário apanhou-a tomado como que de um espasmo de alegria, abriu-a com mãos trêmulas, lançou rápido olhar ao seu conteúdo e, depois, agarrando a porta e lutando por abri-la, precipitou-se, por fim, sem a menor cerimônia, para fora do recinto e da casa, sem proferir uma única palavra desde o momento em que Dupin lhe pediu para preencher o cheque.

Depois de sua partida, meu amigo deu algumas explicações.

– A polícia parisiense – disse ele – é extremamente hábil à sua maneira. Seus agentes são perseverantes, engenhosos, astutos e perfeitamente versados nos conhecimentos que seus deveres parecem exigir de modo especial. Assim, pois, quando G... nos contou, pormenorizadamente, a maneira pela qual realizou suas pesquisas no Hotel D..., não tive dúvida de que havia efetuado uma investigação satisfatória... até o ponto a que chegou o seu trabalho.

– Até o ponto a que chegou o seu trabalho? – perguntei.

– Sim – respondeu Dupin. – As medidas adotadas não foram apenas as melhores que podiam ser tomadas, mas realizadas com absoluta perfeição. Se a carta estivesse depositada dentro do raio de suas investigações, esses rapazes, sem dúvida, a teriam encontrado.

Ri, simplesmente – mas ele parecia haver dito tudo aquilo com a máxima seriedade.

– As medidas, pois – prosseguiu –, eram boas em seu gênero, e foram bem executadas; seu defeito residia em serem inaplicáveis ao caso e ao homem em questão. Um certo conjunto de recursos altamente engenhosos é, para o delegado, uma espécie de leito de Procusto, ao qual procura adaptar à força todos os seus planos. Mas, no caso em apreço, cometeu uma série de erros, por ser demasiado profundo ou demasiado superficial, e muitos colegiais raciocinam melhor do que ele. Conheci um garotinho de 8 anos cujo êxito como adivinhador, no jogo de "par ou ímpar", despertava a admiração de todos. Esse jogo é simples e se joga com bolinhas de vidro. Um dos participantes fecha na mão algumas bolinhas e pergunta ao outro se o número é par ou ímpar. Se o companheiro acerta, ganha uma bolinha; se erra, perde uma. O menino a que me refiro ganhou todas as bolinhas de vidro da escola. Naturalmente, tinha um sistema de adivinhação que consistia na simples observação e no cálculo da astúcia de seus oponentes. Suponhamos, por exemplo, que seu adversário fosse um bobalhão que, fechando a mão, lhe perguntasse: "Par ou ímpar?" Nosso garoto responderia "ímpar", e perderia; mas, na segunda vez, ganharia, pois diria com os seus botões: "Este bobalhão *tirou* par na primeira vez, e sua astúcia é apenas suficiente para que apresente um número ímpar na segunda vez. Direi, pois, "ímpar". Diz *ímpar* e ganha. Ora, com um simplório um pouco menos tolo que o primeiro, ele teria raciocinado assim: "Este sujeito viu que, na primeira vez, eu disse ímpar e, na segunda, proporá a si mesmo, levado por um impulso a variar de ímpar para par, como fez o primeiro simplório; mas, pensando melhor, acha que essa variação é demasiado simples, e, finalmente, resolve-se a favor do par, como antes. Eu, por conseguinte, direi *par*". E diz *par*, e ganha. Pois bem. Esse sistema de raciocínio de nosso colegial, que seus companheiros chamavam sorte, que era, em última análise?

– Simplesmente – respondi – uma identificação do intelecto do nosso raciocinador com o de seu oponente.

– De fato – assentiu Dupin – e quando perguntei ao menino de que modo efetuava essa perfeita identificação, na qual residia o seu êxito, recebi a seguinte resposta: "Quando quero saber até que ponto alguém é inteligente, estúpido, bom ou mau, ou quais são os seus pensamentos no momento, modelo a expressão do meu rosto, tão exatamente quanto possível, de acordo com a expressão da referida pessoa e, depois, espero para ver quais os sentimentos ou pensamentos que surgem em meu cérebro ou em meu coração, para combinar ou corresponder à expressão". Essa resposta do pequeno colegial supera em muito toda a profundidade espúria atribuída a Rochefoucauld, La Bougive, Maquiavel e Campanella.

– E a identificação – acrescentei – do intelecto do raciocinador com a de seu oponente depende, se é que o compreendo bem, da exatidão com que o intelecto deste último é medido.

– Em sua avaliação prática, depende disso – confirmou Dupin. – E se o delegado e toda a sua corte têm cometido tantos enganos, isso se deve, primeiro, a uma falha nessa identificação e, segundo, a uma apreciação inexata, ou melhor, a uma não apreciação da inteligência daqueles com quem se metem. Consideram engenhosas apenas as suas próprias *ideias* e ao procurar alguma coisa que se ache escondida, não pensam senão nos meios que eles próprios teriam empregado para escondê-la. Estão certos apenas num ponto: naquele em que sua engenhosidade representa fielmente a da *massa*; mas quando a astúcia do malfeitor é diferente da deles, o malfeitor, naturalmente, os engana. Isso sempre acontece quando a astúcia deste último está acima deles e, muito frequentemente, quando está abaixo. Não variam seus sistemas de investigação; na melhor das hipóteses, quando são instigados por algum caso insólito, ou por alguma recompensa extraordinária, ampliam ou exageram os seus modos de agir habituais, sem que se afastem, no entanto, de seus princípios. No caso de D..., por exemplo, que fizeram para mudar sua maneira de agir? Que são todas essas perfurações, essas buscas, essas sondagens, esses exames de microscópio, essa divisão da superfície do edifício em metros quadrados, devidamente anotadas? Que é isso tudo senão exagero *na aplicação* de um desses princípios de investigação baseado sobre uma ordem de ideias referentes à esperteza humana, à qual o delegado se habituou durante os longos anos de exercício de suas funções? Não vê você que ele considera como coisa assente o fato de que todos os homens que procuram esconder uma carta utilizam, se não precisamente um orifício feito a verruma na perna de uma cadeira, pelo menos *alguma* cavidade, algum canto escuro sugerido pela mesma ordem de ideias, que levaria um homem a furar a perna de uma cadeira? E não vê também que tais esconderijos tão *recherchés* só são empregados em ocasiões ordinárias e por inteligências comuns? Porque, em todos os casos de objetos escondidos, essa maneira *recherché* de ocultar-se um objeto é, desde o primeiro momento, presumível e presumida – e, assim, sua descoberta não depende, de modo algum, da perspicácia, mas sim do simples cuidado, paciência e determinação dos que procuram. Mas, quando se trata de um caso importante – ou de um caso que, pela recompensa oferecida, seja assim encarado pela polícia –, jamais essas qualidades deixaram de ser postas em ação. Você compreendera agora o que eu queria dizer ao afirmar que, se a carta roubada tivesse sido escondida dentro do raio de investigação do nosso delegado – ou, em suas palavras, se o princípio inspirador estivesse compreendido nos princípios do delegado –, sua descoberta seria uma questão inteiramente fora de dúvida. Este funcionário, porém, se enganou por completo, e a fonte remota de seu fracasso reside na suposição de que o ministro é um idiota, pois adquiriu renome de poeta. Segundo o delegado, todos os poetas são idiotas – e, neste caso, ele é apenas culpado de uma *non distributio medii*, ao inferir que todos os poetas são idiotas.

– Mas ele é realmente poeta? – perguntei. – Sei que são dois irmãos, e que ambos adquiriram renome nas letras. O ministro, creio eu, escreveu eruditamente sobre o cálculo diferencial. É um matemático e não um poeta.

– Você está enganado. Conheço-o bem. É ambas as coisas. Como poeta e matemático, raciocinaria bem; como mero matemático, não raciocinaria de modo algum, e ficaria, assim, à mercê do delegado.

– Você me surpreende – respondi – com essas opiniões, que têm sido desmentidas pela voz do mundo. Naturalmente, não quererá discutir, de um golpe, ideias amadurecidas durante tantos séculos. A razão matemática é há muito considerada como a razão *par excellence*.

– "*Il y a à perier*" – replicou Duplin, citando Chamfort – "*que toute idée publique, toute convention reçue, est une sottise, car elle a convenu au plus grand nombre.*"[2] Os matemáticos, concordo, fizeram tudo o que lhes foi possível para propagar o erro popular a que você alude, e que, por ter sido promulgado como verdade, não deixa de ser erro. Como uma arte digna de melhor causa, ensinaram-nos a aplicar o termo "análise" às operações algébricas. Os franceses são os culpados originários desse engano particular, mas, se um termo possui alguma importância – se as palavras derivam seu valor de sua aplicabilidade –, então *análise* poderá significar *álgebra*, do mesmo modo que, em latim, *ambitus* significa *ambição; religio, religião*; ou *homines honeti*, um grupo de *homens honrados*.

---

[2] Há motivo para apostar que toda ideia pública, toda convenção, é uma estupidez, já que foi conveniente à maioria. (*N. do T.*)

– Vejo que você vai entrar em choque com alguns algebristas de Paris – disse-lhe. – Mas prossiga.

– Impugno a validez e, por conseguinte, o valor de uma razão cultivada por meio de qualquer forma especial que não seja a lógica abstrata. Impugno, de modo particular, o raciocínio produzido pelo estudo das matemáticas. As matemáticas são a ciência da forma e da quantidade; o raciocínio matemático não é mais do que a simples lógica aplicada à observação da forma e da quantidade. O grande erro consiste em supor-se que até mesmo as verdades daquilo que se chama álgebra *pura* são verdades abstratas ou gerais. E esse erro é tão grande que fico perplexo diante da unanimidade com que foi recebido. Os axiomas matemáticos *não* são axiomas de uma verdade geral. O que é verdade com respeito à *relação* – de forma ou quantidade – é, com frequência, grandemente falso quanto ao que respeita à moral, por exemplo. Nesta última ciência, não é, com frequência, verdade que a soma das partes seja igual ao todo. Na química, também falha o axioma. Na apreciação da força motriz, também falha, visto que dois motores, cada qual de determinada potência, não possuem necessariamente, quando associados, uma potência igual à soma de suas duas potências tomadas separadamente. Há numerosas outras verdades matemáticas que são somente verdades dentro dos limites da *relação*. Mas o matemático argumenta, por hábito, partindo de suas *verdades finitas*, como se estas fossem de uma aplicabilidade absoluta e geral – como o mundo, de fato, imagina que sejam. Bryant, em sua eruditíssima *Mitologia*, refere-se a uma fonte análoga de erro, ao dizer que, "embora ninguém acredite nas fábulas do paganismo, nós, com frequência, nos esquecemos disso, até o ponto de fazer inferência partindo delas, como se fossem realidades vivas". Entre os algebristas, porém, que são, também eles, pagãos, as "fábulas pagãs" merecem crédito, e tais inferências são feitas não tanto devido a lapsos de memória, mas devido a um incompreensível transtorno em seus cérebros. Em suma, não encontrei jamais um matemático puro em quem pudesse ter confiança, fora de suas raízes e de suas equações; não conheci um único sequer que não tivesse como artigo de fé que $x2 + px$ é absoluta e incondicionalmente igual a q. Se quiser fazer uma experiência, diga a um desses senhores que você acredita que possa haver casos em que $x2 + px$ não seja absolutamente igual a q, e, logo depois de ter-lhe feito compreender o que você quer dizer com isso, fuja de suas vistas o mais rapidamente possível, pois que ele, sem dúvida, procurará dar-lhe uma surra.

"O que quero dizer" continuou Dupin, enquanto eu não fazia senão rir-me destas suas últimas observações "é que, se o ministro não fosse mais do que um matemático, o delegado de polícia não teria tido necessidade de dar-me este cheque. Eu o conhecia, porém, como matemático e poeta, e adaptei a essa sua capacidade as medidas por mim tomadas, levando em conta as circunstâncias em que ele se achava colocado. Conhecia-o, também, não só como homem da corte, mas, ainda, como intrigante ousado. Tal homem, pensei, não poderia ignorar a maneira habitual de agir da polícia. Devia ter previsto – e os acontecimentos demonstraram que, de fato, previra – os assédios disfarçados a que estaria sujeito. Devia também ter previsto, refleti, as investigações secretas efetuadas em seu apartamento. Suas frequentes ausências de casa, à noite, consideradas pelo delegado de polícia como coisa que viria contribuir, sem dúvida, para o êxito de sua empresa, eu as encarei apenas como astúcia, para que a polícia tivesse oportunidade de realizar uma busca completa em seu apartamento e convencer-se, o mais cedo possível, como de fato aconteceu, de que a carta não estava lá. Pareceu-me, também, que toda essa série de ideias referentes aos princípios invariáveis da ação policial nos casos de objetos escondidos – e que tive certa dificuldade, há pouco, para explicar-lhe –, pareceu-me que toda essa série de ideias deveria, necessariamente, ter passado pelo espírito do ministro.

Isso o levaria, imperativamente, a desdenhar todos os *esconderijos* habituais. Não poderia ser tão ingênuo que deixasse de ver que os lugares mais intrincados e remotos de seu hotel seriam tão visíveis como um armário para os olhos, as pesquisas, as verrumas e os microscópios do delegado. Percebi, em suma, que ele seria levado, instintivamente, a agir com *simplicidade*, se não fosse conduzido a isso por simples deliberação. Você talvez se recorde com que gargalhadas desesperadas o prefeito acolheu, em nossa primeira entrevista, a minha sugestão de que era bem possível que esse mistério o perturbasse tanto devido ao fato de ser *demasiado* evidente."

– Sim, lembro-me bem de como ele se divertiu. Pensei mesmo que ele iria ter convulsões de tanto rir.

– O mundo material – prosseguiu Dupin – contém muitas analogias estritas com o imaterial e, desse modo, um certo matiz de verdade foi dado ao dogma retórico, a fim de que a metáfora, ou símile, pudesse dar vigor a um argumento, bem como embelezar uma descrição. O princípio da *vis inertiae*,[3] por exemplo, parece ser idêntico tanto na física como na metafísica. Não é menos certo, quanto ao que se refere à primeira, que um corpo volumoso se põe em movimento com mais dificuldade do que um pequeno, e que o seu *momentum* subsequente está em proporção com essa dificuldade, e que, quanto à segunda, os intelectos de maior capacidade, conquanto mais potentes, mais constantes e mais acidentados em seus movimentos do que os de grau inferior, são, não obstante, mais lentos, mais embaraçados e cheios de hesitação ao iniciar seus passos. Mais ainda: você já notou quais são os anúncios, nas portas das lojas, que mais atraem a atenção?

– Jamais pensei no assunto – respondi.

– Há um jogo de enigmas – replicou ele – que se faz sobre um mapa. Um dos jogadores pede ao outro que encontre

---

[3] A força da inércia. (*N. do E.*)

determinada palavra – um nome de cidade, rio, Estado ou império –, qualquer palavra, em suma, compreendida na extensão variegada e intrincada do mapa. Um novato no jogo geralmente procura embaraçar seus adversários indicando nomes impressos com as letras menores; mas os acostumados ao jogo escolhem palavras que se estendem, em caracteres grandes, de um lado a outro do mapa. Estes últimos, como acontece com os cartazes excessivamente grandes existentes nas ruas, escapam à observação justamente por serem demasiado evidentes, e aqui o esquecimento material é precisamente análogo à desatenção moral que faz com que o intelecto deixe passar despercebidas considerações demasiado palpáveis, demasiado patentes. Mas esse é um ponto, ao que parece, que fica um tanto acima ou um pouco abaixo da compreensão do delegado. Ele jamais achou provável, ou possível, que o ministro houvesse depositado a carta bem debaixo do nariz de toda a gente, a fim de evitar que alguém daquela gente a descobrisse.

"Mas, quanto mais refletia eu acerca da temerária, arrojada e brilhante ideia de D..., pensando no fato de que ele devia ter sempre esse documento à mão, se é que pretendia empregá-lo com êxito e, ainda, na evidência decisiva conseguida pelo delegado, de que a carta não se achava escondida dentro dos limites de uma investigação ordinária – tanto mais me convencia de que, para ocultá-la, o ministro lançara mão do compreensível e sagaz expediente de não tentar escondê-la de modo algum.

"Convencido disso, muni-me de óculos verdes e, uma bela manhã, como se fizesse por simples acaso, procurei o ministro em seu apartamento. Encontrei D... em casa, bocejando, vadiando e perdendo tempo como sempre, pretendendo estar tomado do mais profundo tédio. Ele é, talvez, o homem mais enérgico que existe, mais isso unicamente quando ninguém o vê.

"Para estar de acordo com o seu estado de espírito, queixei-me de minha vista fraca e lamentei a necessidade de usar óculos, através dos quais examinava, com a máxima atenção e minuciosidade, o apartamento, enquanto fingia estar atento unicamente à conversa.

"Prestei atenção especial a uma ampla mesa, junto à qual ele estava sentado e onde se viam, em confusão, várias cartas e outros papéis, bem como um ou dois instrumentos musicais e alguns livros. Depois de longo e meticuloso exame, vi que ali nada existia que despertasse, particularmente, qualquer suspeita.

"Por fim, meus olhos, ao percorrer o aposento, depararam com um vistoso porta-cartas de papelão filigranado, dependurado de uma desbotada fita azul, presa bem no meio do consolo da lareira. Nesse porta-cartas, que tinha três ou quatro divisões, havia cinco ou seis cartões de visita e uma carta solitária. Esta última estava muito suja e amarrotada e quase rasgada ao meio, como se alguém, num primeiro impulso, houvesse pensado em inutilizá-la como coisa sem importância, mas, depois, mudado de opinião. Tinha um grande selo negro, com a inicial 'D' bastante visível, e era endereçada, numa letra diminuta e feminina, ao próprio ministro. Estava enfiada, de maneira descuidada e, ao que parecia, até mesmo desdenhosa, numa das divisões superiores do porta-cartas.

"Mal lancei os olhos a essa carta, concluí que era aquela que eu procurava. Era, na verdade, sob todos os aspectos, radicalmente diferente da que o delegado nos descrevera de maneira tão minuciosa. Na que ali estava, o selo era negro e a inicial um 'D'; na carta roubada, o selo era vermelho e tinha as armas ducais da família S... Aqui, o endereço do ministro fora traçado com letra feminina muito pequena; na outra, o sobrescrito, dirigido a certa personalidade real, era acentuadamente ousado e incisivo. Somente no tamanho havia uma certa correspondência. Mas, por outro lado, a grande *diferença* entre ambas as cartas, a sujeira, o papel manchado e rasgado, tão em desacordo com os *verdadeiros* hábitos de D..., e que revelavam o propósito de dar a quem o visse a ideia de um documento sem valor; isso, aliado à colocação bem visível do documento, que o punha diante dos olhos de qualquer visitante, ajustando-se perfeitamente às minhas conclusões anteriores, tudo isso, repito, corroborava decididamente as suspeitas de alguém que, como eu, para lá se dirigira com a intenção de suspeitar.

"Prolonguei minha visita tanto quanto possível e, enquanto mantinha animada conversa com o ministro, sobre um tema que sabia não deixara jamais de interessá-lo e entusiasmá-lo, conservei a atenção presa à carta. Durante esse exame, guardei na memória o aspeto exterior e a disposição dos papéis no porta-cartas, chegando, por fim, a uma descoberta que dissipou por completo qualquer dúvida que eu ainda pudesse ter. Ao observar atentamente as bordas do papel, verifiquei que elas estavam mais estragadas do que parecia necessário. Apresentavam o aspecto *irregular* que se nota quando um papel duro, depois de haver sido dobrado e prensado numa dobradeira, é dobrado novamente em sentido contrário, embora isso seja feito sobre as mesmas dobras que constituíam o seu formato anterior. Bastou-me essa descoberta. Era evidente para mim que a carta havia sido dobrada ao contrário, como uma luva que se vira no avesso, sobrescrita de novo e novamente lacrada. Despedi-me do ministro e saí incontinente, deixando uma tabaqueira de ouro sobre a mesa.

"Na manhã seguinte, voltei à procura de minha tabaqueira, ocasião em que reiniciamos, com bastante vivacidade, a conversa do dia anterior. Enquanto palestrávamos, ouvimos forte detonação de arma de fogo bem defronte do hotel, seguida de uma série de gritos horríveis e do vozerio de uma multidão. D... precipitou-se em direção à janela, abriu-a e olhou para baixo. Entrementes, aproximei-me do porta-cartas, apanhei o documento, meti-o no bolso e o substitui por um *fac-símile* (quanto ao que se referia ao aspecto exterior) preparado cuidadosamente em minha casa, imitando facilmente a inicial 'D' por meio de um selo feito de miolo de pão.

"O alvoroço que se verificara na rua fora causado pelo procedimento insensato de um homem armado de mosquete. Disparara-o entre uma multidão de mulheres e crianças. Mas, como a arma não estava carregada somente com pólvora seca, o indivíduo foi tomado por bêbedo ou lunático, e permitiram-lhe que seguisse seu caminho. Depois que o homem se foi, D... retirou-se da janela, da qual eu também me aproximara logo após conseguir a carta. Decorrido um instante, despedi-me dele. O pretenso lunático era um homem que estava a meu serviço."

– Mas o que você pretendia – perguntei – ao substituir a carta por um *fac-símile*? Não teria sido melhor, logo na primeira vista, tê-la apanhado de uma vez e ido embora?

– D... – respondeu Dupin – é um homem decidido e de grande coragem. Além disso, existem, em seu hotel, criados fiéis aos seus interesses. Tivesse eu feito o que você sugere, talvez não conseguisse sair vivo de sua presença "ministerial". A boa gente de Paris não ouviria mais notícias minhas. Mas, à parte estas considerações, eu tinha um fim em vista. Você sabe quais são minhas simpatias políticas. Neste assunto, ajo como partidário da senhora em apreço. Durante dezoito meses, o ministro a teve à sua mercê. Agora, é ela quem o tem a ele, já que ele ignora que a carta já não está em seu poder, e continuará a agir como se ainda a possuísse. Desse modo, encaminha-se, inevitavelmente, sem o saber, rumo à sua própria ruína política. Sua queda será tão precipitada quanto desastrada. Está bem que se fale do *facilis descensus Averni*,[4] mas, em toda a espécie de ascensão, como dizia Catalini em seus cantos, é muito mais fácil subir que descer. No presente caso, não tenho simpatia alguma – e nem sequer piedade – por aquele que desce. E esse *monstrum horrendum* – o homem genial sem princípios. Confesso, porém, que gostaria de conhecer o caráter exato de seus pensa-

---

[4] A descida para o inferno é fácil. (*N. do E.*)

mentos quando, ao ser desafiado por aquela a quem o delegado se refere como "uma certa pessoa", resolva abrir o papel que deixei em seu porta-cartas.

– Como! Você colocou lá alguma coisa de particular?

– Ora, não seria inteiramente correto deixar o interior em branco... Seria uma ofensa. Certa vez, em Viena, D... me pregou uma peça, e eu lhe disse, bem-humorado, que não me esqueceria daquilo. De modo que, como sabia que ele iria sentir certa curiosidade acerca da identidade da pessoa que o sobrepujara em astúcia, achei que seria uma pena deixar de dar-lhe um indício. Ele conhece bem minha letra e, assim, apenas copiei, no meio da folha em branco, o seguinte:

> ...*Un dessein si funeste,*
> *S'il n'est digne d'Atrée, est digne de Thyest.*[5]

São palavras que podem ser encontradas no *Atreu*, de Crébillon.

---

[5] Um intuito tão funesto, se não é digno de Atreu, é digno de Thyest. (*N. do E.*)

10
Metzengerstein

Pestis eram vivus – moriens tua mors ero.[1]

MARTINHO LUTERO

O horror e a fatalidade surgiram sempre, livremente, em toda as idades. Por que, pois, estabelecer uma data para a história que vou contar? Basta dizer que, na época de que falo, existiu, no interior da Hungria, uma crença enraigada, embora oculta, nas doutrinas da metempsicose. Quanto às próprias doutrinas – isto é, quanto ao que se refere à sua falsidade ou à sua probabilidade – nada digo. Afirmo, porém, que grande parte de nossa incredulidade (como diz *La Bruyère* de todas as nossas infelicidades) *"vient de ne pouvoir être seuls"*.[2]

Mas havia alguns pontos, na superstição húngara, que chegavam às raias do absurdo. Eles – os húngaros – diferiam, de maneira essencial, de suas autoridades orientais. "A alma" – dizem aqueles e cito as palavras de um francês inteligente e perspicaz – *"ne demeure qu'une seule fois dans un corps sensible: au*

---
[1] Vivo, sou tua peste – morto, serei tua morte. (*N. do E.*)
[2] Mercier, em *"L'an deux mille quatre cents quarante"*, defende seriamente as doutrinas da metempsicose, e J. D'Israeli diz que "não há sistema tão simples e que repugne menos à inteligência". O cononel Ethan Allen, o *Green Mountain Boy* (*O rapaz da montanha verde*) foi também, segundo se diz, um sério metempsicosista. (*N. do A.*)

reste – un cheval, un chien, un homme même, n'est que la ressemblance peu tangible de ces animaux".[3]

As famílias Berlifitzing e Metzengerstein viveram em desavença durante séculos. Nunca houve antes duas casas tão ilustres entregues a uma hostilidade tão violenta e mortal. A origem dessa inimizade parece encontrar-se nas palavras de uma antiga profecia: "Um nome ilustre sofrerá terrível queda quando, como o cavaleiro sobre o seu cavalo, a mortalidade de Metzengerstein triunfará sobre a mortalidade de Berlifitzing."

Na verdade, tais palavras, em si mesmas, tinham pouco ou nenhum significado. Mas causas mais triviais têm dado origem – e isso não em tempos muito remotos – a consequências igualmente memoráveis. Além disso, suas propriedades vizinhas exerciam, havia muito, uma influência rival nos assuntos de um governo ativo. E os vizinhos próximos raramente são amigos – e os moradores do castelo Berlifitzing podiam olhar, do alto de seus elevados botaréus, as próprias janelas do palácio Metzengerstein. E não era toda a magnificência mais do que feudal, assim ostentada, algo que pudesse apaziguar os irritáveis sentimentos dos Berlifitzing, menos antigos e menos ricos. Como estranhar, pois, que as palavras, embora tolas, daquela predição, pudessem haver criado e mantido a discórdia entre as duas famílias já predispostas às disputas pela mesma instigação da inveja hereditária? A profecia parecia implicar – se é que implicava alguma coisa – um triunfo final por parte da casa mais poderosa, e era, certamente, recordada, com a mais amarga animosidade, por parte da casa mais fraca e menos influente.

Wilhelm, conde de Berlifitzing, embora de alta estirpe, era, na época desta narrativa, um velho enfermo e caduco, que somente se distinguia por sua descomedida e inveterada antipatia pessoal pela família de seu rival, bem como por uma paixão tão

---

[3] Só habita uma vez em um corpo sensível: de resto – um cavalo, um cachorro, até mesmo um homem – é apenas a semelhança pouco tangível desses animais. (*N. do E.*)

intensa por cavalos e caçadas, que nem sua precária condição física, a avançada idade ou a incapacidade mental o impediam de participar diariamente dos perigos da caça.

Por outro lado, o barão de Metzengerstein não atingira ainda a maioridade. Seu pai, o ministro G..., morrera jovem. Sua mãe, lady Mary, seguira-o pouco depois. Frederick contava, a essa altura, 18 anos. Numa cidade, 18 anos não é muito tempo; mas, na solidão – numa solidão tão magnífica como a daquele velho principado – o pêndulo vibra com um significado mais profundo.

Devido a certas circunstâncias particulares relacionadas com a administração de seu pai, o jovem barão, logo após a morte do pai, entrou imediatamente na posse de suas enormes propriedades. Antes, um nobre da Hungria raramente possuiu tão vastas propriedades. Eram inumeráveis os seus castelos. O principal, quanto ao esplendor e à extensão, era o palácio Metzengerstein. As linhas demarcatórias jamais foram claramente definidas, mas seu parque principal abrangia um raio de 80 quilômetros.

Após a passagem da herança a um proprietário tão jovem, dotado de caráter tão bem conhecido, que entrava, assim, na posse de uma fortuna sem paralelo no país, pouca dúvida havia quanto ao provável curso de sua conduta. E, realmente, no decorrer de três dias, a conduta do herdeiro superou a de Herodes, ultrapassando de muito a expectativa de seus admiradores mais entusiásticos. Vergonhosas libertinagens, flagrantes traições, indizíveis atrocidades fizeram com que os seus trêmulos vassalos compreendessem desde logo que nenhuma submissão servil de sua parte, nem qualquer escrúpulo de consciência por parte de seu amo, os poria a salvo das impiedosas garras daquele pequeno Calígula. Na noite do quarto dia, verificou-se que os estábulos do castelo de Berlifitzing se encontravam em fogo, e a opinião unânime dos vizinhos acrescentou o crime do incendiário à odiosa lista de delitos e enormidades do barão.

Mas, durante o tumulto causado por essa ocorrência, o jovem nobre se achava sentado, ao que parece mergulhado em meditações, num vasto e desolado aposento superior do palácio familiar de Metzengerstein. As ricas tapeçarias, embora desbotadas, que pendiam sombriamente das paredes, representavam as vagas e majestosas figuras de mil antecessores ilustres. *Aqui*, sacerdotes e dignitários, cobertos de ricos arminhos, sentados familiarmente com o autocrata e o soberano, opunham o seu veto aos desejos de um rei temporal, ou continham, com a ordem da supremacia papal, o cetro rebelde de Satanás. *Ali*, as escuras e altas figuras dos príncipes de Metzengerstein – seus musculosos palafréns de guerra a pisar as carcaças de inimigos caídos – impressionavam com sua expressão as pessoas de nervos mais firmes, e, *acolá*, as figuras voluptuosas e brancas das damas de tempos idos flutuavam, nos labirintos de uma dança irreal, ao som de uma melodia imaginária.

Mas, enquanto o barão ouvia, ou fingia ouvir, o alvoroço cada vez maior que se erguia dos estábulos de Berlifitzing – ou talvez pensasse em algum ato de audácia mais novo e decidido –, seus olhos se voltaram, sem querer, para a figura de um cavalo enorme e de cor nada natural, representado, na tapeçaria, como tendo pertencido a um ancestral sarraceno da família de seu rival. O cavalo aparecia no primeiro plano do quadro, imóvel como uma estátua, enquanto, mais atrás, seu derrotado cavaleiro perecia sob a adaga de um Metzengerstein.

Aos lábios de Frederick assomou uma expressão diabólica, ao perceber a direção a que se voltaram, sem querer, os seus olhos. Contudo, não os desviou. Pelo contrário, não podia entender a opressiva ansiedade que parecia cair como uma mortalha sobre os seus sentidos. Foi com dificuldade que reconciliou seus vagos e incoerentes sentimentos com a certeza de que se achava desperto. Quanto mais fitava o quadro, tanto mais absorvente se tornava a fascinação e tanto mais impossível lhe parecia poder afastar o olhar daquele tapete. Mas o tumulto, fora, se tornou, de repente, mais violento, e ele, com um esforço, dirigiu sua atenção ao rubro clarão que as chamas do estábulo lançavam sobre as janelas do aposento.

Esse movimento, porém, não durou sequer um instante, pois seu olhar se voltou de novo, mecanicamente, para a parede. Para seu extremo horror e espanto, a cabeça do gigantesco corcel havia, entrementes, mudado de posição. O pescoço do animal, a princípio curvado, como que compadecido, sobre o corpo de seu amo, estava agora estendido, em todo o seu comprimento, na direção do barão. Os olhos, antes invisíveis, tinham, agora, uma expressão enérgica e humana, enquanto brilhavam num vermelho vivo e incomum, ao passo que a boca, repuxada, mostrava, como que num ar de fúria, os dentes sepulcrais e repulsivos do animal.

Estupefato de terror, o jovem nobre encaminhou-se, vacilante, para a porta. Ao escancará-la, um clarão de luz vermelha, estendendo-se por todo o aposento, lançou sua sombra, em contornos nítidos, sobre a tapeçaria, que o vento fazia oscilar – e percebeu que a sombra, enquanto ele vacilava um instante sobre o umbral, assumia a posição exata e enchia precisamente o contorno do implacável e triunfante matador do sarraceno Berlifitzing.

Para aliviar a depressão de espírito, o barao saiu, apressadamente, ao ar livre. Junto à porta principal do palácio, deparou com três cavalariços. Com grande dificuldade e iminente perigo para suas vidas, lutavam por refrear as arremetidas de um cavalo gigantesco e cor de fogo.

– A quem pertence esse cavalo? Onde o encontraram? – indagou o jovem, em tom áspero e agressivo, pois percebera no mesmo instante que o misterioso corcel da tapeçaria era uma reprodução exata do furioso animal que tinha diante de si.

– Pertence a vossa excelência, senhor – respondeu um dos cavalariços. – Pelo menos, nenhuma outra pessoa o reclamou. Apanhamo-lo quando fugia, todo fumegante e espumante de raiva, dos estábulos em chamas do castelo de Berlifitzing. Supondo que pertencia à coudelaria de cavalos estrangeiros do velho conde, nós o levamos para lá como extraviado. Mas os moços das cavalariças de Berlifitzing negam que o animal pertença a elas – o que é estranho, pois apresenta sinais de haver escapado do meio das chamas.

– As iniciais W. V. B. também se acham claramente marcadas em sua testa – interrompeu um segundo cavalariço. – Supus, naturalmente, que se tratasse das iniciais de Wilhelm von Berlifitzing, mas todos, no castelo, dizem que não conhecem, positivamente, o cavalo.

– Isso é muito estranho! – disse o jovem barão com ar meditativo e, ao que parecia, inconsciente do significado de suas palavras. – É, na verdade, um cavalo notável – um cavalo prodigioso! Embora, como acabam de observar, um animal desconfiado e indomável. Bem, concordo em que fique comigo – acrescentou, após uma pausa. – Talvez um cavaleiro como Frederick de Metzengerstein possa domar mesmo o diabo dos estábulos de Berlifitzing.

– Meu senhor está enganado. Este cavalo a que nos referimos *não* pertence aos estábulos de Berlifitzing. Se tal fosse o caso, saberíamos que não devíamos trazê-lo à presença de vossa nobre família.

– É certo! – observou o barão, secamente.

Nesse instante, um criado de quarto chegou afogueado, com passos rápidos. Sussurrou ao ouvido de seu amo algumas palavras sobre o súbito desaparecimento de uma pequena parte da tapeçaria, num dos aposentos por ele indicado, entrando, ao mesmo tempo, em particulares de ordem minuciosa e circunstancial. Mas, como falou ao seu amo em tom muito baixo, nada escapou que pudesse satisfazer a excitada curiosidade dos cavalariços.

O jovem Frederick, durante a informação, parecia agitado por emoções diversas. Todavia, recobrou logo a compostura e uma expressão de resoluta perversidade estampou-lhe a fisionomia, ao dar ordens peremptórias para que o aposento em questão fosse imediatamente fechado, ficando a chave em seu poder.

– O senhor barão soube da desgraçada morte do velho caçador Berlifitzing? – perguntou um dos vassalos, logo após o criado de quarto ter-se afastado, e quando o imenso cavalo que o nobre adotara como seu saltava e curveteava, com redobrada fúria, ao descer a longa alameda que se estendia desde o palácio até aos estábulos de Metzengerstein.

– Não! – exclamou o barão, voltando-se abruptamente para o seu interlocutor. – Morto, diz você?

– É verdade, meu senhor, e imagino que, para um nobre de vosso nome, tal notícia não seja má.

Um rápido sorriso estampou-se no rosto do barão.

– Como morreu ele?

– Em seus imprudentes esforços para salvar parte de seus cavalos de caça favoritos, morreu, miseravelmente, em meio às chamas.

– É... ver... da... de...?! – exclamou o barão, escandindo as sílabas, lenta e decisivamente, como se impressionado pela verdade de uma ideia excitante.

– É verdade – repetiu o vassalo.

– Espantoso! – disse o jovem, calmamente, e voltou, tranquilo, para o palácio.

Desde então, operou-se acentuada modificação na conduta exterior do jovem e dissoluto barão Frederick von Metzengerstein. De fato, sua conduta decepcionou tudo que se pudesse esperar e demonstrou estar em desacordo com as manobras de muitas mães, enquanto seus hábitos e maneiras se revelavam, ainda mais do que antes, em desarmonia com os dos aristocratas vizinhos. Ninguém tornou a vê-lo senão dentro de seus próprios domínios e, nesse amplo mundo social, vivia absolutamente a sós, a menos que aquele estranho e impetuoso cavalo, cor de fogo, que montava continuamente, tivesse algum misterioso direito ao título de seu companheiro.

Não obstante, chegavam-lhe periodicamente às mãos, durante muito tempo, numerosos convites por parte dos vizinhos. "Quereria o barão honrar nossa festa com a sua presença?", "Aceitaria o barão o convite para caçar javalis em nossa companhia?" – "Metzengerstein não caça", "Metzengerstein não irá", eram as altivas e lacônicas respostas.

Esses repetidos insultos não podiam ser aturados por uma nobreza arrogante. Tais convites se tornaram menos cordiais, menos frequentes e, com o tempo, cessaram inteiramente. A viúva do infortunado conde de Berlifitzing chegou mesmo a expressar a esperança de que "o barão estivesse em sua casa quando lá não quisesse estar, uma vez que desdenhava a companhia de seus iguais, e que saísse a cavalo sem que o desejasse fazer, uma vez que preferia a companhia de um animal". Isto, sem dúvida, constituía apenas uma explosão de ressentimento hereditário, e provava simplesmente quão sem sentido podem tornar-se nossas palavras quando desejamos ser inusitadamente enérgicos.

As pessoas caridosas, no entanto, atribuíam a modificação operada na conduta do jovem nobre à natural tristeza de um filho ante a perda prematura de seus pais, mas esqueciam sua lamentável e estouvada conduta durante o breve período que se seguiu a tal perda. Alguns insinuaram que o jovem conde tinha, realmente, uma ideia exagerada de sua importância e de sua dignidade. Outros (entre os quais poderíamos mencionar o médico da família) não hesitavam em referir-se a uma melancolia mórbida e a um mal hereditário, enquanto, entre a multidão, corriam insinuações de natureza mais equívoca.

Na verdade, o apego do barão pelo seu cavalo recém-adquirido – um apego que parecia aumentar a cada nova demonstração da ferocidade e das propensões demoníacas do animal – foi encarado, afinal, por todas as pessoas sensatas, como um fervor odioso e nada natural. Em pleno fulgor do meio-dia, ou em horas mortas da noite, doente ou saudável, na calma ou em meio de tempestades, o jovem Metzengerstein parecia pregado à sela do animal gigantesco, cujas indomáveis audácias tão bem se harmonizavam com o seu próprio espírito.

Havia, além disso, circunstâncias que, aliadas aos últimos acontecimentos, davam um caráter sobrenatural e portentoso àquela mania do cavaleiro, bem como à capacidade do corcel. O espaço que este franqueava num único salto fora cuidadosamente medido, verificando-se que ultrapassava, por uma diferença assombrosa, mesmo os cálculos mais amplos e inacreditáveis. Ademais, o barão não dera *nome* algum ao animal, embora todos os seus outros cavalos se distinguissem por denominações características. Seu estábulo estava situado a certa distância dos outros e, com respeito à limpeza e a todos os serviços necessários, ninguém, exceto o próprio dono, se atrevia a realizá-los, ou, mesmo, a entrar no recinto em que o animal se encontrava. Observou-se também que, embora os três moços de estrebaria que o haviam apanhado ao fugir do incêndio dos estábulos de Berlifitzing tivessem conseguido detê-lo por meio de um laço e de um cabresto, nenhum dos três podia afirmar com certeza que, durante aquela perigosa luta ou em qualquer ocasião ulterior, tivessem conseguido colocar a mão no corpo do animal. As provas de inteligência especial de um nobre e fogoso corcel não seriam decerto capazes de despertar tão viva atenção, mas havia certas circunstâncias que se impunham aos espíritos mais céticos e fleumáticos, e dizia-se que, às vezes, o animal fazia com que a multidão curiosa se encolhesse de horror, ante a profunda e impressionante significação de seu terrível escoicear – ocasiões em que o jovem Metzengerstein empalidecia e recuava ante a expressão penetrante e quase humana com que o cavalo o fitava.

Entre todo o séquito do barão, porém, ninguém duvidava do ardente e extraordinário afeto que o jovem nobre sentia pelas fogosas qualidades de seu cavalo; ninguém, exceto um infeliz e insignificante pajem, cujas deformidades físicas eram de todos conhecidas e cujas opiniões não mereciam a mínima atenção. Tinha (se é que suas ideias são dignas de referência) a desfaçatez de afirmar que seu amo não saltava jamais à sela sem que experimentasse um inexplicável e quase imperceptível estremecimento, e que, ao voltar de suas longas e habituais corridas a cavalo, uma expressão de maldade triunfante deformava todos os músculos de seu rosto.

Certa noite tempestuosa, Metzengerstein, despertando de pesado sono, descera, como um louco, de seus aposentos e, montando a cavalo a toda pressa, desaparecera, aos saltos de seu animal, nos labirintos da floresta. Um acontecimento assim tão comum não despertou, particularmente, a atenção de ninguém, mas seu regresso foi aguardado com viva preocupação por parte de seus criados, quando, depois de algumas horas de ausência, as estupendas e magníficas ameias do palácio Metzengerstein começaram a crepitar e a oscilar em suas bases, sob a ação de uma massa densa e lívida de indomável incêndio.

Como as chamas, quando pressentidas, já haviam feito tão terrível progresso, a ponto de tornar evidentemente inúteis quaisquer esforços no sentido de salvar uma parte qualquer do edifício, a vizinhança, atônita, permanecia ociosa em seu redor, tomada de silenciosa, senão apática perplexidade. Mas um novo e pavoroso objeto prendeu a atenção da multidão, provando quão mais intensa é a emoção produzida nos sentimentos de uma multidão pela contemplação de uma agonia humana do que ante a causada pelos espetáculos mais espantosos da matéria inanimada.

Na longa alameda ladeada de velhos carvalhos, que, começando na floresta, conduzia até à entrada principal do palácio Metzengerstein, um corcel, montado por um cavaleiro de cabeça descoberta e com as roupas em desordem, surgiu com uma impetuosidade que superava a do próprio Demônio da Tempestade.

Naquela desabalada carreira, o cavaleiro, indubitavelmente, não controlava a sua montaria. A angústia de seu rosto, os esforços convulsivos de toda a sua pessoa revelavam a luta sobre-humana a que estava entregue – mas nenhum som, salvo um único grito, escapava de seus lábios lacerados, que ele, no auge de seu terror, mordia repetidamente. Em certo momento, o tropel do animal ressoou, agudo e penetrante, erguendo-se acima do crepitar das chamas e do uivo do vento; um instante depois, transpondo de um único salto o portão e o fosso, o cavalo galgou as escadas semidestruídas do palácio e desapareceu, com o cavaleiro, entre os torvelinhos do caótico fogo.

Cessou imediatamente a fúria da tempestade, seguindo uma calma mortal. Uma chama esbranquiçada ainda envolvia o edifício como uma mortalha e, evolando-se no ar tranquilo, produziu um clarão sobrenatural, enquanto uma nuvem de fumo, descendo pesadamente sobre as ameias, formou a nítida e colossal figura de *um cavalo*.

11
Nunca aposte sua cabeça com o diabo

Conto moral

"*Con tal que las costumbres de un ator*", diz Dom Tomás de las Torres, no prefácio de seus *Poemas Amorosos*, "*sean puras y castas, importa muy poco que no sean igualmente severas sus obras*", querendo dizer, que, contanto que seja pessoalmente pura a moral de um autor, nada significa a moral de seus livros. Achamos que Dom Tomás se encontra agora no purgatório, por causa dessa afirmativa. Seria também coisa inteligente, no que concerne à justiça poética, conservá-lo ali, até que seus *Poemas Amorosos* saiam do prelo, ou sejam definitivamente abandonados nas estantes, por falta de leitores. Toda obra de ficção *deveria ter* uma moral; e o que vem mais a propósito, os críticos já descobriram que toda ficção a *tem*: Filipe Melanchton escreveu, há algum tempo, um comentário sobre a "batraquiomiomaquia" e provou que o objetivo do poeta era suscitar o desgosto pela sedição. Pierre La Seine, dando um passo mais adiante, mostra que a intenção era recomendar aos jovens a temperança no comer e no beber. Da mesma forma, também, Jacobus Hugo se convenceu de que, com Euenis, queria Homero insinuar a figura de João Calvino; com Antinous, a de Martinho Lutero; com os Lotófagos, os protestantes, em geral, e com as Harpias, os holandeses. Nossos mais modernos escoliastas são igualmente agudos. Esses sujeitos demonstram a existência de um significado oculto, em *Os antediluvianos*, de uma parábola em

Powhatan, de novas intenções em *O Pintarroxo* e de transcendentalismo em *O pequeno polegar*. Em resumo, ficou demonstrado que nenhum homem pode sentar-se a escrever sem uma profundíssima intenção. Dessa forma, poupa-se, em geral, muita perturbação aos autores. Um romancista, por exemplo, não precisa ter cuidado com a sua moral. Ela está ali, isto é, está em alguma parte, e a moral e os críticos podem tomar conta de si mesmos. Chegado o tempo próprio, tudo o que o cavalheiro tencionava, e tudo o que ele não tencionava, será trazido à luz no *Dial*, ou no *Down Easter*, juntamente com tudo o que ele devia ter tencionado e o resto que ele claramente pretendia tencionar: de modo que, tudo dará certo, no fim.

Não há razão, consequentemente, para o ataque contra mim lançado por certos ignorantes, por eu nunca ter escrito um conto moral, ou, em termos precisos, um conto com uma moral. Não são eles, os críticos, predestinados a me pôr em cena, ou a desenvolver a minha moral: este é o segredo. A propósito, o *Néscio Trimestral Norte-Americano* os fará se envergonharem de sua estupidez. Entrementes, a fim de protelar a execução, a fim de mitigar as acusações contra mim, ofereço a triste história junta, uma história sobre cuja evidente moral não poderá haver discussão alguma, desde que aquele que a procura possa lê-la nas letras garrafais que formam o título do conto. Eu mereceria aplausos por esse arranjo, bem mais inteligente que o de *La Fontaine* e de outros, que transferem o conceito, até o último instante, e assim o levam disfarçadamente até ao cansativo fim de suas fábulas.

Defuncti injuria ne afficiantur[1] era uma lei das doze tábuas, e *De mortuis nil nisi bonum*[2] é uma excelente injunção, mesmo que o morto em questão não passe de um defunto joão-ninguém. Não é minha intenção, porém, vituperar meu falecido amigo Toby Dammit.[3] Era um pobre diabo, que vivia como um

---
[1] Não se fala mal dos mortos. (*N. do E.*)
[2] Dos mortos só se fala bem. (*N. do E.*)
[3] Trocadilho com a expressão "damn it", "dane-se", ou "vá para o inferno". (*N. do T.*)

cão, é verdade, e foi de uma morte de cão que morreu; mas não era digno de censura por causa de seus vícios. Procederam de uma deficiência natural de sua mãe. Ela fez o que pôde para castigá-lo, enquanto ainda pequeno – porque os deveres para sua bem ordenada mente eram sempre prazeres, e as crianças, como as postas de carne dura, ou as modernas oliveiras gregas, são as melhores de se bater –, porém, pobre mulher!, tinha a desgraça de ser canhota e uma criança punida canhotamente ficava, no máximo, canhotamente impune. O mundo gira da direita para a esquerda. Não se deverá, pois, açoitar uma criança da esquerda para a direita. Se cada golpe, na direção própria, lança fora uma má propensão, conclui-se que cada pancada, numa direção oposta, soca para dentro sua parte de maldade. Estive muitas vezes presente aos castigos de Toby e, mesmo pelo modo com que era escouceado, podia perceber que, dia a dia, se tornava cada vez pior. Afinal vi, com lágrimas nos olhos, que não havia mais esperança alguma para o velhaco, e, um dia, ao ser surrado até ficar de cara tão preta, de tal modo que poderia ser tomado por um africaninho e, vendo que nenhum efeito se lhe produzira, a não ser o de fazê-lo retorcer-se até desmaiar, não pude mais conter-me, e caí de joelhos, imediatamente, erguendo a voz e profetizando a sua ruína.

O fato é que a sua precocidade no vício era espantosa. Aos cinco meses de idade, costumava enfurecer-se de tal sorte, que ficava incapaz de gritar. Aos seis meses, surpreendi-o mordendo um baralho de cartas. Aos sete meses, tinha o hábito de agarrar e beijar os bebês fêmeas. Aos oito meses, recusou-se peremptoriamente a pôr sua assinatura num compromisso de temperança. Assim continuou a crescer em iniquidade, mês após mês, até que, ao termo de seu primeiro ano, não somente teimou em usar bigodes, mas contraíra uma tendência a praguejar e blasfemar e a reforçar suas afirmativas por meio de apostas.

Foi em consequência desta última prática, nada cavalheiresca, que a ruína, que eu havia predito a Toby Dammit, alcançou-o afinal. O hábito tinha "evoluído com o seu crescimento e se fortificado com sua força", de modo que, quando se fez homem, dificilmente podia enunciar uma frase, sem intercalá-la com apostas de jogo a dinheiro. Não que ele realmente *fizesse* apostas, não. Farei ao meu amigo a justiça de dizer que, para ele, seria mais fácil botar ovos. Com ele aquilo era uma simples fórmula, nada mais. Suas expressões neste particular não tinham nenhuma significação apropriada. Eram simples, senão mesmo inocentes expletivos – frases imaginativas com que arredondar um período. Quando ele dizia: "Aposto com você isso e aquilo", ninguém jamais pensava em tomar a palavra ao pé da letra; contudo, não podia deixar de pensar que era meu dever reprimi-lo. Aquele hábito era imoral e isso mesmo lhe disse. Era uma coisa muito vulgar – pedia-lhe eu que acreditasse. Era desaprovado pela sociedade – e aqui não disse senão a verdade. Era proibido por um decreto do Congresso – não tinha eu aqui a mínima intenção de dizer uma mentira. Admoestei-o – mas tudo em vão. Provei – mas inutilmente. Roguei – ele sorriu. Implorei – ele riu. Preguei – ele escarneceu. Ameacei – ele descompôs. Bati-lhe – chamou a polícia. Quebrei-lhe o nariz – assoou-se e apostou sua cabeça com o diabo que eu não ousaria tentar de novo a experiência.

A pobreza era outro vício que a típica deficiência física da mãe de Dammit tinha-lhe imposto. Ele era terrivelmente pobre; e essa era, sem dúvida, a razão de suas expressões expletivas de apostas raramente tomarem o aspecto pecuniário. Não vacilo em afirmar que jamais o ouvi empregar uma linguagem como esta: "Apostarei um dólar com você." Dizia habitualmente: "Apostarei o que você quiser", ou "Apostarei o que você tiver coragem", ou "Apostarei com você uma bagatela", ou mesmo, mais significativamente ainda, "*Apostarei minha cabeça com o diabo*".

Esta última fórmula parecia agradar-lhe mais, talvez porque envolvesse menos risco, pois Dammit se tornara excessivamente parcimonioso. Tivesse-o alguém pegado pela palavra, como sua cabeça era pequena, sua perda seria também pequena. Mas estas são reflexões minhas e não posso absolutamente garantir que esteja certo ao atribuí-las a ele. Em todo o caso, a frase em questão aumentava diariamente de predileção, não obstante a grande impropriedade de um homem apostar seus miolos como se fossem notas de banco, mas esse era um ponto que a perversidade de ânimo de meu amigo não lhe permitia compreender. Por fim, abandonou todas as outras formas de aposta e entregou-se inteiramente a *"Apostarei minha cabeça com o diabo"*, com uma pertinácia e exclusividade de devoção que me desagradavam não menos do que me surpreendiam. Sempre me desagradam as circunstâncias com que não posso contar. Os mistérios obrigam a gente a pensar e dessa forma fazem mal à saúde. A verdade é que havia qualquer coisa *no ar*, no modo como Dammit costumava exprimir sua ofensiva frase, alguma coisa na sua *maneira* de enunciá-la, que, a princípio, me interessou, mas depois me deixava pouco à vontade, algo que, à falta dum termo mais preciso no momento, permito-me chamar de *esquisito*; mas que o Coleridge teria chamado de místico, Kant de panteístico, Carlyle de evasivo e Emerson de hiperexcêntrico. Comecei por não gostar daquilo absolutamente. A alma de Dammit achava-se em perigosíssimo estado. Resolvi pôr em jogo toda a minha eloquência para salvá-la. Fiz votos de servi-lo, como São Patrício, na crônica irlandesa, disse que servira o sapo, isto é, "despertou-o para o sentido de sua situação". Pus mão à tarefa imediatamente. Mais uma vez entreguei-me à admoestação. Depois empreguei minhas energias para uma tentativa final de censura amigável.

Terminada minha preleção, Dammit procedeu de uma maneira esquisita. Por alguns instantes permaneceu em silêncio, olhando-me simplesmente, de modo indagador, para o rosto. Depois, jogou a cabeça para um lado, e elevou as sobrancelhas o máximo que pode. Em seguida espalmou as mãos e encolheu os ombros. Depois piscou o olho direito e, em seguida, repetiu o gesto com o esquerdo. Logo fechou bem ambos os olhos e em seguida arregalou-os de tal maneira que comecei a ficar seriamente alarmado com as consequências. Então, aplicando o polegar ao nariz, achou por bem fazer um indescritível movimento com o resto dos dedos. Finalmente, pondo as mãos nos quadris, condescendeu em responder.

De tudo o que ele disse, posso lembrar-me apenas dos pontos principais. Ficaria agradecido se eu contivesse minha língua. Não queria saber de meus conselhos. Não aceitava nenhuma de minhas insinuações. Tinha idade suficiente para cuidar de si mesmo. Pensava eu que ele ainda era o bebê Dammit? Pretendia eu dizer qualquer coisa contra seu caráter? Pretendia insultá-lo? Era eu um maluco? Teria minha mãe conhecimento, em suma, de minha ausência do domicílio? Fazia-me esta última pergunta, como a um homem de verdade, e se obrigaria a voltar para casa de acordo com a minha resposta. Uma vez mais, tornou a perguntar, explicitamente, se minha mãe sabia que eu estava fora. Minha confusão – disse ele – me traía e apostaria sua cabeça com o diabo, como ela não sabia.

Dammit não parou para que eu replicasse. Dando volta nos calcanhares, saiu de minha presença, com indigna precipitação. Foi bom que assim o fizesse. Meus sentimentos tinham sido magoados. Até mesmo minha cólera havia despertado. Pelo menos uma vez eu teria levado a sério sua insultante aposta. Teria ganho para o Arqui-Inimigo a pequena cabeça do Sr. Dammit, pois minha mãe *estava* ciente de minha ausência, apenas temporária, de casa.

Mas *Khoda shefa midêhed* (o céu dá remédio) – como dizem os muçulmanos, quando a gente lhes pisa nos pés. Fora no prosseguimento do meu dever que tinha sido insultado e suportei o insulto como um homem. Porém, agora, parecia-me que eu fizera tudo quanto se podia exigir de mim, no caso daquele miserável indivíduo, e resolvi não mais incomodá-lo com meus conselhos, deixando-o entregue a si mesmo e à sua consciência. Mas, embora me abstivesse de dar-lhe meus conselhos, não conseguia desligar-me totalmente de sua companhia. Cheguei ao ponto de aceitar algumas de suas menos repreensíveis tendências e, algumas vezes me surpreendi elogiando seus perversos gracejos, como fazem os epicuristas com a mostarda, com lágrimas nos olhos, visto que tão profundamente me afligia ouvir sua conversa depravada.

Um belo dia, tendo saído a passear juntos, de braços dados, nosso caminho nos levou à direção de um rio. Havia uma ponte e resolvemos atravessá-la. A ponte fora coberta, a fim de protegê-la das intempéries, e a passagem abobadada, em virtude das poucas janelas, era incomodamente escura. Ao penetrarmos na passagem, o contraste entre o brilho exterior e a escuridão interna chocou-se pesadamente contra meu espírito. O mesmo não aconteceu ao infeliz Dammit, que se prestava a apostar com o diabo a cabeça, que eu havia desancado. Mostrava-se ele de um bom humor incomum. Estava excessivamente animado, tanto que passei a considerar que havia um não sei quê de incômoda suspeita. Não era impossível que estivesse ele afetado por algo de transcendental. Não sou bastante versado, porém, no diagnóstico dessa doença, para falar com segurança a respeito do assunto. E infelizmente não se achava ali presente nenhum de meus amigos do *Dial*. Sugiro a ideia, não obstante, por causa de certas espécies de austera bufonaria, que pareciam dominar meu pobre amigo, forçando-o a portar-se como um palhaço de si mesmo. Nada o satisfazia senão mover-se e saltar em redor, acima e abaixo de tudo quanto encontrava em seu caminho, ora gritando, ora ciciando toda a casta de estranhas palavras, grandes e pequenas, conservando, no entanto, todo o tempo, o rosto mais grave do mundo. Na realidade, não sabia se deveria dar-lhe pontapés, ou ter piedade dele. Afinal, tendo quase atravessado a ponte, aproximávamo-nos do termo do caminho para pedestres, quando fomos barrados por um torniquete de certa altura. Passei por ele sossegadamente, fazendo-o girar como de costume. Mas essa volta não satisfez a Dammit. Teimou em pular o torniquete e disse que poderia saltar por cima dele, de pés juntos no ar. Conscientemente falando, não acreditava que ele pudesse fazer tal coisa. O melhor saltador de pés juntos, em todos os estilos, era meu amigo, o Sr. Carlyle, e como eu sabia que *ele* não podia *fazê-lo*, não acreditava que Toby Dammit o fizesse. Por isso disse-lhe, em breves palavras, que ele era um fanfarrão, e não podia fazer o que dizia. Razão tive depois de me entristecer disso, porque ele imediatamente se ofereceu *a apostar sua cabeça com o diabo* como o faria.

Estava a ponto de replicar, não obstante minhas anteriores resoluções, com certa rispidez, contra sua impiedade, quando ouvi bem perto de meu cotovelo uma leve tosse, que soou bem parecida com a pronúncia da interjeição "hei!". Dei um pulo e, com surpresa, olhei em torno de mim. Meu olhar caiu, afinal, sobre um canto da armação da ponte e sobre a figura de um velhinho coxo, de venerável aspecto. Nada poderia ser mais reverendo que toda a sua aparência, pois não somente usava um terno preto, mas a camisa estava impecavelmente limpa e o colarinho bem engomado caía-lhe sobre a gravata branca. Usava o cabelo repartido ao meio, como o de uma moça. As mãos estavam entrelaçadas reflexivamente sobre o estômago e os olhos cuidadosamente erguidos para o alto.

Observando-o mais atentamente, notei que sobre os calções usava um avental de seda preta, fato que achei bastante estranho. Antes, porém, que tivesse tempo de fazer qualquer reparo a respeito de tão singular circunstância, ele me interrompeu, com um segundo *"hei!"*

Eu não estava imediatamente preparado para replicar a essa segunda observação. O fato é que advertências de tão lacônica natureza são quase irrespondíveis. Sei de uma revista trimestral, que foi *emudecida* com a palavra "palavrório!". Portanto, não me envergonho de dizer que me voltei para Dammit a fim de pedir ajuda.

– Dammit – falei –, que é que você faz? Não ouve o cavalheiro dizer "hei!"?

Olhei desabridamente para meu amigo, enquanto assim me dirigia a ele; pois, para falar a verdade, sentia-me particularmente perplexo, e quando um homem está particularmente perplexo, deve franzir as sobrancelhas e parecer selvagem; de outro modo, pode estar perfeitamente certo de que parecerá um louco.

– Dammit! – observei (isso soava, entretanto, mais como uma praga, coisa que estava mais longe do que tudo do meu pensamento) – O cavalheiro está dizendo "hei!"

Não tento defender minha observação, com relação à sua profundeza; nem eu mesmo a considerei profunda; mas notei que o efeito de nossas palavras nem sempre nos parece proporcional à sua importância; e se eu tivesse lançado a Dammit, de modo completo, uma bomba de Paixhans[4], ou se lhe tivesse atirado à cabeça o "Poeta e poesia de América"[5], ele não poderia ter ficado mais desconcertado do que quando me dirigi a ele, com estas simples palavras: "Dammit, que é que você faz? Não ouve o cavalheiro dizer 'hei'?"

– Que disse? – arquejou ele, afinal, depois de mudar mais de cores do que o faria um pirata, uma após a outra, quando perseguido por um navio de guerra. – Você tem absoluta certeza de que ele disse "isso"? Bem, afinal de contas, já que agora estou metido nisso, podemos muito bem enfrentar o caso friamente. Lá vai, então: "hei"!

Aí o velho sujeitinho pareceu satisfeito, só Deus sabe por quê. Deixou seu lugar no canto da ponte, coxeou para frente

---

[4]General francês, inventor de vários engenhos bélicos (*N. do T.*)
[5]Antologia de autoria de Rufus Wilmot Griswold, pastor protestante, que se desaveio, certa vez, com Edgar Poe. (*N. do T.*)

com gracioso trejeito, segurou a mão de Dammit e sacudiu-a cordialmente, olhando-o todo o tempo, fixamente, no rosto, aparentando a mais inalterada benevolência que é possível ao espírito do homem imaginar.

– Estou absolutamente seguro de que você ganhará, Dammit – disse ele, com o mais franco de todos os sorrisos –, mas, por simples formalidade, somos obrigados a fazer uma experiência, você entende.

– Hei! – replicou meu amigo, tirando o paletó, com profundo suspiro, e, amarrando um lenço em torno da cintura, fez uma inexplicável alteração no semblante, como fazer-se zarolho e abaixar os cantos da boca. – Hei! hei! – repetiu ele novamente, depois de uma pausa. E nenhuma outra palavra além de "hei!" conseguiu dizer depois disso.

– Ah! – pensei eu, sem expressar-me em voz alta. – Este silêncio vindo de Toby Dammit é totalmente extraordinário, e não é mais do que consequência de sua anterior loquacidade. Um extremo leva a outro. Teria ele esquecido das várias perguntas irrespondíveis que me fez tão fluentemente no dia de minha última preleção? Afinal de contas, ele está curado de seu transcendentalismo.

– Hei! – replicou Toby, justamente como se estivesse a ler meus pensamentos e parecendo um velho carneiro a devanear.

Então, o velhote segurou-o pelo braço, levando-o mais para dentro da escuridão da ponte, poucos passos além do torniquete.

– Meu bom amigo – disse ele –, faço questão de lhe dar distância. Espere aqui, até que eu tome lugar junto ao torniquete, a fim de poder ver se você pula por cima dele, bela e transcendentalmente, sem deixar de fazer nenhum dos floreios do pulo de pés juntos. Simples formalidade, naturalmente. Eu direi: um, dois, três e já!

Dito isso, tomou posição junto ao torniquete, parou um instante, como se estivesse a refletir profundamente, em seguida olhou para cima e, pensei eu, deu um leve sorriso; depois agarrou os cordéis do avental, lançou então um longo olhar para Dammit e, finalmente, pronunciou as palavras combinadas:

Um... dois... três... e... já!

Exatamente, ao ouvir a palavra "já!", o meu pobre amigo lançou-se em impetuoso galope. O estilo do salto não foi muito alto, como o do Sr. Lord, nem também muito baixo, como o dos críticos do Sr. Lord,[6] mas, no todo, poderia afirmar que ele se sairia bem. E que aconteceria se não o conseguisse? Ah! Essa era a questão: que sucederia?

– Que direito – disse eu comigo mesmo – tinha o velhote de obrigar qualquer outro cavalheiro a pular? Aquele velho manquitola! Quem era *ele*? Se *me* pedisse para pular, eu não o faria, evidentemente, e não me importava *que diabo fosse ele*.

A ponte, como disse, era abobadada e coberta, de maneira muito ridícula, tendo sempre um eco muito incômodo, um eco que eu nunca antes observara tão particularmente como quando pronunciei as quatro últimas palavras de minha observação.

Mas o que eu disse, ou o que eu pensei, ou o que eu ouvi, ocupou apenas um instante. Em menos de cinco segundos, após sua partida, o meu pobre Toby tinha dado o pulo. Eu o vi correndo agilmente, alçando-se grandiosamente do soalho da ponte, traçando os mais espantosos floreios com as pernas, enquanto subia. Vi-o alto no ar, pulando admiravelmente, de pés juntos, por cima do torniquete e, sem dúvida, pensei que era uma coisa insolitamente singular que ele não *continuasse* o pulo. Mas o pulo inteiro fora questão de momento. E, antes que tivesse tempo de pensar profundamente, Dammit recuou para baixo, completamente de costas, no mesmo lado do torniquete, de onde havia partido. No mesmo instante, vi o velhote coxeando no auge de sua velocidade, apanhando e enrolando no seu avental algo que caiu pesadamente da escuridão do arco, justa-

---

[6] Poeta contemporâneo de Poe, de escassa notoriedade. (*N. do T.*)

mente por cima do torniquete. Fiquei bastante atônito diante de tudo isso; mas não tive tempo de pensar, porque Dammit se conservava particularmente silencioso, concluindo eu que ele deveria estar muito magoado e necessitava de meu auxílio. Corri para o seu lado e descobri que ele havia recebido o que pode ser chamado uma séria injúria. A verdade é que ele tinha sido privado de sua cabeça, a qual, depois de acurada procura, não pude encontrar em parte alguma, de modo que decidi-me a levá-lo para casa e chamar os homeopatas.

Entrementes, um pensamento me abalou e eu escancarei uma janela da ponte, quando a triste verdade imediatamente invadiu-me o espírito. Cerca de 1,5 metro justamente acima da extremidade do torniquete, e cruzando o arco do passeio, como que formando um gancho, estendia-se uma lisa barra de ferro, colocada horizontalmente, que era de uma série de barras que serviam para reforçar a estrutura, em toda a sua extensão. Com a extremidade desse gancho é que pareceu evidente ter-se posto o pescoço de meu infortunado amigo precisamente em contato.

Não sobreviveu ele muito tempo à sua terrível perda. Os homeopatas não lhe deram suficientes dosezinhas de remédio e o pouco que deram ele hesitou em tomar. De modo que, no fim, piorou e veio a morrer, dando assim uma lição a todos os viventes desregrados. Orvalhei-lhe o túmulo com minhas lágrimas, esculpi uma *barra* sinistra no escudo da família, e, quanto às despesas gerais do enterro, enviei minha muito moderada conta aos transcendentalistas. Os velhacos recusaram-se a pagá-la, de modo que tive de desenterrar imediatamente Dammit e vendê-lo como comida de cachorro.

12
O duque de L'Omelette

And stepped at once into a cooler clime.[1]

COWPER

Keats foi vítima de uma crítica. Quem morreu por causa de *The Andromache*?[2] Almas ignóbeis! De L'Omelette pereceu devido a um hortulana.[3] *L'histoire en est breve*. Valei-me, Espírito de Apício!

O pequeno vagabundo alado, enamorado, lânguido, indolente, foi transportado numa gaiola dourada de seu lar distante, no Peru, para a *Chaussée D'Antin*. De sua proprietária real, La Bellissima, o afortunado pássaro foi levado, por seis pares do império, ao duque de L'Omelette.

Àquela noite, o duque cearia sozinho. Na intimidade de seu gabinete, recostou-se languidamente na otomana pela qual sacrificara sua lealdade ao rei, fazendo um lanço maior que o do soberano – aquela notável otomana do Cadêt.

---

[1] E penetrou logo num clima mais fresco. (*N. do E.*)
[2] Montefleury. O autor do *Parnasse Réformé* faz com que ele fale, no inferno: "*L'homme donc qui voudrait savoir ce dont je suis mort, qu'il ne demande pas s'il fut de fièvre ou de podagre ou d'autre chose, mais qu'il entende que ce fut de L'Andromaque*". (O homem, então, que quiser saber do que eu morri, que não me pergunte se foi de febre ou de gota ou de outra coisa, mas saiba que foi de L'Andromaque.) (*N. do T.*)
[3] Pássaro europeu, *Embeliza hortulana*. (*N. do T.*)

Mergulha o rosto na almofada. Soam horas no relógio. Incapaz de refrear seus sentimentos, Sua Excelência engole uma azeitona. Nesse momento, a porta abre-se delicadamente ao som de suave música, e eis que o mais delicado dos pássaros surge ante os olhos do mais apaixonado dos homens! Mas que consternação inexprimível é essa que então ensombrece a fisionomia do duque? *"Horreur!... chien!... Baptiste!... l'oiseau!... ah, bon Dieu... cet oiseau modeste que tu as déshabillé de ses plumes, et que tu as servi sans papier!"*[4] Não preciso dizer mais: o duque expirou num paroxismo de náusea.

– Ah! ah! ah! – riu Sua Excelência, três dias depois de sua morte.

– Ih! ih! ih! – fez o Diabo, baixinho, adotando um ar de superioridade.

– Certamente, o senhor não está falando a sério – retorquiu De L'Omelette. – Eu pequei, *c'est vrai*, mas meu bom senhor, pense bem!... Não creio que seja sua intenção pôr em prática essas... ameaças bárbaras.

– Não, hein? – exclamou o Diabo. – Vamos, meu senhor, dispa-se!

– Despir-me? Ora essa!... Não, senhor, *não* o farei. Quem é o senhor, diga-me, para fazer com que eu, duque de L'Omelette, príncipe de Foie-Gras, já maior de idade, autor da *mazurkiad* e membro da Academia, deva despojar-me, a seu pedido, dos mais suaves calções jamais feitos por Bourdon, do mais elegante *robe-de-chambre* jamais confeccionado por Rombêrt... Isso sem me referir ao trabalho que me daria descalçar as luvas e tirar os papelotes de meus cabelos?

– Quem sou eu?... Ah, é verdade! Sou Belzebu, Príncipe das Moscas. Acabo de retirá-lo de um ataúde de jacarandá tauxiado

---

[4] Horror!... cão!... Baptiste!... o pássaro!... Ah, bom Deus... esse pássaro modesto que você despiu de suas plumas, e que serviu sem papel! (*N. do E.* – esta nota e as seguintes deste conto são do editor.)

de marfim. O senhor estava curiosamente perfumado e rotulado, como uma mercadoria a ser despachada. Foi Belial quem o mandou – o meu inspetor de cemitérios. Os calções que, segundo diz, foram feitos por Bourdon, são realmente excelentes, e o seu *robe-de-chambre*, uma mortalha bastante ampla.

– Senhor! – exclamou o duque. – Não consinto que me insultem impunemente! Na primeira oportunidade, vou me vingar dessa ofensa! O senhor receberá notícias minhas! Enquanto isso, *au revoir!*

Com uma curvatura, o duque ia-se afastando da presença de Satanás, quando seus passos foram interceptados por um par do reino, que o trouxe de volta. Aí, então, Sua Excelência esfregou os olhos, bocejou, deu de ombros e refletiu. Satisfeito com a sua identidade, lançou um olhar em torno.

O apartamento era soberbo. Mesmo de L'Omelette não poderia deixar de considerá-lo *bien comme il faut*.[5] Não se tratava apenas do seu comprimento ou de sua largura, mas de sua altura! Ah, esta era espantosa! Não havia, certamente, teto, mas uma turbilhonante massa de nuvens cor de fogo. Ao olhar para cima, Sua Excelência sentiu uma vertigem. Pendendo do alto, havia uma corrente de metal desconhecido e cor de sangue, cuja extremidade superior se perdia, como a cidade de Boston, em meio às nuvens. Em sua extremidade inferior, oscilava um brilho tão intenso, tão fixo, tão terrível, como a Pérsia jamais adorara, como Gheber jamais imaginara, como um muçulmano jamais sonhara quando, embriagado de ópio, cambaleava para um leito de papoulas, as costas voltadas para as flores e a face para o deus Apolo. O duque murmurou uma blasfêmia, de decidida aprovação.

Os cantos do aposento eram cercados de nichos. Três deles continham estátuas de proporções gigantescas. Sua beleza era grega, sua deformidade, egípcia, seu *tout ensemble*,[6] francês. No

---

[5] Espetacular. (*N. do E.*)
[6] Conjunto. (*N. do E.*)

quarto nicho, a estátua estava velada; e *não* era colossal. Mas via-se um tornozelo delicado e um pé calçado com sandália. De L'Omelette levou a mão ao coração, fechou os olhos, ergueu-os, e, enrubescendo, deparou com o Príncipe das Trevas.

Mas as pinturas! – Kupris! Astarte! Astoreth! – milhares e as mesmas! E Rafael as contemplara! Sim, Rafael estivera ali, pois não fora ele quem pintou-o...? E não fora condenado por isso? As pinturas! Oh, as pinturas! Que suntuosidade! Que amor! Quem é que, contemplando aquelas belezas proibidas, teria olhos para os delicados adornos das douradas molduras que pontilhavam, como estrelas, os muros de jacintos e de pórfiro?

O duque, porém, sente o coração desfalecer no peito. Contudo, não se acha, como se poderia supor, perturbado ante aquela magnificência, nem tem a respiração suspensa devido a todos aqueles inumeráveis incensórios. *C'est vrais que de toutes ces choses il a pensé beaucoup*[7] – *mais*, duque de L'Omelette está paralisado de terror: em meio da sombria paisagem descortinada através da única janela que se achava aberta, eis que brilham os clarões da mais medonha de todas as fogueiras!

Le pauvre Duc![8] O duque não pode deixar de imaginar que as magníficas, as voluptuosas, as incessantes melodias que penetravam no salão, depois de filtradas e transmudadas pela alquimia das vidraças encantadas, eram os lamentos e os uivos desesperados dos condenados! E ali, também, sobre aquela otomana, quem poderia *ele* ser? Ele, o *petit maitre*[9] – não, uma deidade – sentado, imóvel, como se talhado em mármore, *et qui sourit*,[10] com o seu pálido rosto, *si amèrement?*[11]

---

[7]É verdade que ele pensou muito em todas essas coisas.
[8]Pobrezinho.
[9]Jovem mestre.
[10]E quem sorriu.
[11]Tão amargamente.

Mais il faut agir,[12] isto é, um francês jamais fraqueja de todo. Ademais, Sua Excelência detestava cenas. De L'Omelette recobra sua personalidade. Havia alguns floretes sobre a mesa – e algumas pontas também. E o duque aprendera esgrima com B...; *il avait tué ses six hommes*.[13] Ora, assim sendo, *il peut s'échapper*.[14] Examina os dois floretes e, com graça inimitável, concede a escolha ao Príncipe das Trevas. *Horreur!* Sua Alteza não sabe esgrimir!

Mais il joue![15] – que lembrança feliz! Sua Excelência, porém, sempre tivera ótima memória. "Depenara" no jogo o "*Diable*" do Abade Gualtier. Conta-se, a respeito, "*que le Diable n'ose pas refuser un jeu d'écarté*".[16]

E as probabilidades – as probabilidades! Péssimas, sem dúvida – mas não piores do que a situação em que se encontrava o duque. Além disso, não era ele senhor do segredo? Acaso não tirara a pele de Père Le Brun? Não era sócio do *Club Vingt-un? "Si je perds"*[17] – pensou – "*je serai deux fois perdu*" – estarei duplamente perdido – "*voilá tout!*" (Aqui, Sua Excelência deu de ombros). "*Si je gagne, je reviendrai à mes ortolans – que les cartes soient préparés!*"[18]

Sua Excelência revelava, em sua atitude, o máximo cuidado, a máxima atenção; Sua Alteza, a máxima confiança. Um espectador teria pensado em Francisco e Carlos. Sua Excelência pensava em seu jogo. Sua Alteza não pensava: embaralhava as cartas. O duque cortou.

São dadas as cartas. O trunfo é virado... É... é... o rei! Não... era a rainha. Sua Alteza, o Príncipe das Trevas, lançou uma

---

[12] Mas é preciso agir.
[13] Ele mataria seis de seus homens.
[14] Ele pode escapar.
[15] Mas ele brinca!
[16] Que o Diabo não ousa recusar um jogo de cartas.
[17] Se eu perder.
[18] Se eu ganhar, voltarei aos meus hortulanas – que as cartas estejam a meu favor!

imprecação ante suas vestes masculinas. De L'Omelette levou a mão ao coração.

Jogam. O duque enumera as cartas. Sua Alteza, pesadamente, faz o mesmo, sorri, e toma vinho. O duque tira furtivamente uma carta.

– *C'est à vous à faire*[19] – diz Sua Alteza, cortando.

Sua Excelência faz uma curvatura, dá as costas e levanta-se da mesa *en présentant le Roi*.[20]

Sua Alteza mostra-se contrariado.

Se Alexandre não fosse Alexandre, seria Diógenes; e o duque assegurou ao seu adversário, ao partir, *"que s'il n'eût pas été De L'Omelette il n'auriat point d'objection d'être le Diable"*.[21]

---

[19] É a sua vez.
[20] Tão amargamente.
[21] Que se não tivesse sido De L'Omelette ele não teria dúvida de que seria o Diabo.

13
O poço e o pêndulo

> *Impia tortorum longos hic turba furores*
> *Sanguinis innocui, non satiata, aluit.*
> *Sospite nunc patria, fracto nunc funeris antro,*
> *Mors ubi dira fuit vita salusque patent.*[1]
>
> – Quadra composta para as portas de um mercado a ser
> erigido no terreno do Clube dos Jacobinos, em Paris.

Estava exausto, mortalmente exausto com aquela longa *agonia* – e quando, por fim, me desamarraram e pude sentar-me, senti que perdia os sentidos. A sentença – a terrível sentença de morte – foi a última frase que chegou, claramente, aos meus ouvidos. Depois, o som das vozes dos inquisidores pareceu apagar-se naquele zumbido indefinido de sonho. O ruído despertava em minha alma a ideia de *rotação*, talvez devido à sua associação, em minha mente, com o ruído característico de uma roda de moinho. Mas isso durou pouco, pois, logo depois, nada mais ouvi. Não obstante, durante alguns momentos, pude ver, mas com que terrível exagero! Via os lábios dos juízes, vestidos de preto. Pareciam-me brancos, mais brancos do que a folha de papel em que traço estas palavras, e grotescamente finos – finos pela intensidade de sua expressão de firmeza, pela

---
[1] Aqui, a multidão ímpia dos carrascos, insaciada, alimentou sua sede violenta de sangue inocente. Agora, salva a pátria, destruído o antro do crime, reinam a vida e a salvação onde reinava a cruel morte. (*N. do E.*)

sua inflexível resolução, pelo severo desprezo ao sofrimento humano. Via que os decretos daquilo que para mim representava o destino saíam ainda daqueles lábios. Vi-os contorcerem-se numa frase mortal; vi-os pronunciarem as sílabas de meu nome – e estremeci, pois nenhum som lhes acompanhava os movimentos. Vi, também, durante alguns momentos de delírio e terror, a suave e quase imperceptível ondulação das negras tapeçarias que cobriam as paredes da sala, e o meu olhar caiu então sobre as sete grandes velas que estavam em cima da mesa. A princípio, tiveram para mim o aspecto de uma caridade, e pareceram-me anjos brancos e esguios que deveriam salvar-me. Mas, de repente, uma náusea mortal invadiu-me a alma, e senti que cada fibra de meu corpo estremecia como se houvesse tocado os fios de uma bateria galvânica. As formas angélicas se converteram em inexpressivos espectros com cabeças de chama, e vi que não poderia esperar delas auxílio algum. Então, como magnífica nota musical, insinuou-se em minha imaginação a ideia do doce repouso que me aguardava no túmulo. Chegou suave, furtivamente – e penso que precisei de muito tempo para apreciá-la devidamente. Mas, no instante preciso em que meu espírito começava a sentir e alimentar essa ideia, as figuras dos juízes se dissiparam, como por arte de mágica, ante os meus olhos. As grandes velas reduziram-se a nada; suas chamas se apagaram por completo e sobreveio o negror das trevas; todas as sensações pareceram desaparecer como numa queda louca da alma até o Hades. E o universo transformou-se em noite, silêncio, imobilidade.

Eu desmaiara; mas, não obstante, não posso dizer que houvesse perdido de todo a consciência. Não procurarei definir, nem descrever sequer, o que dela me restava. Nem tudo, porém, estava perdido. Em meio ao mais profundo sono... não! Em meio ao delírio... não! Em meio ao desfalecimento... não! Em meio à morte... não! Nem mesmo na morte tudo está perdido. Do contrário, não haveria imortalidade para o homem.

Quando despertamos do mais profundo sono, desfazemos as teias de aranha de *algum* sonho. E, não obstante, um segundo depois não nos lembramos de haver sonhado, por mais delicada que tenha sido a teia. Na volta à vida, depois do desmaio, há duas fases: o sentimento da existência moral ou espiritual e o da existência física. Parece provável que se, ao chegar à segunda fase, tivéssemos de evocar as impressões da primeira, tornaríamos a encontrar todas as lembranças eloquentes do abismo do outro mundo. E qual é esse abismo? Como, ao menos, poderemos distinguir suas sombras das do túmulo? Mas se as impressões do que chamamos primeira fase não nos acodem de novo ao chamado da vontade, acaso não nos aparecem depois de longo intervalo, sem serem solicitadas, enquanto, maravilhados, perguntamos a nós mesmos de onde provêm? Quem nunca perdeu os sentidos não descobrirá jamais estranhos palácios e rostos singularmente familiares entre as chamas ardentes; não contemplará, flutuante no ar, as melancólicas visões que muitos talvez jamais contemplem; não meditará nunca sobre o perfume de alguma flor desconhecida, nem mergulhará no mistério de alguma melodia que jamais lhe chamou antes a atenção.

Em meio aos meus frequentes e profundos esforços para recordar, em meio a minha luta tenaz para apreender algum vestígio desse estado de vácuo aparente em que minha alma mergulhara, houve breves, brevíssimos instantes em que julguei triunfar, momentos fugidios em que cheguei a reunir lembranças que, em ocasiões posteriores, meu raciocínio lúcido me afirmou não poderem referir-se senão a esse estado em que a consciência parece aniquilada. Essas sombras de lembranças apresentavam, indistintamente, grandes figuras que me carregavam, transportando-me, silenciosamente, para baixo... para baixo... ainda mais para baixo... até que uma vertigem horrível me oprimia, ante a ideia de que não tinha mais fim tal descida. Também me lembro de que despertavam um vago horror no fundo de meu coração, devido precisamente à tranquilidade sobrenatural desse mesmo coração. Depois, o sentimento de uma súbita imobilidade em tudo o que me cercava, como se aqueles que me carregavam (espantosa comitiva!) ultrapassassem, em sua descida, os limites do ilimitado, e fizessem uma pausa, vencidos pelo cansaço de seu esforço. Depois disso, lembro-me de uma sensação de monotonia e de umidade. Depois, tudo é *loucura* – a loucura da memória que se agita entre coisas proibidas.

Súbito, voltam à minha alma o movimento e o som – o movimento tumultuoso do coração e, em meus ouvidos, o som de suas batidas. Em seguida, uma pausa, em que tudo é vazio. Depois, de novo, o som, o movimento e o tato, como uma sensação vibrante que penetra em meu ser. Logo após, a simples consciência da minha existência, sem pensamento – estado que durou muito tempo. Depois, de maneira extremamente súbita, o *pensamento*, e um trêmulo terror – o esforço enorme para compreender o meu verdadeiro estado. Logo após, vivo desejo de mergulhar na insensibilidade. Depois, um brusco renascer da alma e um esforço bem-sucedido para mover-me. E, então, a lembrança completa do que acontecera, dos juízes, das tapeçarias negras, da sentença, da fraqueza, do desmaio. Esquecimento completo de tudo o que acontecera – e que somente mais tarde, graças aos mais vivos esforços, consegui recordar vagamente.

Até então, não abrira ainda os olhos. Sentia que me achava deitado de costas, sem que estivesse atado. Estendi a mão e ela caiu pesadamente sobre alguma coisa úmida e dura. Deixei que ela lá ficasse durante muitos minutos, enquanto me esforçava por imaginar onde é que eu estava e o que é que *poderia* ter acontecido comigo. Desejava, mas não me atrevia fazer uso dos olhos. Receava o primeiro olhar sobre as coisas que me cercavam. Não que me aterrorizasse contemplar coisas terríveis, mas tinha medo de que não houvesse *nada* para ver. Por fim, experimentando horrível desespero em meu coração, abri rapidamente os olhos. Meus piores pensamentos foram, então, confirmados. Envolviam-me as trevas da noite eterna. Esforcei-me por respirar. A intensidade da escuridão parecia oprimir-me, asfixiar-me. O ar era intoleravelmente pesado. Continuei ainda imóvel, e esforcei-me por fazer uso da razão. Lembrei-me dos procedimentos inquisitoriais e, partindo daí, procurei deduzir qual a minha situação real. A sentença fora proferida, e parecia-me que, desde então, transcorrera um longo espaço de tempo. Não obstante, não imaginei um momento sequer que estivesse realmente morto. Tal suposição, em que pese o que lemos nos livros de ficção, é absolutamente incompatível com a existência real. Mas onde me encontrava e qual era o meu estado? Sabia que os condenados à morte pereciam, com frequência, nos autos de fé – e um desses autos havia-se realizado na noite do dia em que eu fora julgado. Teria eu permanecido em meu calabouço, à espera do sacrifício seguinte, que não se realizaria senão dentro de muitos meses? Vi, imediatamente, que isso não poderia ser. As vítimas eram exigidas sem cessar. Além disso, meu calabouço, bem como as celas de todos os condenados, em Toledo, tinham pisos de pedra e sempre penetrava nelas alguma luz.

De repente, uma ideia terrível acelerou violentamente o sangue em meu coração e, durante breve espaço, mergulhei de novo na insensibilidade. Ao recobrar os sentidos, pus-me logo de pé, a tremer convulsivamente. Alucinado, estendi os braços para o alto e em torno de mim, em todas as direções. Não senti nada. Não obstante, receava dar um passo, com medo de ver os meus movimentos impedidos pelos muros de um *túmulo*. O suor brotava-me de todos os poros e grossas gotas frias me salpicavam a testa. A angústia da incerteza tornou-se, por fim, insuportável e avancei com cautela, os braços estendidos, os olhos a saltar-me das órbitas, na esperança de descobrir algum tênue raio de luz. Dei muitos passos, mas, não obstante, tudo era treva e vácuo. Sentia a respiração mais livre. Parecia-me evidente que o meu destino não era, afinal de contas, o mais espantoso de todos.

Continuei a avançar cautelosamente e, enquanto isso, me vieram à memória mil vagos rumores dos horrores de Toledo. Sobre calabouços, contavam-se coisas estranhas – fábulas, como eu sempre as considerara –, coisas, contudo, estranhas, e demasiado horríveis para que a gente as narrasse a não ser num sussurro. Acaso fora eu ali deixado para morrer de fome naquele subterrâneo mundo de trevas, ou quem sabe um destino ainda mais terrível me aguardava? Conhecia demasiado bem o caráter de meus juízes para duvidar de que o resultado de tudo aquilo seria a morte, e uma morte mais amarga do que o habitual. Como seria ela e a hora de sua execução eram os únicos pensamentos que me ocupavam o espírito, causando-me angústia.

Minhas mãos estendidas encontraram, afinal, um obstáculo sólido. Era uma parede que parecia de pedra, muito lisa, úmida e fria. Segui junto a ela, caminhando com a cautelosa desconfiança que certas narrações antigas me haviam inspirado. Porém, essa operação não me proporcionava meio algum de averiguar as dimensões de meu calabouço; podia dar a volta e tornar ao ponto de partida sem perceber exatamente o lugar em que me encontrava, pois a parede me parecia perfeitamente uniforme. Por isso, procurei um canivete que tinha num dos bolsos quando fui levado ao tribunal, mas havia desaparecido. Minhas roupas tinham sido substituídas por uma vestimenta de sarja grosseira. A fim de identificar o ponto de partida, pensara enfiar a lâmina em alguma minúscula fenda da parede. A dificuldade, apesar de tudo, não era insuperável, embora, em meio à desordem de meus pensamentos, me parecesse, a princípio, uma coisa insuperável. Rasguei uma tira da barra de minha roupa e coloquei-a ao comprido no chão, formando um ângulo reto com a parede. Percorrendo às apalpadelas o caminho em torno de meu calabouço, ao terminar o circuito teria de encontrar o pedaço de tecido. Foi, pelo menos, o que pensei; mas não levara em conta as dimensões do calabouço, nem a minha fraqueza. O chão era úmido e escorregadio. Cambaleante, dei alguns passos, quando, de repente, tropecei e caí. Meu grande cansaço fez com que permanecesse caído e, naquela posição, o sono não tardou em apoderar-se de mim.

Ao acordar e estender o braço, encontrei ao meu lado um pedaço de pão e um púcaro com água. Estava demasiado exausto para pensar em tais circunstâncias, e bebi e comi avidamente. Pouco depois, reiniciei minha viagem em torno do calabouço e, com muito esforço, consegui chegar ao pedaço de sarja. Até o momento em que caí, já havia contado 52 passos e, ao recomeçar a andar até chegar ao pedaço de pano, mais 48. Portanto, havia ao todo, cem passos e, supondo que dois deles fossem uma jarda, calculei em cerca de 45 metros a circunferência de meu calabouço. No entanto, deparara com numerosos ângulos na parede, e isso me impedia de conjeturar qual a forma da caverna, pois não havia dúvida alguma de que se tratava de uma caverna.

Tais pesquisas não tinham objetivo algum e, certamente, eu não alimentava nenhuma esperança; mas uma vaga curiosidade me levava a continuá-las. Deixando a parede, resolvi atravessar a área de minha prisão. A princípio, procedi com extrema cautela, pois o chão, embora aparentemente revestido de material sólido, era traiçoeiro, devido ao limo. Por fim, ganhei coragem e não hesitei em pisar com firmeza, procurando seguir em linha tão reta quanto possível. Avancei, dessa maneira, uns dez ou doze passos, quando o que restava da barra de minhas vestes se emaranhou em minhas pernas. Pisei num pedaço de tecido e caí violentamente de bruços.

Na confusão causada pela minha queda, não reparei imediatamente numa circunstância um tanto surpreendente, a qual, no entanto, decorridos alguns instantes, enquanto me encontrava ainda estirado, me chamou a atenção. Era que o meu queixo estava apoiado sobre o chão da prisão, mas os meus lábios e a parte superior de minha cabeça, embora me parecessem colocados numa posição menos elevada do que o queixo, não tocavam em nada. Por outro lado, minha testa parecia banhada por um vapor pegajoso, e um cheiro característico de cogumelos em decomposição me chegou às narinas. Estendi o braço para a frente e tive um estremecimento, ao verificar que caíra bem junto às bordas de um poço circular, cuja circunferência, naturalmente, não me era possível verificar no momento. Apalpando os tijolos, pouco abaixo da boca do poço, consegui deslocar um pequeno fragmento e deixei-o cair no abismo. Durante alguns segundos, fiquei atento aos seus ruídos, enquanto, na queda, batia de encontro às paredes do poço; por fim, ouvi um mergulho surdo na água, seguido de ecos fortes. No mesmo momento, ouvi um som que se assemelhava a um abrir e fechar de porta acima de minha cabeça, enquanto um débil raio de luz irrompeu subitamente através da escuridão e se extinguiu de pronto.

Percebi claramente a armadilha que me estava preparada, e congratulei-me comigo mesmo pelo oportuno acidente que me fizera escapar de tal destino. Outro passo antes de minha queda, e o mundo jamais me veria de novo. E a morte de que escapara por pouco era daquelas que eu sempre considerara como fabulosas e frívolas nas narrações que diziam respeito à Inquisição. Para as vítimas de sua tirania, havia a escolha entre a morte com as suas angústias físicas imediatas e a morte com os seus espantosos horrores morais. Eu estava destinado a esta última. Devido aos longos sofrimentos, meus nervos estavam à flor da pele, a ponto de tremer ao som de minha própria voz, de modo que era, sob todos os aspectos, uma vítima adequada para a espécie de tortura que me aguardava.

Tremendo dos pés à cabeça, voltei, às apalpadelas, até a parede, resolvido antes a ali perecer do que a arrostar os terrores dos poços, que a minha imaginação agora pintava em vários lugares do calabouço. Em outras condições de espírito, poderia ter tido a coragem de acabar de vez com a minha miséria, mergulhando num daqueles poços; mas eu era, então, o maior dos covardes. Tampouco podia esquecer o que lera a respeito daqueles poços: que a *súbita* extinção da vida não fazia parte dos planos de meus algozes.

A agitação em que se debatia o meu espírito fez-me permanecer acordado durante longas horas; contudo, acabei por adormecer de novo. Ao acordar, encontrei ao meu lado, como antes, um pão e um púcaro com água. Consumia-me uma sede abrasadora, e esvaziei o recipiente de um gole só. A água devia conter alguma droga, pois, mal acabara de beber, tornei-me irresistivelmente sonolento. Invadiu-me profundo sono – um sono como o da morte. Quanto tempo aquilo durou, certamente, não posso dizer; mas, quando tornei a abrir os olhos, os objetos em torno eram visíveis. Um forte clarão cor de enxofre, cuja origem não pude a princípio determinar, permitia-me ver a extensão e o aspecto da prisão.

Quanto ao seu tamanho, enganara-me completamente. A extensão das paredes, em toda a sua volta, não passava de 23 metros. Durante alguns minutos, tal fato me causou um mundo de preocupações inúteis. Inúteis, de fato, pois o que poderia ser menos importante, nas circunstâncias em que me encontrava, do que as simples dimensões de minha cela? Mas minha alma se interessava vivamente por coisas insignificantes, e eu me empenhava em explicar a mim mesmo o erro cometido em meus cálculos. Por fim, a verdade se fez subitamente clara. Em minha primeira tentativa de exploração, eu contara 52 passos até o momento em que caí; devia estar, então, a um ou dois passos do pedaço de sarja; na verdade, havia quase completado toda a volta do calabouço. Nessa altura, adormeci e, ao despertar, devo ter voltado sobre meus próprios passos – supondo, assim, que o circuito do calabouço era quase o dobro do que realmente era. A confusão de espírito em que me encontrava impediu-me de notar que começara a volta seguindo a parede pela esquerda, e que a terminara seguindo-a para a direita.

Enganara-me, também, quanto ao formato da cela. Ao seguir o meu caminho, deparara com muitos ângulos, o que me deu ideia de grande irregularidade, tão poderoso é o efeito da escuridão total sobre alguém que desperta do sono ou de um estado de torpor! Os ângulos não passavam de umas poucas reentrâncias, ou nichos, situados em intervalos iguais. A forma geral da prisão era retangular. O que me parecera alvenaria, parecia-me, agora, ferro, ou algum outro metal, disposto em enormes pranchas, cujas suturas ou juntas produziam as depressões. Toda a superfície daquela construção metálica era revestida grosseiramente de vários emblemas horrorosos e repulsivos nascidos das superstições sepulcrais dos monges. Figuras de demônios de aspectos ameaçadores, com formas de esqueleto, bem como outras imagens ainda mais terríveis, enchiam e desfiguravam as paredes. Observei que os contornos de tais monstruosidades eram bastante nítidos, mas que as cores pareciam desbotadas e apagadas, como por efeito da umidade. Notei, então, que o piso era de pedra. Ao centro, abrira-se o poço circular de cujas fauces eu escapara – mas era o único existente no calabouço.

Vi tudo isso confusamente e com muito esforço, pois minha condição física mudara bastante durante o sono. Estava agora estendido de costas numa espécie de armadura de madeira muito baixa, à qual me achava fortemente atado por uma longa tira de couro. Esta dava muitas voltas em torno de meus membros e de meu corpo, deixando apenas livre a minha cabeça e o meu braço esquerdo, de modo a permitir que eu, com muito esforço, me servisse do alimento que se achava sobre um prato de barro, colocado no chão. Vi, horrorizado, que o púcaro havia sido retirado, pois uma sede intolerável me consumia. Pareceu-me que a intenção de meus verdugos era exasperar essa sede, já que o alimento que o prato continha consistia de carne muito salgada.

Levantei os olhos e examinei o teto de minha prisão. Tinha 9 a 12 metros de altura e o material de sua construção assemelhava-se ao das paredes laterais. Chamou-me a atenção uma de suas figuras, bastante singular. Era a figura do tempo, tal como é comumente representado, salvo que, em lugar da foice, segurava algo que me pareceu ser, ao primeiro olhar, um imenso pêndulo, como esses que vemos nos relógios antigos. Havia alguma coisa, porém, na aparência desse objeto, que me fez olhá-lo com mais atenção.

Enquanto o observava diretamente, olhando para cima, pois se achava colocado exatamente sobre minha cabeça, tive a impressão de que o pêndulo se movia. Um instante depois, vi que minha impressão se confirmava. Seu oscilar era curto e, por conseguinte, lento. Observei-o, durante alguns minutos, com certo receio, mas, principalmente, com espanto. Cansado, por fim, de observar o seu monótono movimento, voltei o olhar para outros objetos existentes na cela.

Ligeiro ruído atraiu-me a atenção e, olhando para o chão, vi que enormes ratos o atravessavam. Tinham saído do poço, que ficava à direita, bem diante de meus olhos. Enquanto os olhava, saíam do poço em grande número, apressadamente, com olhos vorazes, atraídos pelo cheiro da carne. Foi preciso muito esforço e atenção de minha parte para afugentá-los.

Talvez houvesse transcorrido meia hora, ou mesmo uma hora – pois não me era possível perceber bem a passagem do tempo –, quando levantei de novo os olhos para o teto. O que então vi me deixou atônito, perplexo. O oscilar do pêndulo havia aumentado muito, chegando quase a uma jarda. Como consequência natural, sua velocidade era também muito maior. Mas o que me perturbou, principalmente, foi a ideia de que havia, imperceptivelmente, *descido*. Observei, então – tomado de um horror que bem se pode imaginar –, que a sua extremidade inferior era formada de uma lua crescente feita de aço brilhante, de cerca de 30 centímetros de comprimento de ponta a ponta. As pontas estavam voltadas para cima e o fio inferior era, evidentemente, afiado como uma navalha. Também como uma navalha, parecia pesada e maciça, alargando-se, desde o fio, numa estrutura larga e sólida. Presa a ela havia um grosso cano de cobre, e tudo isso *assobiava*, ao mover-se no ar.

Já não me era possível alimentar qualquer dúvida quanto à sorte que me reservara o terrível engenho monacal de torturas. Os agentes da Inquisição tinham conhecimento de que eu descobrira o poço – o *poço* cujos horrores haviam sido destinados a um herege tão temerário quanto eu – o *poço*, imagem do inferno, considerado como a Última Tule de todos os seus castigos. Um simples acaso me impedira de cair no poço, e eu sabia que a surpresa, ou uma armadilha que levasse ao suplício, constituía uma parte importante de tudo o que havia de grotesco naqueles calabouços de morte. Ao que parecia, tendo fracassado a minha queda no poço, não fazia parte do plano demoníaco o meu lançamento no abismo e, assim, não havendo outra alternativa, aguardava-me uma forma mais suave de destruição. *Mais suave!* Em minha angústia, esbocei um sorriso ao pensar no emprego dessas palavras.

Para que falar das longas, longas horas de horror mais do que mortal, durante as quais contei as rápidas oscilações do aço? Centímetro a centímetro, linha a linha, descia aos poucos, de um modo só perceptível a intervalos que para mim pareciam séculos. E cada vez descia mais, descia mais!... Passaram-se dias, talvez muitos dias, antes de que chegasse a oscilar tão perto de mim a ponto de me ser possível sentir o ar acre que deslocava. Penetrava em minhas narinas o cheiro do aço afiado. Rezei – cansando o céu com as minhas preces – para que a sua descida fosse mais rápida. Tomado de frenética loucura, esforcei-me para erguer o corpo e ir ao encontro daquela espantosa e oscilante cimitarra. Depois, de repente, apoderou-se de mim uma grande calma e permaneci sorrindo diante daquela morte cintilante, como uma criança diante de um brinquedo raro.

Seguiu-se outro intervalo de completa insensibilidade – um intervalo muito curto, pois, ao voltar de novo à vida, não me pareceu que o pêndulo houvesse descido de maneira perceptível. Mas é possível que haja decorrido muito tempo; sabia que existiam seres infernais que tomavam nota de meus desfalecimentos e podiam deter, à vontade, o movimento do pêndulo. Ao voltar a mim, senti um mal-estar e uma fraqueza indescritíveis, como se estivesse a morrer de inanição. Mesmo entre todas as angústias por que estava passando, a natureza humana ansiava por alimento. Com penoso esforço, estendi o braço esquerdo tanto quanto me permitiam as ataduras e apanhei um resto de comida que conseguira evitar que os ratos comessem. Ao levar um bocado à boca, passou-me pelo espírito um vago pensamento de alegria... de esperança. Não obstante, que é que tinha eu a ver com a esperança? Era, como digo, um pensamento vago – desses que ocorrem a todos com frequência, mas que não se completam. Mas senti que era de alegria, de esperança. Como senti, também, que se extinguira antes de formar-se. Esforcei-me em vão por completá-lo... por reconquistá-lo. Meus longos sofrimentos haviam quase aniquilado todas as faculdades de meu espírito. Eu era um imbecil, um idiota.

A oscilação do pêndulo se processava num plano que formava um ângulo reto com o meu corpo. Vi que a lâmina fora colocada de modo a atravessar-me a região do coração. Rasgaria a minha roupa, voltaria e repetiria a operação... de novo, de novo. Apesar da grande extensão do espaço percorrido – uns 9 metros, mais ou menos – e da sibilante energia de sua oscilação, suficiente para partir ao meio aquelas próprias paredes de ferro, tudo o que podia fazer, durante vários minutos, seria apenas rasgar as minhas roupas. E, ao pensar nisso, detive-me. Não ousava ir além de tal reflexão. Insisti sobre ela com toda atenção, como se com essa insistência pudesse parar, *ali*, a descida da lâmina. Comecei a pensar no som que produziria ao passar pelas minhas roupas, bem como na estranha e arrepiante sensação que o rasgar de um tecido produz sobre os nervos. Pensei em todas essas coisas fazendo os dentes rangerem, de tão contraídos.

Descia... cada vez descia mais a lâmina. Sentia um prazer frenético ao comparar sua velocidade de cima a baixo com a sua velocidade lateral. Para a direita... para a esquerda... num amplo oscilar... com o grito agudo de uma alma penada; para o meu coração, com o passo furtivo de um tigre! Eu ora ria, ora uivava, quando esta ou aquela ideia se tornava predominante.

Sempre para baixo... certa e inevitavelmente! Movia-se, agora, a 7 centímetros do meu peito! Eu lutava violentamente, furiosamente, para livrar o braço esquerdo. Este, estava livre apenas desde o cotovelo até à mão. Podia mover a mão, com grande esforço, apenas desde o prato, que haviam colocado ao meu lado, até à boca. Nada mais. Se houvesse podido romper as ligaduras acima do cotovelo, teria apanhado o pêndulo e tentado detê-lo. Mas isso seria o mesmo que tentar deter uma avalancha!

Sempre mais baixo, de forma incessante, inevitavelmente mais baixo! Arquejava e me debatia a cada vibração. Encolhia-me convulsivamente a cada oscilação. Meus olhos seguiam as subidas e descidas da lâmina com a ansiedade do mais completo desespero; fechavam-se, espasmodicamente a cada descida, como se a morte houvesse sido um alívio... oh, que alívio indizível! Não obstante, todos os meus nervos tremiam à ideia de que bastaria que a máquina descesse um pouco mais para que aquele machado afiado e reluzente se precipitasse sobre o meu peito. Era a *esperança* que fazia com que meus nervos estremecessem, com que todo o meu corpo se encolhesse. Era a *esperança* – a esperança que triunfa mesmo sobre o suplício – que sussurrava aos ouvidos dos condenados à morte, mesmo nos calabouços da Inquisição.

Vi que mais umas dez ou doze oscilações poriam o aço em contato imediato com as minhas roupas e, com essa observação, invadiu-me o espírito toda a calma condensada e viva do desespero. Pela primeira vez durante muitas horas – ou, talvez dias – consegui *pensar*. Ocorreu-me, então, que a tira ou correia que me envolvia o corpo era *inteiriça*. Não estava amarrada por meio de cordas isoladas. O primeiro golpe da lâmina em forma de meia lua sobre qualquer lugar da correia a desataria, de modo a permitir que minha mão a desenrolasse de meu corpo. Mas como era terrível, nesse caso, a sua proximidade! O resultado do mais leve movimento, de minha parte, seria mortal! Por outro lado, acaso os sequazes do verdugo não teriam previsto e impedido tal possibilidade? E seria provável que a correia que me atava atravessasse o meu peito justamente no lugar em que o pêndulo passaria? Temendo ver frustrada essa minha fraca e, ao que parecia, última esperança, levantei a cabeça o bastante para ver bem o meu peito. A correia envolvia-me os membros e o corpo fortemente, em todas as direções, *menos no lugar em que deveria passar a lâmina assassina.*

Mal deixei cair a cabeça em sua posição anterior, quando senti brilhar em meu espírito algo que só poderia descrever, aproximadamente, dizendo que era como que a metade não formada da ideia de liberdade a que aludi anteriormente, e da qual apenas uma parte flutuou vagamente em meu espírito quando levei o alimento aos meus lábios febris. Agora, todo o pensamento estava ali presente – débil, quase insensato, quase indefinido –, mas, de qualquer maneira, completo. Procurei imediatamente, com toda a energia nervosa do desespero, pô-lo em execução.

Havia várias horas, um número enorme de ratos se agitava junto do catre em que me achava estendido. Eram temerários, ousados, vorazes; fitavam sobre mim os olhos vermelhos, como se esperassem apenas minha imobilidade para fazer-me sua presa "A que espécie de alimento", pensei, "estão eles habituados no poço?"

Haviam devorado, apesar de todos os meus esforços para o impedir, quase todo o alimento que se encontrava no prato, salvo uma pequena parte. Minha mão se acostumara a um movimento oscilatório sobre o prato e, no fim, a uniformidade inconsciente de tal movimento deixou de produzir efeito. Em sua voracidade, cravavam frequentemente em meus dedos dentes agudos. Com o resto da carne oleosa e picante que ainda sobrava, esfreguei fortemente, até o ponto em que podia alcançá-la, a correia com que me haviam atado. Depois, erguendo a mão do chão, permaneci imóvel, quase sem respirar.

A princípio, os vorazes animais ficaram surpresos e aterrorizados com a mudança verificada – com a cessação de qualquer movimento. Mas isso apenas durante um momento. Não fora em vão que eu contara com a sua voracidade. Vendo que eu permanecia imóvel, dois ou três dos mais ousados saltaram sobre o catre e puseram-se a cheirar a correia. Diria que isso foi o sinal para a investida geral. Vindos da parede, arremeteram em novos bandos. Agarraram-se ao estrado, galgaram-no e pularam às centenas sobre o meu corpo. O movimento rítmico do pêndulo não os perturbava de maneira alguma. Evitando seus golpes, atiraram-se à correia besuntada. Apertavam-se, amontoavam-se sobre mim. Contorciam-se sobre meu pescoço; seus focinhos, frios, procuravam meus lábios. Sentia-me quase sufocado sob o seu peso. Um asco espantoso, para o qual não existe nome, enchia-me o peito e gelava-me, com pegajosa umidade, o coração. Mais um minuto, e percebia que a operação estaria terminada. Sentia claramente que a correia afrouxava. Sabia que, em mais de um lugar, já devia estar completamente partida. Com uma determinação sobre-humana, continuei *imóvel*.

Não errei em meus cálculos; todos esses sofrimentos não foram em vão. Senti, afinal, que estava *livre*. A correia pendia, em pedaços, de meu corpo. Mas o movimento do pêndulo já se realizava sobre o meu peito. Tanto a sarja da minha roupa, como a camisa que vestia já haviam sido cortadas. O pêndulo oscilou ainda por duas vezes, e uma dor aguda me penetrou todos os nervos. Mas chegara o momento da salvação. A um gesto de minha mão, meus libertadores fugiram tumultuosamente. Com um movimento decidido, mas cauteloso, deslizei encolhido, lentamente, para o lado, livrando-me das correias e da lâmina da cimitarra. Pelo menos naquele momento, *estava livre*.

Livre! E nas garras da Inquisição! Mal havia escapado daquele meu leito de horror e dado uns passos pelo piso de pedra da prisão, quando cessou o movimento da máquina infernal e eu a vi subir, como que atraída por alguma força invisível, para o teto. Aquela foi uma lição que guardei desesperadamente no coração. Não havia dúvida de que os meus menores gestos eram observados. Livre! Escapara por pouco à morte numa determinada forma de agonia, apenas para ser entregue a uma outra, pior do que a morte. Com este pensamento, volvi os olhos, nervosamente, para as paredes de ferro que me cercavam. Algo estranho – uma mudança que, a princípio, não pude apreciar claramente – havia ocorrido, evidentemente, em minha cela. Durante muitos minutos de trêmula abstração, perdi-me em conjecturas vãs e incoerentes. Pela primeira vez percebi a origem da luz sulfurosa que alumiava a cela. Procedia de uma fenda, de cerca de 1 centímetro de largura, que se estendia em torno do calabouço, junto à base das paredes, que pareciam, assim, e, na verdade, estavam, completamente separadas do solo. Procurei, inutilmente, olhar através dessa abertura.

Ao levantar-me, depois dessa tentativa, o mistério da modificação verificada tornou-se, subitamente, claro para mim. Já observara que, embora os contornos dos desenhos das paredes fossem bastante nítidos, suas cores, não obstante, pareciam apagadas e indefinidas. Essas cores, agora, haviam adquirido, e estavam ainda adquirindo, um brilho intenso e surpreendente, que dava às imagens fantásticas e diabólicas um aspecto que teria arrepiado nervos mais firmes do que os meus. Olhos demoníacos, de uma vivacidade sinistra e feroz, cravavam-se em mim de todos os lados, de lugares onde antes nenhum deles era visível, com um brilho ameaçador que eu, em vão, procurei considerar como irreal.

Irreal! Bastava-me respirar para que me chegasse às narinas o vapor de ferros em brasa! Um cheiro sufocante invadia a prisão! Um brilho cada vez mais profundo se fixava nos olhos cravados em minha agonia! Um vermelho mais vivo estendia-se sobre aquelas pinturas horrorosas e sangrentas. Eu arquejava. Respirava com dificuldade. Não poderia haver dúvida quanto à intenção de meus verdugos, os mais implacáveis, os mais demoníacos de todos os homens! Afastei-me do metal incandescente, colocando-me ao centro da cela. Ante a perspectiva da morte pelo fogo, que me aguardava, a ideia da frescura do poço chegou à minha alma como um bálsamo. Precipitei-me para as suas bordas mortais. Lancei o olhar para o fundo. O resplendor da abóbada iluminava as suas cavidades mais profundas. Não obstante, durante um minuto de desvario, meu espírito se recusou a compreender o significado daquilo que eu via. Por fim, aquilo penetrou, à força, em minha alma, gravando-se a fogo em minha trêmula razão. Oh, indescritível! Oh, horror dos horrores! Com um grito, afastei-me do poço e afundei o rosto nas mãos, a soluçar amargamente.

O calor aumentava rapidamente e, mais uma vez, olhei para cima, sentindo um calafrio. Operara-se uma grande mudança na cela – e, dessa vez, a mudança era, evidentemente, de *forma*. Como acontecera antes, procurei inutilmente apreciar ou compreender o que ocorria. Mas não me deixaram muito tempo em dúvida. A vingança da Inquisição se exacerbara por eu a haver frustrado por duas vezes – e não mais permitira que zombasse dela! A cela, antes, era quadrada. Notava, agora, que dois de seus ângulos de ferro eram agudos, sendo os dois outros, por conseguinte, obtusos. Com um ruído surdo, gemente, aumentava rapidamente o terrível contraste. Num instante, a cela adquirira a forma de um losango. Mas a modificação não parou aí

– nem eu esperava ou desejava que parasse. Poderia haver apertado as paredes incandescentes de encontro ao peito, como se fossem uma vestimenta de eterna paz. "A morte", disse de mim para comigo. "Qualquer morte, menos a do poço!" Insensato! Como não pude compreender que era *para o poço* que o ferro em brasa me conduzia? Resistiria eu ao seu calor? E, mesmo que resistisse, suportaria sua pressão? E cada vez o losango se aproximava mais, com uma rapidez que não me deixava tempo para pensar. Seu centro e, naturalmente, a sua parte mais larga, chegaram até bem junto do abismo aberto. Recuei, mas as paredes, que avançavam, me empurravam, irresistivelmente, para a frente. Por fim, já não existia, para o meu corpo chamuscado e contorcido, senão um exíguo lugar para firmar os pés, no solo da prisão. Deixei de lutar, mas a angústia de minha alma se extravasou em forte e prolongado grito de desespero. Senti que vacilava à boca do poço, e desviei os olhos...

Mas ouvi, então, um ruído confuso de vozes humanas! O som vibrante de muitas trombetas! E um rugido poderoso, como de mil trovões, atroou os ares! As paredes de fogo recuaram precipitadamente! Um braço estendido agarrou o meu, quando eu, já quase desfalecido, caía no abismo. Era o braço do general Lasalle. O exército francês entrara em Toledo. A Inquisição estava nas mãos de seus inimigos.

fim

Este livro foi composto na tipologia Minion, em
corpo 10,5/13, e impresso em papel off-set 56g/m² no Sistema
Cameron da Divisão Gráfica da Distribuidora Record.